Veronika Sommer lebt in der Nähe von München und hat die Liebe zum Schreiben schon früh für sich entdeckt. Bereits in der Grundschule schrieb sie ihre ersten Geschichten und hat seitdem nicht mehr damit aufgehört. Wenn sie nicht gerade an ihren Buchprojekten arbeitet, lernt sie für ihr Studium oder lässt sich von Musik und der Natur inspirieren.

VERONIKA SOMMER

New Beginnings in Coldriver

Eine wholesome Romance
in amerikanischer Kleinstadtidylle,
die jedes Herz zum Schmelzen bringt

Vorwort

Liebe:r Leser:in,

ich freue mich riesig, dass die Geschichte von Jess & Nathan mit dieser Neuauflage noch einmal in neuem Glanz erstrahlen darf. Der Roman ist bereits unter dem Titel „Verliebt in Coldriver" erschienen.

Für diese Neuauflage durfte ich ein Bonuskapitel schreiben, das du am Ende des Buches findest. Ich habe es sehr genossen, mit diesem zusätzlichen Kapitel noch einmal zurück nach Coldriver zu reisen und hoffe, dass ich damit noch ein paar Fragen beantworten konnte.

Ich wünsche dir nun ganz viel Spaß in der Kleinstadt Coldriver, viele Wohlfühlmomente und gemütliche Lesestunden!

Alles Liebe
Deine Veronika

*„Sometimes the things that don't work out,
couldn't work out any better."*
(Found you – Kane Brown)

Für meine Familie

Playlist

Ever Since New York – Harry Styles
These Are the Days – Keith Urban
Landslide – Fleetwood Mac
Begin Again (Taylor's Version) – Taylor Swift
Yesterday – The Beatles
Pavement Ends – Little Big Town
Can You Feel the Love Tonight – Elton John
Bubbly – Colbie Caillat
Vienna – Billy Joel
Can't Help Falling in Love – Elvis Presley
Day Tripper – The Beatles
Let it Be – The Beatles
Falling In – Lifehouse
Jailhouse Rock – Elvis Presley
Get to You – Michael Ray
The World Tonight – Paul McCartney, Jeff Lynne
Found You – Kane Brown

Prolog

Was wäre es für ein Gefühl gewesen, wenn ich ihm etwas ins Gesicht geschleudert hätte? Wäre es befreiend gewesen? Erleichternd?

Für einen Moment stellte ich mir vor, wie der harte Gegenstand auf ihn zuraste. Sofort verzog ich die Mundwinkel. Wahrscheinlich wäre er noch nicht einmal getaumelt. Mit meinen untrainierten Armmuskeln fehlte mir sicherlich die nötige Kraft für einen ordentlichen Wurf.

Ich biss die Zähne zusammen und beschleunigte meine Schritte. Weshalb dachte ich überhaupt über so etwas nach? Das war gar nicht meine Art. Ich verabscheute alles, was mit Gewalt zu tun hatte. Außerdem wäre ich dann nicht viel besser gewesen als er.

Wieder sah ich ihn vor mir. Seinen wütenden Blick. Seine geballte Faust. Ich hörte noch immer sein Brüllen in meinem Ohr. Bei der Erinnerung lief es mir eiskalt den Rücken hinunter und alles in mir verkrampfte sich.

Ein Klingeln drang dumpf aus meiner hinteren Hosentasche und riss mich aus den Gedanken.

Während ich meinen Laufschritt beibehielt, fischte ich das Handy aus meiner Jeans.

„Hallo?" Ich presste mir das Smartphone ans Ohr und bemühte mich, den Geräuschpegel der Großstadt um mich herum auszublenden.

„Hey, Jessy. Alles klar bei dir?"

„Hi, Lieblingsschwester." Ein Auto fuhr hupend an mir vorbei. „Ich hab gerade über meine nichtvorhandenen Armmuskeln nachgedacht."

Ich hörte sie am anderen Ende kichern. „Wieso das denn?"

„Ich wollte jemandem etwas ins Gesicht werfen."

Vanessa atmete scharf ein. „Und das aus deinem Munde? Wer ist denn der Glückliche?"

Ein bitterer Geschmack stieg meine Kehle hoch und ich presste mir mein Handy noch fester ans Ohr. Ich öffnete den Mund, doch es kam nur ein erstickter Laut heraus. Abrupt blieb ich auf dem Gehweg stehen, sodass ein hochgewachsener Mann mit einem Kaffeebecher in der Hand in mich hineinlief. Er murmelte ein leises „Sorry" und schlängelte sich an mir vorbei. Ich nahm kaum Notiz von ihm. Erneut flammten die Bilder von heute Mittag vor meinem inneren Auge auf. Als ich die Wohnung betreten hatte, war mir sofort bewusst gewesen, dass irgendetwas nicht stimmte.

In meiner Brust wurde es eng und ich schnappte nach Luft, während ich mich rücklings an die raue Mauer eines Hochhauses stützte.

„Jess?" Die Stimme meiner Schwester drang wie durch Watte zu mir durch.

„Das mit Josh und mir ist vorbei", krächzte ich. Im selben Moment schossen mir die Tränen in die Augen, obwohl ich mir geschworen hatte nicht zu heulen. Nicht seinetwegen. Diesem Mistkerl.

„Was? Ihr seid doch erst zusammengezogen!"

Ein Schluchzen bahnte sich durch meine Kehle, obwohl ich am liebsten humorlos aufgelacht hätte. Das war ja der Witz an der ganzen Sache.

„Was hat dieser Idiot getan?", zischte Vanessa. „Wann willst du ihn verprügeln? Ich komme mit."

Bei ihren Worten drang ein ersticktes Lachen aus meinem Mund. Ich wusste, dass sie ernst meinte, was sie sagte. Sie würde mir ohne zu zögern beistehen, egal, wie wenig Details sie kannte.

„Ich hatte eben die Chance, es zu tun, stattdessen bin ich kopflos aus der Wohnung gerannt."

„Wo bist du jetzt?"

Mit dem Handrücken wischte ich mir über die nassen Augen, ohne darauf zu achten, wie sehr ich meine Wimperntusche und meinen Lidschatten verschmierte.

„Keine Ahnung." Ich stieß mich von der Mauer ab und blickte die lange Straße hinunter, deren Gehwege gefüllt von hektisch herumlaufenden Passanten waren. Mehrere Autos brausten an mir vorbei. Links und rechts säumten die für New York so typischen Hochhäuser die Straße und ragten in den blauen Himmel.

„Möchtest du zu uns kommen?", fragte Vanessa. „Mom und Dad sind gerade auf der Arbeit, aber ich wäre da."

„Ja, das wäre toll." Die Nähe meiner Schwester würde mir jetzt sicher guttun.

„Super. Ich erwarte dich mit einer großen Schüssel Ben & Jerry's. *Peanut Butter Cup*. Und dann löffeln wir uns die Bäuche voll, bis uns schlecht wird."

Ich holte zitternd Luft. „Das klingt nach einem Plan."

„Bis gleich, Jessy." Ein Kussgeräusch hallte blechern durch den Lautsprecher.

Kaum war unsere Verbindung abgebrochen, wallte ein kaltes Gefühl der Einsamkeit in mir auf. Am liebsten hätte ich den ganzen Weg über mit Vanessa telefoniert, um mich in diesem Moment nicht so verlassen zu fühlen. Aber mit einundzwanzig Jahren sollte man eigentlich in der Lage sein, nicht auf die beruhigende Stimme seiner jüngeren Schwester angewiesen zu sein.

Wieder sah ich Joshs Gesicht vor mir, während ich mich in Bewegung setzte und an den entgegenkommenden New Yorkern vorbeischlängelte. Hatte er mich überhaupt jemals geliebt? Oder war er nur mit mir zusammen gewesen, weil wir denselben Beruf angestrebt und damit das perfekte Traumpaar abgegeben hatten?

Betonung lag auf *hatten*.

Die heiße Augustsonne brannte auf mich herunter, als ich über die breite Straße Richtung Subway lief und damit kämpfte nicht loszuheulen.

Vanessa öffnete eine halbe Stunde später die Wohnungstür und zog mich sofort in ihre Arme. Das Brennen hinter meinen Augenlidern verstärkte sich, als mich ihre Wärme umfing.

„Hey, Jessy", murmelte sie und strich mir über den Rücken.

Meine Kehle war wie zugeschnürt, sodass ich keinen einzigen Laut hervorbrachte. Ich krallte mich an sie und atmete ihren vertrauten Geruch ein. Wir wiegten uns sanft hin und her, bis Vanessa sich von mir löste und mich behutsam in die Wohnung zog. Kühle Luft schlug mir entgegen. Im Gegensatz zu den sommerlichen Temperaturen draußen, war es hier angenehm frisch.

Ich schlüpfte aus meinen Flipflops und kickte sie mit den Füßen in eine Ecke. Die Fliesen fühlten sich kalt unter meinen nackten Fußsohlen an, als ich hinter Vanessa die Küche betrat. Meine Schwester öffnete den Kühlschrank und holte aus dem Gefrierfach zwei große Eisbecher hervor.

„Deine Lieblingssorte." Sie streckte mir einen der Becher entgegen und fischte zwei große Löffel aus der Besteckschublade.

Dankbar nahm ich das Eis entgegen. Augenblicklich schmolzen die feinen Kristalle am Rand des Bechers und rannen als Wassertropfen meine Finger hinab.

Vanessas schwarze Haare schwangen in einem langen Pferdeschwanz hin und her, als sie vor mir ins Wohnzimmer ging und sich auf das Sofa warf. Ich ließ mich neben sie in die weichen Kissen fallen und spürte, wie meine Kehle enger wurde. Jetzt wieder hier zu sein, in meinem Elternhaus, weckte alte Erinnerungen. Erinnerungen an mein achtzehnjähriges Ich, das voller Stolz die Bestätigung der Uni erhalten und diese meinen Eltern in diesem Wohnzimmer präsentiert hatte. Erinnerungen an mein zwanzigjähriges Ich, das meinen Eltern Josh vorgestellt hatte.

Eine Träne löste sich aus meinem Augenwinkel. Schnell wischte ich sie mit meinem Handrücken von der Wange und öffnete den Becher. Dann tauchte ich den Löffel in das Eis und schob mir eine große Portion in den Mund.

Als ich den Kopf hob, traf ich Vanessas Blick. Ihre Augen wirkten, genau wie meine, etwas zu groß in ihrem Gesicht. Niemand wusste genau, ob sie grün oder braun waren.

„Eure Beziehung ist also endgültig vorbei?" Ihre Stimme drang leise zu mir durch.

„Ja." Ich tauchte meinen Löffel wieder in den Becher und schob mir ein Stück in den Mund. Der salzig-süße Geschmack breitete sich auf meiner Zunge aus.

Eine kleine Falte hatte sich auf Vanessas Stirn gebildet. „Hast du die Reißleine gezogen?"

Wie in Trance aß ich mein Eis, während sich die Szene von heute Mittag in meinem Kopf abspulte. Wie Josh auf den Esstisch gehauen hatte. Wie ich bei dem lauten Geräusch zusammengezuckt war.

„Josh war ... er war doch schon immer ein bisschen impulsiv." Ein Zittern lief durch meinen Körper. „Heute hat er es auf die Spitze getrieben. Ich hatte so Angst, dass er ... mir etwas antut."

Vanessa wurde leichenblass. „O mein Gott, Jess."

Joshs Worte hallten in meinen Ohren wider. *Ich dachte, du wärst ehrgeiziger, Jessica. Wieso hast du nicht härter gearbeitet? Ich kann mit keiner Frau zusammen sein, die sich so gehen lässt.*

„Er war sauer, dass ich mein Studium vergeigt habe und nicht sofort mit einem Plan B um die Ecke gekommen bin."

Ich sah seine geballte Faust vor mir, die wieder und wieder auf den Holztisch niederdonnerte. Seine Schreie. Seine Wut. Irgendwann hatte er mich so fest an den Schultern gepackt, dass ich dachte, er würde mich umwerfen. Ich spürte immer noch den schmerzhaften Druck an den Stellen, an denen er seine Finger in meine Haut gegraben hatte.

„Das ist nicht sein Ernst." Der Schock stand Vanessa ins Gesicht geschrieben.

„Er meinte, er versteht nicht, weshalb ich mich in meinem Studium nicht mehr angestrengt habe."

„So ein Unsinn. Natürlich hast du dich angestrengt." Sie schnaubte und positionierte ihre schlanken Beine in einen Schneidersitz. „Hast du deine Sachen bei ihm gelassen?"

Ich stocherte in meinem Eis herum, während sich das dumpfe Gefühl in mir verstärkte. „Ja. Ich wollte einfach nur noch weg. So lasse ich mich nicht behandeln."

Die Wut, die mich kurz nach unserem Gespräch befallen hatte, und die Fassungslosigkeit, wichen stetig einer schweren Traurigkeit. Es war, als würden all die brennenden Blitze in mir verschwinden und durch eine dunkle Leere ersetzt werden, die alle Energie aus mir heraussog.

Ich stellte den Eisbecher auf den Wohnzimmertisch und wischte meine feuchten Finger an meiner Hose ab, bevor ich mich mit dem Kopf in Vanessas Schoß legte. Heiße Tränen brannten hinter meinen Lidern. Als mir ein leises Schluchzen entwich, spürte ich, wie Vanessa sich vorbeugte und ihren Becher ebenfalls weglegte. Sie begann sanft über meine Haare zu streichen.

Zu Beginn unserer Beziehung hatte Josh wie ein charmanter, ausgeglichener Mann gewirkt. Er hatte mich damals sofort um den Finger gewickelt. Doch je länger wir zusammen gewesen waren, desto öfter war seine aggressive Ader ans Licht getreten, die mir von Tag zu Tag mehr Angst eingejagt hatte. Nach seinem Wutausbruch heute hatte ich gewusst, dass ich weg von ihm musste. Bevor etwas Schlimmeres passierte.

„Oh, Süße." Vanessas sanfte Stimme löste nur noch mehr Dämme in mir und ließ Tränen über meine Wangen strömen. Sie streichelte mich liebevoll und gab mir die Stütze, die ich in diesem Augenblick dringend benötigte.

Ich ließ alles los und weinte meinen ganzen Kummer heraus, während Vanessas Wärme mich umfing und sie in gleichmäßigen Bewegungen fortfuhr, über meine Haare zu streichen. Sie wusste, wann eine Umarmung und Nähe notweniger waren als ein Gespräch und löchernde Fragen. Niemand kannte mich besser als sie. Und es gab niemanden, bei dem ich lieber war, wenn es mir schlecht ging.

In den letzten Monaten hatte mein Leben eine hundertachtzig Grad Wende genommen. Noch vor kurzer Zeit hatte ich gedacht, mein Leben wäre für die nächsten Jahre perfekt vorgeplant. Die gemeinsame Wohnung mit Josh. Unsere Beziehung. Mein neuer Studiengang, der mir alle Türen zu meiner Zukunft eröffnen würde.

Doch jetzt war alles in sich zusammengebrochen. Alles, von dem ich gedacht hatte, dass es eintreten würde und was mir Sicherheit gab, war nicht mehr da. Ein Blick in meine Zukunft zum jetzigen Zeitpunkt zeigte mir nichts als Schwärze. Und Leere. Zum ersten Mal in meinem Leben hatte ich keine Ahnung, was mich erwarten würde, und das jagte mir verdammte Angst ein.

„Wieso hast du mich vorhin eigentlich angerufen?" Meine Stimme klang nasal.

„Ich wollte nur fragen, ob du am Wochenende Zeit hast, bei meinem Footballspiel zuzuschauen." Vanessa strich mir eine kinnlange Haarsträhne hinters Ohr. „Aber du hast jetzt erstmal andere Sorgen."

Schniefend wischte ich mir über meine feuchten Wangen. „Ich komme." Ich liebte es, sie in ihrer Rolle als Quarterback zu sehen. Seit ihrer Kindheit spielte sie leidenschaftlich gerne Football und fand in diesem Hobby den perfekten Ausgleich zur Schule.

„Du musst nicht, Jessy. Verkriech dich ruhig in deinem Bett, wenn es dir hilft. So wichtig ist das Spiel nicht." Ihr langer Zopf streifte meinen Arm, als sie sich vorbeugte und mir einen Kuss auf den Scheitel gab.

„Ich komme", wiederholte ich und räusperte mich. „Ablenkung ist jetzt das, was ich brauche."

Vanessa streichelte über meine Haare. „Weißt du was?"

„Hm?"

„Eine gute Aufwärmübung für mein Spiel wäre es, einen Ball zu nehmen und ihn irgendwo draufzuwerfen. Am besten auf ein Gesicht." Sie kicherte.

„Ach ja?"

„Klar. Noch nie davon gehört? Die berühmte *Knall-dem-Ex-meiner-Schwester-in-die-Eier*-Aufwärmübung.

Also wenn du mich brauchst, ich bin zur Stelle."

„Also doch nicht sein Gesicht?"

„Wie wäre es mit beidem?"

„Okay." Ich hob meine Hand, ballte sie zur Faust und stieß sie gegen Vanessas.

Sofort schossen mir wieder Tränen in die Augen und ich fing an zu schluchzen. Kraftlos ließ ich meine Faust fallen, während mich ein Zittern durchlief.

„Ich glaube, ich muss weg", stieß ich zwischen zwei Schluchzern hervor. „Weit weg."

Vanessas Hand hielt inne. Sie ruhte zart auf meinem Scheitel, doch sie bewegte sich nicht mehr.

„Was meinst du mit weit weg?"

„Irgendwohin ... keine Ahnung." Ich schluchzte auf. „Einfach weg. Weg von *ihm*. Ich kann hier nicht mehr bleiben, nach allem, was passiert ist."

Vanessa nahm ihre Hand von mir und griff sanft nach meinen Schultern. Mit ihrer Hilfe setzte ich mich auf, während sich nur verschwommen ihre Gesichtszüge vor mir abzeichneten. Sie legte ihre Hände auf meine Knie und musterte mich ernst.

„Was hältst du davon, für ein paar Wochen zu Grandma nach Coldriver zu ziehen? Sie hat genügend Platz in ihrem Haus."

„Nach Wisconsin?" Ich runzelte die Stirn. „Ich hätte eher an einen Ort gedacht, der noch weiter weg ist. Am anderen Ende der USA? Auf einem anderen Kontinent?"

Vanessa beugte sich zum Wohnzimmertisch und griff nach ihrem Smartphone. Der Bildschirm erhellte ihr Gesicht, als sie ein paar Mal darauf herumtippte.

„Hier." Sie streckte mir ihr Handy unter die Nase. „1.200 Meilen. Das ist eine Menge."

„Ich sehe das ohne meine Lesebrille nicht." Ich fischte ein Taschentuch aus der Verpackung und schnäuzte mich.

Vanessa nahm ihr Smartphone zurück und scrollte über den Bildschirm. „Es gibt Flüge über Chicago." Sie sah auf.

Ich knüllte das Taschentuch in meiner Hand zusammen und erwiderte ihren Blick aus verquollenen Augen.

„Weiter weg geht natürlich immer, aber dort hättest du jemanden, der dich kennt und der dich in Ruhe lässt, wenn du deinen Freiraum brauchst." Vanessas sanft geschwungene Lippen verzogen sich zu einem kleinen Lächeln. „Und außerdem ist es nirgends so idyllisch wie bei Grandma am Long Lake."

Ihre Worte begannen langsam in mich hineinzusickern. Sie hatte recht. Die Ruhe bei Grandma wäre genau das Richtige für meine Situation. Aber so kurzfristig? Konnte ich mich ihr einfach so aufdrängen?

Gott, warum konnte ich nicht einmal in meinem Leben eine spontane Entscheidung treffen? Manchmal verfluchte ich meine Art, alles zu zerdenken und mir für alles einen Plan zurecht zu legen. Spontanität war mir noch nie leichtgefallen.

Vanessa spürte, wie es in meinem Kopf arbeitete, und legte ihr Handy zurück auf den Tisch. Sie nahm mich in die Arme. „Du musst das ja nicht jetzt sofort entscheiden. Ich bin auf jeden Fall für dich da, wenn du mich brauchst."

Kapitel 1

3 Wochen später

Leuchtend rote und orange Bäume zogen an mir vorbei. Die kühle Scheibe drückte an meine Wange, als ich meinen Kopf gegen das Fenster des Taxis lehnte und die bunten Herbstfarben in mich aufnahm. Es würde nicht mehr lange dauern, bis ich Grandmas Haus am Long Lake erreicht hatte. Der Flug nach Wisconsin war schnell vergangen, hatte aber dennoch nicht gereicht, meine durcheinanderwirbelnden Gedanken zu beruhigen.

Auch nach drei Wochen hatte sich das dumpfe Gefühl in mir nicht gelöst, sodass ich es wirklich nicht mehr zu Hause ausgehalten und kurzentschlossen Grandma angerufen hatte. Sie hatte mich sofort in meiner Idee unterstützt und beteuert, dass ich zu jeder Zeit bei ihr aufkreuzen dürfe.

Das Taxi tat einen sanften Hüpfer, als wir die Hauptstraße verließen und in einen Waldweg einbogen. Die Erde unter uns wurde uneben und die Bäume verdichteten sich. Staunend betrachtete ich die Äste, die sich im Wind bogen und an denen die Blätter in den kräftigsten Herbstfarben leuchteten.

„Sind wir hier richtig?" Der Taxifahrer warf mir einen skeptischen Blick über den Rückspiegel zu.

Ich reckte den Kopf und schaute nach vorne. Ein Lächeln stahl sich auf meine Lippen. Das riesige Haus meiner Großmutter trat in unser Sichtfeld. Es lag inmitten des Waldes, sodass sich hierher nur selten jemand verirrte. Diese Abgelegenheit hatte ich früher gehasst, da ich das trubelige Großstadtleben gewohnt war, doch in diesem Augenblick kam mir diese Abgeschiedenheit gerade richtig.

„Sie können mich hier rauslassen."

Der Taxifahrer bremste abrupt ab. Ein erleichterter Ausdruck erschien auf seinem Gesicht, als wäre es ihm nicht geheuer, noch länger durch dieses Nirgendwo zu fahren.

Ich reichte ihm ein paar Geldscheine. „Das passt so."

„Vielen Dank." Er tippte sich an seine Schirmmütze.

Mit einem vorfreudigen Gefühl im Bauch öffnete ich die Tür, und schob mich aus dem Taxi. Augenblicklich erfüllte ein Schwall frischer Waldluft meine Lungen und ich atmete tief ein.

Ich holte mein Gepäck aus dem Kofferraum, bevor das Auto wendete und über den Feldweg zurückbrauste.

„Jessy?"

Eine weibliche Stimme erklang vom Eingang des Hauses.

Ich sah blinzelnd hinüber.

Grandma trat mit ausgebreiteten Armen aus der geöffneten Tür. Ein Strahlen lag auf ihrem Gesicht, als sie die Treppe der Veranda hinunterstieg.

„Nana!" Ich setzte mich in Bewegung.

Grandmas Schürze flatterte im Wind, während sie in einen Laufschritt verfiel. „Mein Schatz, wie schön, dass du da bist." Sie schlang ihre Arme um mich und drückte mich an ihren fülligen Körper. Ich ließ den Koffer neben mich fallen und atmete ihren vertrauten Duft ein.

Grandma rieb mit ihren Händen über meinen Rücken. „Ich habe Kuchen für dich gebacken."

Sanft löste ich mich von ihr und betrachtete das liebevolle Lächeln auf ihrem Gesicht und die tiefen Falten, die sich um ihre Mundwinkel und ihre Augen abzeichneten. Ihre grauen Locken kringelten sich um ihre Ohren. Sie strahlte diese

Liebe und Wärme aus, die mich sofort einhüllte wie eine flauschige Decke.

„Hoffentlich magst du die Peanutbutter-Schoko-Torte immer noch so gerne wie früher." Sie strich mir über die Wange.

„Peanutbutter-Schoko-Torte?" Ich schnappte nach Luft. „Ich liebe *alles*, was mit Erdnussbutter zu tun hat."

„Na, da bin ich aber froh." Grandma lachte und legte einen Arm um meine Hüfte.

Rasch griff ich nach meinem Koffer, bevor wir gemeinsam in Richtung des Hauses gingen.

Grandmas zweistöckiges Anwesen ragte aus dunklem Holz in den Himmel. Ein paar Stufen führten nach oben auf die ausladende Veranda, auf der ein runder Tisch mit einer Blumenvase, drei Stühlen und einer Bank standen. Mit einem Grinsen trat ich an das Geländer der Veranda heran und fuhr mit meinem Finger über ein paar feine Kerben im Holz. „Ich werde nie vergessen, wie Vanessa hier reingebissen hat."

Grandma beugte sich über meine Schulter. „Ach Gottchen, sie war damals so sauer, weil sie nicht mit auf die Jagd durfte."

„Sie hat sich an Grandpas Bein so festgeklammert, dass er kaum gehen konnte." Lachend trat ich mit Grandma ins Haus und sofort stieg süßer Geruch nach Kuchen in meine Nase. Meine Augen benötigten eine Weile, um sich an das dämmrige Licht im Innern zu gewöhnen. Ich schlüpfte aus meinen Turnschuhen und stellte meinen Koffer in die Ecke. Auch hier drinnen strahlte das Haus diese Gemütlichkeit aus, die man bereits von außen erahnen konnte. Links führte eine gewundene schmale Treppe nach oben ins erste Stockwerk. Holzverkleidete Wände und tiefliegende Dachbalken zogen sich durch den offenen Flur, der in das Wohnzimmer führte. Ich ging hinter Grandma her und sog den vertrauten Duft nach Holz und Würze ein, der wie immer in ihrem Zuhause hing. Heute vermischte er sich mit dem Geruch von Kuchen.

Mein Blick wanderte über die massiven Holzmöbel und die offene Feuerstelle. Ihr gegenüber standen das Ledersofa und ein Sessel, der mir ein Lächeln entlockte. Damals hatten Vanessa und ich beide Platz auf diesem Sessel gehabt und aneinander gekuschelt mit einer heißen Tasse Kakao in das knisternde Feuer geschaut.

Grandma hatte mit der Inneneinrichtung des Wohnzimmers absolut meinen Geschmack getroffen. Es sah aus wie aus einem Katalog für romantische Ferienwohnungen. Pendellampen hingen tief von der Decke und große Gemälde mit verschneiten Landschaften zierten die Wände.

„So, mein Schatz, der Kuchen müsste schon abgekühlt sein. Möchtest du auf der Veranda essen?"

Ich löste meinen Blick von den Bildern und lief über den dunklen Dielenboden um die Ecke. Grandmas große Küche tat sich vor mir auf. In der Mitte befand sich ein massiver Esstisch, an dem sie gerade den Kuchen in große Stücke schnitt.

„Auf der Veranda wäre schön." Ich trat an den Tisch. „Soll ich Besteck mitrausnehmen?"

„Ich hab alles hier auf dem Tablett. Danke." Sie deutete hinter sich. Auf einem hölzernen Tablett hatte sie bereits zwei Gabeln, Gläser und eine Karaffe mit Wasser aufgestellt, in der eine Zitronenscheibe schwamm.

Ich folgte ihr nach draußen auf die Veranda und genoss das Gefühl des frischen Septemberwindes auf meiner Haut. Die Sonne hatte noch einiges an Kraft, sodass sich die Luft trotz des Windes warm auf meiner Haut anfühlte. Dennoch erkannte man an den dichten Wolken am Himmel und den verfärbten Blättern der Bäume, dass der Sommer sich langsam dem Ende neigte.

„Das ist so ein lieber Empfang, Nana. Danke." Ich ließ mich auf einen der Stühle fallen und rutschte näher an den runden Tisch heran. Grandma stellte unsere Teller auf die hellblaue Tischdecke und reichte mir eine Gabel.

„Sehr gerne, Jessy." Sie setzte sich auf einen Stuhl mir gegenüber.

Ich füllte unsere Gläser mit Wasser und griff nach meiner Gabel. Als ich mir ein Stück des Kuchens in den Mund schob, explodierten augenblicklich meine Geschmacksknospen und ich unterdrückte ein wohliges Stöhnen. Zufrieden lehnte ich mich in meinem Stuhl zurück und blickte über den Rand der Veranda hinaus, wo durch die Bäume ein Stück des blauen Sees hindurchblitzte.

„Ich bin jedes Mal überwältigt, wie still es hier bei dir ist", sagte ich.

„Das seid ihr Großstadtkinder nicht gewohnt, was?" Grandma faltete ihre Hände vor ihrem Bauch und blickte mit einem Lächeln um sich. „Ich genieße diese Ruhe jetzt im Alter noch viel mehr."

„Das glaube ich. Früher habe ich das nie wirklich geschätzt. Aber jetzt …" Ein dumpfes Gefühl drückte wie aus dem Nichts gegen meine Brust. Ich biss mir auf die Innenseite meiner Wange.

Grandma wandte ihren Kopf zurück zu mir und musterte mich aufmerksam.

„Jetzt brauchst du diese Ruhe besonders." In ihrer Stimme lag Verständnis.

Ich nickte und spürte, wie ein Kloß in meinem Hals anschwoll. „Diese Abgeschiedenheit und die Entfernung zu New York sind im Moment perfekt. Danke, dass ich hier sein darf." In den letzten Wochen hatten sich meine Eltern liebevoll um mich gekümmert, aber ich hatte gemerkt, dass ich einen Ortswechsel brauchte. Nur so hatte ich das Gefühl, meinem Gedankenchaos zu entkommen.

„Das ist doch selbstverständlich." Grandma beugte sich nach vorne und griff über den Tisch hinweg nach meiner Hand. In ihren Augen lag so viel Wärme und Verständnis, dass jedes weitere Wort unnötig war.

Ich drückte ihre Hand zurück. „Ich hab dich lieb."

„Ich dich auch, mein Schatz."

Hinter meinen Augenlidern begann es zu brennen.

Oh nein, nein, nein.

Hier in Wisconsin bei Grandma zu sein, sollte dem Zweck dienen, nicht in die Klauen der Vergangenheit zu geraten. Ich wollte nicht weinen. Ich wollte im Hier und Jetzt leben und alles andere ausblenden.

„Wenn dir etwas auf dem Herzen brennt, weißt du, dass du immer mit mir sprechen kannst, oder?" Sie sah mich ernst an.

Ich blinzelte ein paar Mal heftig und bemühte mich, die aufsteigenden Tränen zu unterdrücken. Da der Kloß in meinem Hals nach wie vor festsaß, nickte ich nur.

„Mach dir außerdem keine Gedanken, wie lange du bleiben kannst. Bleib solange du möchtest. Egal ob Tage oder Monate. Mein Haus ist groß genug und ich freue mich über Gesellschaft."

„Danke." Meine Stimme klang belegt. Rasch räusperte ich mich.

Sie lächelte. „Und du musst dir auch keine Sorgen machen, dass ich dir die ganze Zeit auf die Pelle rücke. Wenn du Ruhe haben möchtest, musst du es nur sagen. Heute Abend zum Beispiel bin ich gar nicht hier und du hast das Anwesen ganz alleine für dich, um deine Gedanken zu ordnen."

Verblüfft hob ich die Augenbrauen. „Wo bist du denn?"

Das Sonnenlicht brach sich in Grandmas goldenen Ringen, als sie sich mit verlegener Miene über die Stirn fuhr. Sofort war meine Aufmerksamkeit geweckt.

„Oho." Ich grinste. „Bist du etwa bei John?"

Sie hob schmunzelnd die Schultern. „Aber verrate es bloß nicht deinem Dad. Er ist noch nicht so weit, sich auf den Gedanken einzulassen, dass seine Mutter einen neuen Mann an ihrer Seite hat. Und außerdem …" Sie hob einen Finger. „John und ich sind gute Freunde. Mehr nicht."

„Aha." Ich wackelte mit den Augenbrauen.

„Ach, du." Grandma lachte und warf einen Blick auf ihre Armbanduhr. „Er müsste in etwa einer halben Stunde hier sein, um mich abzuholen."

„Übernachtest du bei ihm?"

„Ich denke schon."

Mein Grinsen wurde breiter.

Grandma hob warnend ihren Finger. „Sag nichts."

Ich hob abwehrend die Hände. „Hab ich gar nicht vor."

Wir sahen uns an und brachen gleichzeitig in Gelächter aus.

„Weißt du schon, was du heute Abend machen möchtest?" Grandma griff nach ihrem Glas und nahm einen Schluck.

„Ich denke, ich werde kurz zum See schauen und mich dann einfach vor dem Kamin einkuscheln und ein Buch lesen."

„Das klingt schön." Sie lächelte. „Du kannst dich jederzeit an meinem Bücherregal bedienen, wenn dir danach ist."

Dankbar erwiderte ich ihr Lächeln.

Wir unterhielten uns noch eine Weile und Grandma führte mich in den Kleinstadtgossip von Coldriver ein. Sie erzählte mir von den Einwohnern, von den letzten Skandalen und lachte darüber, wie verwirrt ich war, dass hier wirklich kein Geheimnis sicher war. Es tat gut mit jemandem außerhalb meiner Welt in New York zu sprechen. Jemand, der vollkommen frei von Urteilen war und bei dem ich beinahe vergessen konnte, warum ich eigentlich geflohen war. Gespräche mit Grandma hatten mich schon immer erfüllt und ich merkte, wie sehr ich sie vermisst hatte.

Irgendwann durchbrach ein Autobrummen die Stille. Mein Blick huschte zu dem Feldweg, der direkt auf Grandmas Haus zuführte. Kurze Zeit später bog ein dunkelgrüner Pick-Up um die Ecke.

Grandma stieß einen überraschten Ton aus. Sie sah auf ihre Armbanduhr und fuhr hektisch durch ihre Haare.

Ich schmunzelte und beobachtete das Auto, das vor unserer Veranda stehenblieb. Die Tür öffnete sich und ein Mann mit weißem Haar schob sich heraus. Mit einem Knall fiel die Fahrertür zu und er kam in großen Schritten auf uns zu.

„Hallo, meine Schöne." Mit einem breiten Lächeln stieg er die Stufen nach oben. Er trug ein kariertes Holzfällerhemd, das ein bisschen um seinen Bauch spannte.

Grandma war bereits aufgestanden und streckte ihre Arme aus. „John, mein Lieber. Du bist heute aber früh dran. Oder habe ich etwas verpasst?"

Er umarmte sie und lachte. „Nein, ich war in der Gegend und dachte mir, warum fährst du nicht gleich zur lieben Donna." Mit einem Zwinkern wandte er sich an mich. „Wir werden auch nicht mehr jünger."

Ich grinste und trat einen Schritt auf ihn zu. „Hallo, John."

Mit einem herzlichen Lächeln zog er mich in die Arme. „Wie schön, dich mal wieder zu sehen, Jess."

Nach Grandpas Tod hatte John Grandma sehr zur Seite gestanden. Er war ein herzensguter Mensch und besaß in Coldriver eine kleine Autowerkstatt. Auf seinem sonnengebräunten Gesicht zeigten sich tiefe Falten, die auch sein Bart nicht ganz verdecken konnte. Trotz seines Alters erkannte man, dass er früher ein attraktiver Mann gewesen sein musste.

„Ich hoffe, ich komme nicht ungelegen." Johns Bassstimme klang so voll, dass sie durch den ganzen Wald schallen musste. „Wenn du noch mehr Zeit mit deiner Enkelin verbringen möchtest, komme ich später wieder."

„Macht euch um mich keine Gedanken." Ich strich Grandma über den Arm. „Fahrt ruhig."

„Sicher, Liebes?" Grandma legte eine Hand über meine.

„Ganz sicher." Ich beugte mich vor und drückte ihr einen Kuss auf die Wange. „Wir sehen uns morgen."

Grandma strich mir sanft über die Haare und lächelte. „Mach es dir gemütlich. Ich hab im Kühlschrank eine große Portion Lasagne, die du dir zum Abendessen warm machen kannst."

„Danke, das ist lieb." Ich winkte den beiden hinterher, bevor sie in Johns Pick-Up verschwanden und knatternd davonfuhren. Eine Weile stand ich noch auf der Veranda und sog den Anblick der Natur in mich auf, bevor ich mit einem Lächeln nach dem Tablett griff. Es war eine gute Idee von Vanessa gewesen, für eine Weile zu Grandma zu fahren. Schon jetzt spürte ich, wie die Stille sich in meinem Körper absetzte und sich alle Anspannung langsam, aber sicher löste. Voller Vorfreude auf die nächsten Tage, in denen ich niemanden außer Grandma sehen musste und die Ruhe genießen konnte, schloss ich die Haustür hinter mir und lief mit dem Tablett in die Küche.

Kapitel 2

Ein lautes Geräusch weckte mich am nächsten Morgen.

Die Schwere der Nacht steckte mir noch in den Gliedern, als ich blinzelnd die Augen öffnete. Das Geräusch ertönte wieder. Diesmal lauter.

War Grandma schon zurück?

Ein schaler Geschmack lag in meinem Mund. Ich gähnte und rollte mich auf den Rücken. Als ich mir schlaftrunken über das Gesicht rieb, spürte ich einen Kissenabdruck auf meiner Wange. Ich musste wirklich tief geschlafen haben.

Ein Scheppern drang an meine Ohren und ließ mich zusammenzucken.

Was zum Teufel war denn los?

Mit zusammengekniffenen Augen setzte ich mich auf und versuchte das Geräusch zu orten. Nach und nach wich die Schwere des Schlafs aus meinen Gliedern. Mein Blick wanderte zur Uhr. Es war gerade einmal acht Uhr morgens, Grandma konnte um diese Uhrzeit niemals zurück sein. Und wenn, dann würde sie draußen nicht so herumscheppern.

Ein Adrenalinstoß fuhr durch meinen Körper, als das Geräusch immer lauter wurde. Hektisch riss ich die Bettdecke von mir.

War das ein Einbrecher?

Wer verirrte sich bitte um diese Uhrzeit an diesen abgelegenen Ort? Ich hatte gedacht, dass ich hier sicher war.

Ich stieß mich von der weichen Matratze ab und sprang aus dem Bett. Ohne lange nachzudenken rannte ich über den dunklen Holzboden quer durchs Zimmer und riss die Tür auf.

„Grandma?" Meine Stimme verlor sich in der Stille des Ganges.

Mit klopfendem Herzen lief ich die Treppe nach unten und stolperte ins Wohnzimmer.

„Grandma?" Ich streckte den Kopf in die Küche, doch es sah alles genauso aus, wie ich es gestern vor dem Schlafengehen verlassen hatte. Grandma schien nicht hier gewesen zu sein.

Ein Zittern lief durch meinen Körper.

O Gott, o Gott.

Was tat ich denn jetzt?

Ich musste mich verteidigen.

Aus einem Impuls heraus riss ich den Küchenschrank auf und griff nach einer Bratpfanne.

Mit gespitzten Ohren schlich ich zum Eingang. Je näher ich der Haustür kam, desto lauter wurde das Geräusch. Langsam griff ich nach der Türklinke und drückte sie nach unten. Das Geräusch kam definitiv aus Richtung der Garage.

Machte sich der Einbrecher am Auto meiner Grandma zu schaffen?

Gott, was tat ich denn hier?

Brauchte ich ein Pfefferspray oder sowas? Sollte ich die Polizei rufen?

Mit angehaltenem Atem tapste ich auf die Veranda, möglichst darauf bedacht, alle knarzenden Dielen auszulassen.

Das Geräusch aus der Garage war verklungen. Nur noch das sanfte Rauschen der Bäume und leises Vogelzwitschern waren zu hören.

Mein Mund war staubtrocken, als ich auf Zehenspitzen die Stufen nach unten stieg. Die Erde drückte sich weich zwischen meinen nackten Zehen hindurch. Mit hoch erhobener Pfanne schlich ich um die Veranda herum in Richtung Garage, bereit dem Einbrecher eins überzuziehen.

Ich presste mich mit dem Rücken an das Geländer der Veranda, holte tief Luft und sprang dann um die Ecke, beide Hände fest um den Griff der Pfanne gelegt.

Die Garagentür war geöffnet. Zwei lange Beine ragten unter Grandmas Auto hervor. Mein Herz pochte heftig gegen meine Rippen. Was zum Teufel tat diese Person hier? Wollte er das Auto manipulieren?

„Wenn du meine Grandma umbringen willst, hast du jetzt ein gewaltiges Problem." Breitbeinig stellte ich mich vor die Garage und bemühte mich um eine kräftige Stimme. Bedrohlich hielt ich die Bratpfanne über meinen Kopf.

Der Mann unter Grandmas Auto hielt inne. Seine Beine, die in einer dunklen Jeans steckten, hingen von einem Rollbrett, das ich schon öfter bei Automechanikern gesehen hatte.

Ich runzelte die Stirn.

Dieser Einbrecher war aber gut ausgestattet.

Ich umklammerte den Griff der Pfanne fester, bis meine Knöchel weiß hervortraten. „Los! Zeig dich!"

Der Mann stellte seine Füße auf den Boden und stieß sich ab. Mit einem rasselnden Geräusch kam er unter dem Auto hervorgerollt und setzte sich auf.

Mein Herz hörte für eine Sekunde auf zu schlagen.

„Hi." Der Typ griff nach einem Lappen, der neben ihm auf dem Boden lag, und wischte seine öligen Finger ab. Er trug ein schwarzes T-Shirt, das sich eng um seine breiten Schultern spannte. „Sorry für die Störung." Er stand auf und fuhr sich durch seine braunen Haare, die ihm zerwühlt in die Stirn fielen.

Völlig perplex starrte ich ihn an. So attraktiv hatte ich mir den Einbrecher nicht vorgestellt.

Ich stierte ihn eine Sekunde zu lange an, dann fiel mir wieder ein, weswegen ich hier war.

„Was tust du hier?" Verbissen hielt ich die Pfanne über meinen Kopf. „Verschwinde von unserem Grundstück."

Der Typ hob beschwichtigend die Hände. Leider wölbten sich dabei seine Armmuskeln deutlich und brachten mich kurz aus dem Konzept.

„Ich dachte, dieses Haus gehört Donna."

Bedrohlich trat ich einen Schritt näher an ihn heran. „Woher kennst du den Namen meiner Grandma?"

Der Typ ließ die Arme sinken. Er kniff die Augen leicht zusammen und musterte mich. Dann hob er überrascht die Brauen.

„Sag bloß, du bist Jessica? Jessica Tilbury?"

Wie bitte?

„Jess", presste ich zwischen meinen zusammengebissenen Zähnen hervor. „Nenn mich ja nicht Jessica."

„Okay, alles klar. Jess", betonte er meinen Namen und zog dabei einen seiner Mundwinkel nach oben.

„Woher weißt du, wer ich bin?" Da meine Armmuskeln langsam zu zittern begannen, ließ ich die Bratpfanne sinken. Ich starrte den Mann vor mir an. Er hatte einen markanten Kiefer, auf dem dunkle Bartstoppeln lagen. Unter schwarzen vollen Brauen funkelten mich zwei graublaue Augen an. Er schien etwa in meinem Alter zu sein.

„Deine Grandma hat schon viel von dir erzählt. Und angekündigt, dass du kommst." Der Typ grinste mich an. „Ich bin Nathan Woods. Der Enkel von John." Er trat einen Schritt auf mich zu und streckte seine Hand aus. „Freut mich, dich endlich kennenzulernen."

Völlig verdattert schlug ich ein. Seine warmen Finger umschlossen meine und drückten sie sanft. Sofort schoss ein Prickeln meinen Arm hinauf.

Jetzt aus der Nähe meinte ich tatsächlich eine kleine Ähnlichkeit mit seinem Großvater zu erkennen. Wieso hatte ich bisher noch nichts von Nathans Existenz gewusst? Wobei … John hatte von seinen Enkeln bestimmt schon mal erzählt. Aber er hatte nie erwähnt, wie gutaussehend sie waren, zumindest dieser eine hier.

„Arbeitest du in Johns Werkstatt?" Ich ließ Nathan los, dessen Finger ich ein paar Sekunden zu lange festgehalten hatte.

Er nickte und schob die Hände lässig in seine Hosentaschen. „Grandpa kann momentan jede helfende Hand gebrauchen. Deine Grandma hat mir aufgetragen, ihr Auto zu reparieren." Er zuckte mit den Schultern. „Bis jetzt hatte ich eigentlich nicht vor, sie umzubringen."

Gott, war mir das gerade peinlich. Ich spürte, wie mir die Hitze in die Wangen stieg.

„Du bist aus New York, oder?" Nathan musterte mich aufmerksam.

„Sieht man mir das so an?"

Er grinste. „Deine Grandma hat erzählt, dass sie Verwandtschaft in New York hat und da hab ich eins und eins zusammengezählt."

„Toll kombiniert, Sherlock." Sein Grinsen war ansteckend, sodass sich meine Mundwinkel ebenfalls nach oben bogen. „Aber wie kann es sein, dass du so viel von mir weißt und ich von deiner Existenz noch nie gehört habe? Was hast du zu verbergen?"

„Das macht meinem Ego gerade auch zu schaffen. Ich muss mal mit Donna reden, warum sie mich verschwiegen hat." Er zwinkerte mir amüsiert zu. Ein seltsamer Schauer rann über meinen Rücken.

„Hübscher Schlafanzug übrigens."

Hübscher ... was?

O Gott.

Meine Wangen wurden feuerrot. Ich hatte meinen peinlichen Aufzug völlig vergessen. Frisch aus dem Bett gestiegen mit Kissenabdruck an der Wange, einer kurzen gepunkteten Hose und einem überdimensionalen T-Shirt mit aufgedruckten Wassermelonen. Ich fuhr mit meiner Hand über meinen Hinterkopf und spürte einen Knoten in meinen Haaren. Prima. Wirklich prima.

Zumindest sahen meine Fingernägel ordentlich aus. Ich hatte sie gestern Abend noch schwarz lackiert und dementsprechend frisch glänzten sie heute. Und ich hatte es tatsächlich geschafft, nicht über den Rand zu malen.

Jess, woran denkst du eigentlich? Ich schloss einen Moment die Augen und schüttelte innerlich den Kopf. Als würde Nathan Woods auf meine schön lackierten Fingernägel achten.

„Dann lasse ich dich mal weiterarbeiten. Danke für die Störung. Entschuldigung." Bevor es noch peinlicher werden konnte, drehte ich mich auf dem Absatz um und stapfte zurück zur Veranda. Im Hintergrund hörte ich Nathan leise lachen.

Kapitel 3

Danke für die Störung? Echt jetzt?

„Entschuldigung für die Störung hätte es geheißen, Gott, wie dumm bin ich eigentlich", murmelte ich vor mich hin und stieg mit brennenden Wangen die Stufen nach oben auf die Veranda. Erst, als ich die Tür hinter mir geschlossen hatte, bemerkte ich die Gänsehaut auf meinen Armen. Die frische Morgenluft war verdammt kühl gewesen, sodass sich meine Finger ganz klamm anfühlten.

Ich starrte auf die Pfanne in meiner Hand. Was hatte ich mir nur dabei gedacht, sie mit rauszunehmen? Als hätte sie mir irgendetwas geholfen, wenn wirklich ein Einbrecher in der Garage gewesen wäre. Ich schüttelte den Kopf und lief in die Küche, um die Pfanne zurück an ihren Platz zu legen. Grandma hätte mich ruhig vorwarnen können, dass Nathan heute hier war. Damit hätte sie mir einen halben Herzinfarkt erspart.

Um die Peinlichkeit von eben aus meinem Gehirn zu waschen, sprang ich unter die Dusche und genoss das heiße Wasser auf meiner ausgekühlten Haut. Ich föhnte meine schulterlangen, dunklen Haare und drehte mit dem Lockenstab sanfte Wellen hinein. Aus meinem Koffer schnappte ich mir meine schwarze Jeans und einen cremefarbenen Rollkragenpullover; danach steckte ich mir einige Ringe an meine Finger und tuschte meine Wimpern. Wenn ich Nathan das nächste Mal begegnete, wollte ich nicht nochmal wie ein Zombie aussehen.

Als ich wieder nach unten ins Wohnzimmer trat, hörte ich ein leises Scharren an der Terrassentür. Stirnrunzelnd lief ich durch den Raum und zog mit einem Ruck den Vorhang beiseite.

Ein entzückter Laut entwich mir. „Elvis!"

Zwei große, gelbe Katzenaugen starrten mich von unten herauf durch die Scheibe an. Der kleine Mund öffnete sich und ein gedämpftes Miauen drang zu mir durch. Mit einem breiten Lächeln griff ich nach dem Knauf und zog die Terassentür auf. Sofort tapste Elvis mir entgegen. Ein kalter Windhauch fegte mit ihm zusammen in das Haus. Rasch drückte ich die Tür hinter ihm zu.

„Hey, mein Kleiner." Der Kater strich schnurrend um meine Beine. „Gestern habe ich dich gar nicht gesehen. Warst du die ganze Nacht draußen unterwegs?"

Elvis begann sich am ganzen Körper zu schütteln und etwas Laub und Erde rieselten zu Boden. Sein Fell glänzte schwarz, nur unter seinem Kinn befand sich ein kleiner, weißer Fleck.

„Verstehe." Ich grinste. „Hast du Hunger?"

Als hätte er meine Worte verstanden, stieß er ein Miauen aus. Dann schoss er wie vom Blitz getroffen durch das Wohnzimmer Richtung Küche.

Ich folgte ihm und blickte in den Futternapf. „Ach perfekt, da ist ja eh noch Futter da. Lass es dir schmecken."

Elvis setzte sich vor den Napf und machte keine Anstalten, etwas zu essen. Stattdessen sah er mit großen Augen zu mir auf.

„Trockenfutter magst du doch am liebsten, oder? Schau, es ist noch was da." Ich deutete auf die Schale.

Elvis legte den Kopf schief und miaute.

Stirnrunzelnd sah ich mir den Futternapf nochmal an. Dann fiel bei mir der Groschen.

„Achso, natürlich. Man sieht den Boden. Wie konnte ich nur." Grinsend griff ich nach der Packung und schüttete neues Trockenfutter in die Schale, bis der ganze Boden bedeckt war. „Ist es so genehm, mein Prinz?"

Zufrieden stützte Elvis seine kleine Pfote am Rand der Schüssel ab und beugte sich über das Futter. Es knackte leise, als er anfing zu beißen.

Schmunzelnd schüttelte ich den Kopf. Dieser Kater war immer noch so eigen wie eh und je.

Ich beobachtete ihn kurz, dann lief ich zu Grandmas Kaffeemaschine. Während ich Kaffeepulver und Wasser einfüllte, schob sich Nathans Gestalt vor mein inneres Auge. O Mann. Da traf ich zum ersten Mal seit Wochen mal wieder einen attraktiven Kerl und dann beschuldigte ich ihn gleich des versuchten Mordes.

Ich füllte meine *Gilmore Girls* Tasse, aus der ich immer trank, wenn ich bei Grandma zu Besuch war, mit dem frisch gebrühten Kaffee, schnappte mir einen Löffel und Grandmas Dose mit Kakaopulver und schüttete eine ordentliche Menge davon hinein. Kurzentschlossen füllte ich eine zweite Tasse für Nathan und nahm beide mit nach draußen.

Eine kalte Windböe erfasste mich, als ich über die Veranda in Richtung Garage ging. Nathan stand mit dem Rücken zu mir und hantierte gerade an etwas herum, das ich nicht sehen konnte. Mir blieb gar nichts anderes, als das Muskelspiel an seinem Rücken zu bemerken.

Ich räusperte mich laut.

Ein Ruck ging durch seinen Körper und er drehte sich um. „Hi." Ein Lächeln breitete sich auf seinem Gesicht aus.

„Ich habe dir Kaffee mitgebracht. Als Entschädigung für meine Drohung von vorhin." Ich streckte ihm versöhnlich eine Tasse entgegen. „Sorry, dass ich dich so blöd angemacht habe. Das ist eigentlich nicht meine Art."

Er bückte sich und wischte seine schwarzen Finger an einem Lappen ab, ehe er zwei große Schritte auf mich zulief. „Danke, das ist ja lieb von dir."

Das ist lieb von mir!, sang eine Stimme in meinem Kopf.

„Ich wusste nicht, wie du deinen Kaffee am liebsten trinkst, deshalb hab ich ihn erstmal schwarz gemacht. Soll ich dir noch Milch holen? Oder Zucker? Oder was anderes?“

„Schwarz ist genau richtig.“ Dankbar nahm er die Tasse entgegen. Seine braunen Haare hingen ihm leicht zerwühlt in die Stirn.

Sein Adamsapfel hüpfte, als er zwei Schlucke nahm. Er ließ die Tasse sinken und wischte sich mit seinem Unterarm kurz über die Lippen. „Danke, das tut gut.“

Orange Strahlen der morgendlichen Sonne trafen auf seine Haare und tauchten sein Gesicht in ein besonderes Licht. Aus dieser Entfernung konnte ich jede seiner Konturen genau erkennen. Jedes Fältchen. Jede einzelne seiner dunklen Wimpern. Seinen markanten Kiefer. Er sah wirklich gut aus und ich musste mich zwingen, ihn nicht allzu offensichtlich anzustarren.

Nathan nickte zu meiner Tasse. „Wie trinkst du deinen Kaffee? Auch schwarz?“

Ich schüttelte den Kopf. „Mit etwas Kakaopulver.“

Seine dunklen Augenbrauen wanderten in die Höhe. „Das klingt interessant.“

„Schmeckt super. Solltest du auch mal probieren.“

Er nickte in Richtung meiner Tasse. „Darf ich?“

Oh. Jetzt?

„Äh, ja klar.“ Ich streckte ihm meine Tasse entgegen.

Vorsichtig nahm er sie und setzte seine Lippen an den Rand. Ohne mich aus den Augen zu lassen, nippte er an meinem Kaffee. Er schluckte und verzog kurz darauf das Gesicht.

„Nicht gut?“

Er schüttelte den Kopf und gab mir die Tasse so schnell zurück, als hätte ich ihm flüssiges Wachs zu Trinken gegeben.

„Das ist doch kein Kaffee mehr.“ Er gab ein Husten von sich. „Das ist heißer Kakao mit etwas Kaffeepulver.“

Entrüstet sah ich ihn an. „Das ist sehr wohl Kaffee. Mit einem bisschen Kakao."

„Deine Definition von ein bisschen finde ich sehr interessant." Er grinste und sofort drückten sich kleine Fältchen um seinen Mund. „Du gehörst wahrscheinlich zu diesen Menschen, die sagen wie sehr sie Kaffee lieben und dann bei Starbucks *Tropical Mango Caramel Cream Chocolate Chip Latte Macchiatos* bestellen." In seinen Augen funkelte es amüsiert.

„Ha ha." Um meine Mundwinkel zuckte es. Der Kerl hatte Humor, das gefiel mir.

„Ist heute doch kein Schlafanzugtag?" Nathans Augen glitten langsam über meinen cremefarbenen Pulli. Die Art, mit der er mich musterte, beschleunigte unwillkürlich meinen Herzschlag.

„Ja, ich habe mich spontan umentschieden."

„Schade eigentlich. Die Wassermelonen waren wirklich schick." Er zwinkerte mir zu.

Gott, schon wieder dieses Zwinkern.

Ich schüttelte grinsend den Kopf und bemühte mich, das aufsteigende Prickeln in mir zu unterdrücken.

Nathan leerte seinen Becher. „Darf ich dir den wiedergeben? Nochmal vielen Dank."

„Klar, jederzeit." Ich nahm die Tasse entgegen. Dabei streifte mich sein Daumen und ich spürte die Wärme, die von seiner Haut ausging.

„Wenn du sonst irgendetwas brauchst, einen Snack oder so, dann sag Bescheid." Ich deutete hinter mich. „Ich bin entweder auf der Veranda oder im Haus."

„Danke, Jess." Mein Körper reagierte sofort auf die Art und Weise, wie er meinen Namen aussprach. Mit dieser tiefen Stimme …

Ich schüttelte den Kopf. „Nein, ich habe zu danken. Danke, dass du meiner Grandma hilfst, das bedeutet uns wirklich sehr viel." Ich legte eine Hand auf meine Brust. „Dadurch, dass meine Familie so weit weg wohnt, können wir ihr nicht so oft zur Hilfe kommen, wie wir gerne würden. Also … danke. Das ist wirklich nett."

Nathan nickte und sah mich auf einfühlsame Art an. „Das ist doch selbstverständlich."

Seine Worte klangen aufrichtig und warm. Das, was er tat, war nicht selbstverständlich. Aber es war schön, dass er es so empfand.

Ich lächelte ihn dankbar an und sah, wie sich seine Mundwinkel ebenfalls hoben. Er hatte ein wirklich sympathisches Lächeln und strahlte eine Ruhe aus, die sich angenehm auf mich übertrug. Irgendetwas in mir wünschte sich plötzlich, dass unser Gespräch noch länger dauern würde. Dass ich noch länger in seiner Nähe verweilen konnte.

Stopp. Ich schüttelte innerlich den Kopf. Woher kamen auf einmal diese Gedanken?

Bevor ich ihn noch länger unhöflich anstarrte, nickte ich ihm schnell zu und lief zurück ins Haus.

Kapitel 4

„Ich bin heute vor Schreck fast gestorben." Ich blinzelte gegen die späte Nachmittagssonne. „Beziehungsweise habe ich jemand anderen des versuchten Mordes verdächtigt."

Grandma hob ihre Augenbrauen. „Was habe ich verpasst?"

„Nathan."

„Ach herrje, das habe ich ja total vergessen, dass er für das Auto kommen wollte." Erschrocken sah sie mich an.

„Ich dachte, es wäre ein Einbrecher im Haus und bin mit deiner Bratpfanne im Schlafanzug zur Garage geschlichen."

Grandma lachte amüsiert. „Das hätte ich gerne gesehen. Tut mir leid, dass ich dir nicht Bescheid gesagt habe."

„Schon gut." Versöhnlich legte ich meinen Kopf auf ihre Schulter. Wir saßen nebeneinander auf der Bank auf ihrer Veranda und blickten in den Wald, der in den schönsten Herbstfarben leuchtete.

„Nathan ist wirklich so ein lieber, junger Mann." Ihre Stimme nahm einen schwärmerischen Tonfall an. „Ohne ihn und John wäre ich wirklich aufgeschmissen. Mein Auto wäre immer noch kaputt, genauso wie meine Waschmaschine und meine Klospülung."

Ich lächelte und genoss die Wärme, die von ihrem Arm ausging, den sie um mich gelegt hatte. Es machte mich froh, dass sie Menschen kannte, die sie bedingungslos unterstützten und in jeglicher Situation halfen. Je älter sie wurde, desto mehr schmerzte es vor allem meinen Dad, dass sie hier alleine wohnte. Umso wichtiger, dass sie Kontakte in der Nähe hatte, auf die Verlass war.

„Du hast bisher noch gar nichts von ihm erzählt."

Grandma nickte. „Nathan ist noch nicht so lange hier in Coldriver."

„Seit wann denn?"

„Er arbeitet erst seit Beginn dieses Jahres in Johns Werkstatt."

„Apropos John." Ich richtete mich auf und sah sie grinsend an. „Wie war es bei ihm?"

„Sehr schön." Ihre schimmernd geschminkten Lippen verzogen sich zu einem Lächeln. „Es ist ein angenehmes Gefühl, jemanden direkt nach dem Aufwachen zu sehen. Das habe ich nach Roberts Tod besonders vermisst." Sie rieb sich über ihren Handrücken und das Lächeln auf ihrem Gesicht wurde blasser. Sofort zog sich mein Herz zusammen. Es schmerzte mich immer noch, dass Grandma so viele Jahre mit Grandpa verwehrt geblieben waren.

„John und ich haben mittlerweile ein Ritual für uns gefunden." Grandma verschränkte ihre Finger vor ihrem Bauch. Der bedrückte Schatten wich langsam wieder von ihrem Gesicht.

„Was für ein Ritual?"

„Wir schauen uns seit kurzem morgens mit einem Kaffee Dokumentarfilme an. Wir nennen das unser *Bildungsfernsehen*." Sie malte Anführungszeichen in die Luft und lachte. „Es ist schön, mit ihm so früh wach zu sein, wenn der Rest der Welt noch schläft."

John lag ihr wirklich sehr am Herzen. Jede Faser ihres Körpers strahlte Zuneigung zu diesem Mann aus.

„Das klingt total schön."

Ein seliger Ausdruck trat in ihre Augen. „John hat zum Glück eine Mediathek auf seinem Fernseher. Weißt du, was das ist? Da kann man unabhängig vom Fernsehprogramm …"

„Ich weiß, was eine Mediathek ist." Grinsend lehnte ich mich in der Bank zurück.

„Ach ja, ihr habt sowas ja auch zuhause, nicht wahr?" Grandma winkte ab. „Ihr jungen Leute seid da viel fitter als ich."

Ich schmunzelte in mich hinein. Grandma besaß zwar ein Smartphone und war damit definitiv weiter als andere Großeltern, aber ansonsten verstand sie nicht allzu viel von dem Phänomen des Internets.

„Worum ging es denn heute in der Sendung?"

„Heute haben wir uns für einen Beitrag über Kapstadt entschieden. Kannst du dir vorstellen, dass dort Paviane auf der Suche nach Nahrung in die Häuser der Einwohner einbrechen?"

Überrascht sah ich sie an. „Wie kommen die denn da rein?"

„Die wissen genau, wie man Türen und Fenster öffnet. Aber es kommt noch besser." Grandma lehnte sich verschwörerisch zu mir. „Diese Paviane sind gerissene Straßenräuber. Wenn sie ein Auto sehen, werfen sich die Weibchen in Pose, sodass die Menschen neugierig aus ihren Autos aussteigen und Fotos machen. Während dieser Zeit öffnen dann die Männchen heimlich die Autotüren, hüpfen rein und klauen Rucksäcke und sowas."

Ich schüttelte grinsend den Kopf. „Was es alles gibt. Tiere sind wirklich so viel klüger, als man glaubt."

„Absolut. Mit diesen Sendungen kann sogar so eine alte Schachtel wie ich noch was lernen."

„Oh, sag sowas nicht." Ich stupste sie sanft gegen die Schulter. „Du bist doch noch gar nicht so alt."

Grandma lachte. „Doch, Liebes, deine Grandma ist leider schon alt. So alt, dass es ihr jetzt zu kalt wird." Sie rieb sich über die Arme. „Ich glaube, ich gehe ins Haus. Bleibst du noch hier?"

Ich überlegte einen Augenblick. „Ich würde noch kurz runter zum See schauen, ist das ok?"

Grandma sah mich mit einem liebevollen Lächeln an und legte eine Hand auf meine Wange. Ihr rauer Daumen strich sanft über mein Kinn. „Na klar. Ich bin so froh, dass du da bist."

Wärme breitete sich in meinem Herzen aus. „Und ich erst", sagte ich und gab ihr lächelnd einen Kuss auf die Wange.

Ich schnappte mir mein Notizbuch, einen Stift und meine Lesebrille. Sonnenstrahlen fanden ihren Weg durch die Baumkronen und Vogelzwitschern ertönte über mir, als ich Grandmas Haus umrundete und zu einer langen Steintreppe kam. Zwischen dicht gewachsenen Bäumen führten die Stufen steil nach unten zu einem hölzernen Steg. Mit jeder einzelnen, die ich den Weg hinunternahm, spürte ich, wie sich ein aufgeregtes Kribbeln in mir breit machte. Um diesen privaten Zugang zum See hatte ich Grandma schon immer beneidet. Als ich unten ankam, hielt ich für einen Moment inne. Ehrfürchtig ließ ich meinen Blick über die glitzernde Oberfläche des Sees wandern. Das tiefblaue Wasser strahlte eine Ruhe aus, die mir direkt in die Glieder fuhr.

Fasziniert lief ich über den breiten Steg und setzte mich im Schneidersitz ans äußerste Ende. Wie herrlich friedvoll es hier war. Keine Motorgeräusche. Kein Lärm. Absolute Stille. Ich schloss die Augen und sog die frische Seeluft in meine Nase. Kein Geruch nach Müll oder Abgasen. Die Luft hier war vollkommen rein, sauber und gut. Hier zu atmen war ein ganz anderes Erlebnis als in New York.

Ich griff nach meinem Notizbuch, das im Sonnenlicht silbrig glitzerte, und schlug eine leere Seite auf. Vor meiner Ankunft bei Grandma hatte ich mir vorgenommen, jede Woche eine kleine Liste aufzuschreiben mit Dingen, für die ich dankbar war. Egal, wie klein oder groß sie sein mochten. Ich wollte am Ende mehrere Seiten gefüllt mit schönen Worten haben, die mich mit einem warmen Gefühl der Dankbarkeit erfüllen sollten.

Es klackte leise, als ich auf den Kugelschreiber drückte und mit dem Handrücken einmal über die leere Seite strich. Rasch setzte ich meine Lesebrille auf und begann zu schreiben.

Wofür ich von Herzen dankbar bin:
- *Danke, dass ich ein Dach über dem Kopf habe.*
- *Danke, dass ich ein warmes Bett zum Schlafen habe.*
- *Danke, dass ich genug zu essen und zu trinken habe.*
- *Danke, dass Grandma mich bei sich aufgenommen hat.*

Ich hielt inne und betrachtete die Buchstaben vor mir. Diese Dinge sollte man sich viel öfter vor Augen führen. Mit einem warmen Zuhause, genug zu essen, zu trinken und einem Bett zum Schlafen war man schon reicher als viele andere Menschen. Dafür war ich unendlich dankbar. Ich schätzte meine Privilegien, die ich hatte und die ich niemals als selbstverständlich ansehen wollte.

Egal, wie viel Mist in meinem Leben noch passieren würde … Im Grunde ging es mir gut. Ich musste nicht hungern und nicht jeden Tag aufs Neue um mein Zuhause bangen. Das war so viel Wert.

Ein sentimentales Gefühl überrollte mich, als ich das Notizbuch zuklappte und zusammen mit dem Kugelschreiber neben mich legte. Meine Hände ruhten in meinem Schoß und ich lockerte meine Schultern, bis sich alle meine Muskeln spürbar entspannten. Das sanfte Rauschen der Bäume und das Plätschern des Sees drangen an mein Ohr.

Eine Träne löste sich aus meinem Augenwinkel und rollte über meine Wange. Irgendetwas schien dieser Ort mit mir zu machen. Irgendetwas schien er in mir zu lösen. Ich ließ meinen Blick über den See bis hinauf in den blauen Himmel schweifen, ehe ich die Augen wieder schloss und mich den Gefühlen hingab, die mich überrollten. Es war zwar schon einige Zeit vergangen, doch seit dem Beziehungsaus mit Josh herrschte immer noch dieses Chaos in mir. Dabei lag das ja nicht nur an Josh. Die Sache mit dem Studium nagte auch an mir: dass ich es vergeigt hatte, dass mir plötzlich doch keine Türen mehr offenstanden und ich einen neuen Berufsweg finden musste. Ich atmete zitternd ein, während eine weitere Träne aus meinem Auge kullerte. Vielleicht musste ich mich jetzt noch einmal allen Gefühlen hingeben und all die Enttäuschung, den Schmerz und die Traurigkeit bewusst zulassen, damit ich nach vorne schauen und endlich damit abschließen konnte.

Ich löste meine Beine aus dem Schneidersitz und legte mich rücklings auf den Steg. Mit dem harten Holz unter meinem Rücken und meinem Kopf ließ ich alle Emotionen zu, die in mir aufkochten.

Kapitel 5

„Ja, die eineinhalb Kilo Packung müsste Suzie in ihrem Laden haben." Aus den Augenwinkeln sah ich, wie Grandma mir einen amüsierten Blick zuwarf. „Aber iss nicht wieder alles auf einmal."

„Das kann ich dir nicht versprechen. Diese *Peanut Butter M&Ms* sind mein Leben." Grinsend blickte ich auf die schnurgerade Hauptstraße vor mir. Der orange Streifen, der die beiden Fahrbahnen abtrennte, war schon an einigen Stellen abgeblättert und der graue Teer wurde immer wieder von Schlaglöchern durchbrochen, die den Wagen hüpfen ließen. Seit wir Grandmas Haus verlassen hatten, waren wir keinem anderen Auto begegnet. Alles wirkte wie ausgestorben, und dabei war heute Samstagnachmittag und wir auf dem Weg ins Zentrum von Coldriver.

„Ich kann mich noch gut erinnern, als du als Kind einmal viel zu viel von diesen M&Ms gegessen hast und dir die ganze Nacht schlecht war."

„O Gott, an diese Bauchkrämpfe erinnere ich mich jetzt noch mit Schrecken." Ich lachte. „Manchmal kenne ich meine eigenen Grenzen nicht."

Bei Erdnussbutter fiel es mir wirklich schwer, auf meinen Verstand zu hören. Essen mit dieser Zutat hatte einen hohen Suchtfaktor.

Wir passierten das Ortsschild von Coldriver. Die Nachmittagssonne stand tief am Himmel und blendete mich für einen kurzen Moment, sodass ich den Sonnenschutz des Autos herunterklappte. Als wir die Hauptstraße entlangfuhren, durchlief mich ein warmes Gefühl. Die kleinen Geschäfte, die sich hier aneinanderreihten, waren mir nach all den Jahren, die ich bei Grandma in den Sommerferien verbracht hatte, so vertraut. Ich entdeckte herbstliche Deko in den Schaufenstern und Menschen, die mit einer Einkaufstasche in der Hand fröhlich plaudernd am Gehweg standen.

„Wird das Motel noch betrieben?“ Ich warf einen skeptischen Blick auf die rechte Straßenseite, an der das *Coldriver Motel* stand. Es sah nach all den Jahren ziemlich heruntergekommen aus. Die Farbe an den Wänden blätterte ab und einige Fensterläden hingen schief in den Angeln.

„Ja, aber es gibt nicht mehr so viele Gäste wie früher.“ Grandma seufzte. „Carl hatte bisher nicht die finanziellen Mittel für eine Renovierung.“

Ein trauriges Gefühl erfasste mich. Hoffentlich gab es irgendwann die Möglichkeit, das Motel wieder auf Vordermann zu bringen. Ich ließ meinen Blick zur anderen Straßenseite gleiten. Wir kamen an Alans Tankstelle vorbei, an einem Gemüsehändler, einer kleinen Buchhandlung, einem Frisörsalon und Joey’s Café. Dann entdeckte ich *Suzie’s Candyshop*. Mit einem Lächeln bremste ich den Wagen und fuhr in eine freie Parklücke am Straßenrand.

„Dann besorge ich den Kürbis und du verlustierst dich bei Suzie?“ Grandma stieg aus dem Auto aus und zwinkerte mir zu. „Aber nimm nicht zu viel Süßkram mit.“

Ich sperrte das Auto ab und umarmte sie. „Mal sehen, ob ich mich zähmen kann.“

Winkend verabschiedeten wir uns, bevor jeder in seine Richtung ging. Ich betrachtete das Holzschild *Suzie’s Candyshop* über der Tür, bevor ich mit einem vorfreudigen Gefühl eintrat. Sofort schlug mir warme, zuckrige Luft entgegen. Der Laden war nicht besonders groß, aber bis unter die Decke mit allerlei Süßkram gefüllt. Das Paradies eines jeden Kindes. Früher hatte ich meine Eltern regelrecht anbetteln müssen, um Suzie einen Besuch abstatten zu dürfen.

„Jess!" Eine freudige Frauenstimme erklang.

Ich wandte mich um und entdeckte die Besitzerin des Ladens, die mit wehenden Haaren auf mich zulief. Sie war Mitte vierzig und hatte beneidenswert dichte Locken, die in einem natürlichen Rot schimmerten.

„Hi, Suzie."

„Oh, wie schön, dich mal wieder zu sehen." Suzie nahm mich in die Arme. „Wie geht's dir? Bist du mit deiner Grandma hier?"

Ich nickte. „Sie ist drüben im Gemüsemarkt Kürbisse holen."

„Sehr vorbildlich. Und du wählst mal wieder den ungesunden Weg?" Suzie grinste und klopfte mir freundschaftlich auf die Schulter. „Dort drüben habe ich einen extra Bereich nur für Erdnussbutter. Vielleicht ist da was für dich dabei."

„Du kennst mich zu gut." Gespielt ratlos hob ich die Schultern. „Wie geht es dir?"

„Ach, das Übliche, du weißt schon. Mein Jüngster hat gestern seinen ersten Milchzahn verloren. Also wortwörtlich verloren. Er wollte ihn unbedingt aufheben, aber er weiß nicht, wann er ihm ausgefallen ist. Das gab ein Drama bei uns, das kannst du dir nicht vorstellen." Suzie winkte ab. „Naja, nach vier Kindern kann einen das auch nicht mehr schocken."

Ich lachte. „Na, hoffentlich hat er beim nächsten Milchzahn mehr Glück."

„Bestimmt." Suzie lächelte. Sie hatte eine herzliche Ausstrahlung, die ich schon immer an ihr gemocht hatte. Sie war eine hingebungsvolle Mutter, die sich liebevoll um ihre Großfamilie kümmerte und ihren Laden mit derselben Liebe pflegte.

„Dann lasse ich dich mal in Ruhe schauen." Sie strich mir noch einmal freundlich über den Arm, dann verschwand sie hinter der Kasse.

Ich quetschte mich durch den schmalen Gang, während die verschiedensten Gerüche in meine Nase stiegen. Meine Augen scannten die vollen Regale ab und blieben sofort an den *Peanutbutter M&Ms* hängen. Perfekt.

„Heute nehme ich erstmal nur die beiden." Ich lief mit zwei riesigen Packungen zur Kasse und stellte sie vor Suzie ab.

„Oh, diese M&Ms sind immer eine gute Wahl." Suzie strahlte und tippte auf ihrer Kasse herum.

Ich griff nach meiner kleinen Handtasche, um meinen Geldbeutel herauszuholen. Doch meine Finger tasteten ins Leere.

Moment.

Mit gerunzelter Stirn beugte ich mich tiefer über die Tasche. Dann stieß ich einen Fluch aus. Im Hintergrund hörte ich die Klingel über der Tür, die einen neuen Kunden ankündigte.

„Ich muss mein Portmonee zuhause vergessen haben." Zerknirscht hob ich meinen Blick. „Es tut mir leid, Suzie. Kann ich die Sachen kurz bei dir liegen lassen? Ich laufe schnell zu Grandma und borge mir etwas Geld."

Suzie nickte und setzte an etwas zu sagen, als plötzlich eine tiefe Stimme hinter meinem Rücken erklang.

„Ich könnte dir etwas leihen."

Erschrocken fuhr ich herum.

Und blickte in zwei graublaue Augen.

„Nathan." Überrascht sah ich ihn an.

„Hi, Jess." Auf seinem Gesicht lag ein freundliches Lächeln. Er trug heute einen schwarzen Hoodie, der sich um seine breiten Schultern schmiegte. Seine langen Beine steckten in einer hellen Jeans.

„Danke für dein Angebot, aber Grandma ist nur ein paar Geschäfte weiter." Ich wandte mich wieder an Suzie, doch sie hatte nur Augen für den Mann hinter mir.

„Nathan, wie schön dich zu sehen." Ein Strahlen lag auf ihrem Gesicht. „Eine Packung *Reese's* wie immer?"

Ich blickte erstaunt zurück zu Nathan. War er auch Stammkunde bei Suzie? Bei seinem definierten Körper konnte ich mir das kaum vorstellen. Mein Blick blieb an seinen starken Oberarmen hängen.

„Gerne." Nathan nickte. Eine braune Haarsträhne löste sich, die er mit seiner Hand lässig aus der Stirn schob.

„Wie viel kosten die beiden M&Ms?" Fragend sah er Suzie an.

Sie nannte ihm den Betrag und er zückte sein Portmonee.

„Nathan, du musst nicht …"

„Ich weiß, aber ich möchte." Er reichte Suzie die Geldscheine und sah dann zu mir. In seinen Augen lag ein warmer Ausdruck. „Gern geschehen."

„Danke." Ich erwiderte seinen freundlichen Blick. „Aber warte, ich gebe dir das Geld gleich …"

„Das geht auf mich", unterbrach er mich und legte eine Hand auf meine Schulter. Sofort drang seine Wärme durch meinen Pulli. Er war mir so nah, dass ich seinen herben Duft einatmete und meinen Kopf leicht in den Nacken legen musste, um ihn anzusehen. Seine Haare waren heute wieder so zerwühlt, was ihm einen wahnsinnig lässigen Touch verlieh. Generell strahlte er eine Lockerheit aus, die ich bei Josh nie gesehen hatte.

Moment.

Josh? Was hatte der jetzt in meinem Kopf zu suchen?

Ich runzelte die Stirn und bemühte mich, ihn sofort aus meinen Gedanken zu vertreiben.

„Ich muss wieder los, wir haben eine größere Panne in unsere Werkstatt geliefert bekommen. Danke für die *Reese's*, Suzie." Mit einem charmanten Lächeln griff er nach der Packung, die sie ihm reichte. Kleine Lachfältchen bildeten sich dabei in seinen Augenwinkeln. Dann warf er mir einen Blick zu. „Man sieht sich, Jess."

Ich wunderte mich nach wie vor, weshalb sich mein Name aus seinem Mund jedes Mal wie eine warme Dusche anfühlte.

Nathan nickte mir zu, dann war er auch schon verschwunden.

Kaum war er zur Tür hinaus, stieß Suzie ein schwärmerisches Seufzen aus. „Was für ein sympathischer Mann."

Ich löste meinen Blick von der Stelle, an der Nathan eben noch gestanden hatte, und sah zu ihr. Ein rötlicher Schimmer lag auf ihren Wangen.

„Wäre ich nicht schon glücklich verheiratet und viel zu alt, wäre er genau mein Typ", verriet sie mir hinter vorgehaltener Hand.

Ich schmunzelte. Ob Nathan wusste, welche Wirkung er auf die Frauen von Coldriver hatte? Erst Grandma, jetzt Suzie …

„Ich bin so froh, dass John ihn bei sich aufgenommen hat. Nach allem, was der arme Kerl erlebt hat."

Kurz lag ein bedrücktes Schweigen in der Luft und ich fragte mich, was Suzie mit ihren Worten meinte.

Nach allem, was der arme Kerl erlebt hat …

Hatte Nathan einen Verlust erlitten? War er krank gewesen? Oder hatte er einen Unfall gehabt?

Ich runzelte die Stirn und rang mit mir, ob ich nachfragen sollte, als Suzie schwer ausatmete und den Kopf schüttelte.

„Naja. Lass dir die M&Ms schmecken." Kurz legte sie mir eine Hand auf den Arm. „Ich muss ins Lager und eine neue Lieferung auspacken. Es war schön, dich mal wieder gesehen zu haben. Bist du ab jetzt öfter hier?"

Ich nickte. „Die nächsten Wochen komme ich bestimmt noch häufiger vorbei."

„Da freue ich mich. Bis dann!"

Kapitel 6

„Arbeitet Alan noch in der Tankstelle?", fragte ich Grandma beim Abendessen. Als wir heute an der Tankstelle vorbeigefahren waren, hatte ich nicht erkennen können, wer drin saß.

„Ja, gemeinsam mit seinem Sohn."

Ich nahm einen Schluck aus meinem Wasserglas. „Wahnsinn. Dabei kam er mir schon steinalt vor, als ich noch ein Kind war."

Grandma tauchte ihren Löffel in die würzige Kürbissuppe. „Mit seinen fünfundachtzig Jahren ist er fit wie ein Turnschuh."

„Fünfundachtzig?" Ich riss die Augen auf. Dann hatte sich mein Eindruck von damals also bestätigt. „Er hat mir früher immer kleine Bonbons geschenkt."

„Er ist wirklich ein guter Mann. War er schon immer."

„Wollte sein Sohn nicht nach Minneapolis ziehen?"

„Ja, das war sein Plan. Aber als Alan seine Tankstelle partout nicht aufgeben wollte, und alle wussten, dass er sie nicht alleine schmeißen kann, ist er wieder zurückgekehrt."

„Und was ist mit seiner Frau?"

„Sie haben sich scheiden lassen, kurz bevor er zurück nach Coldriver zu Alan gekommen ist."

„Oh." Betroffen ließ ich meinen Löffel sinken.

Grandma zuckte mit den Schultern. „Ich für meinen Teil denke, dass es so das Beste ist. Ich war noch nie ein großer Fan von ihr."

Ich senkte den Blick auf meine Schüssel. Hoffentlich war sein Sohn glücklich. Er hatte seinen Traum aufgeben müssen und Minneapolis verlassen, um wieder nach Coldriver zu gehen. Das schien mir nicht der beste Tausch, wenn es einen in eine größere Stadt zog. In meiner Brust verkrampfte sich etwas. Vielleicht hatte ihn sein Traumberuf dort aber auch nicht erfüllt und es war für ihn ein guter Entschluss gewesen, in seine Heimat zurückzukehren.

„Es ist immer schlimm, wenn man jemanden verliert", murmelte ich.

Als ich den Blick hob, sah ich direkt in Grandmas Augen, die mich mitfühlend musterten. Hinter meinem Nasenrücken begann es zu kribbeln. O nein. Ich wollte nicht mehr weinen. Es waren schon genug Tränen vergossen worden. In letzter Zeit bei Grandma hatte ich es doch schon ganz gut geschafft, die Leere in meinem Inneren ein bisschen zu füllen und mir Ruhe zu schenken. Wehe, es kam jetzt alles wieder hoch.

„Weißt du, Jessy …" Grandma legte ihren Löffel zur Seite. Ihre lackierten Fingernägel schimmerten im Deckenlicht, während sie die Serviette neben ihrem Teller faltete. „Das menschliche Herz hält so manches aus. Mehr, als man selbst glauben mag." Sie verschränkte ihre Finger und sah mich an. „Jeder von uns ist in der Lage, sein Herz an verschiedene Menschen zu verschenken."

Ich schob meine zitternden Hände unter meine Oberschenkel, während ich mich an Grandmas warmen Blick festklammerte.

„Ich werde deinen Grandpa Robert immer lieben. Von ganzem Herzen. Das weißt du, nicht wahr? Aber mein Herz hat auch Platz für andere Menschen. Es hat Platz, um Liebe zu *dir* zu empfinden. Zu deiner Schwester. Zu deinen Eltern. Zu meinen Freunden. Und es hat auch Platz für einen neuen Mann. Auch wenn es mir unmöglich erschien, jemanden so sehr lieben zu können wie deinen Grandpa, so hat John mir gezeigt, dass es doch möglich ist. Weißt du, wie viele Menschen es auf der Welt gibt? Über sieben Milliarden. Denkst du, es gibt unter all diesen Menschen nur eine Person, die du lieben kannst? Oder die dich liebt?" Sie schüttelte den Kopf. „Ich glaube nicht. Irgendwann wirst du jemanden treffen, der dir guttut. Der dich so liebt, wie mein Robert mich geliebt hat. Wie dein Dad deine Mom liebt. Manchmal hält das Schicksal bessere Pläne für dich bereit, solche, die du jetzt nur noch nicht verstehst."

Meine Unterlippe zitterte. Grandmas Worte hingen zwischen uns in der Luft. In meinem Kopf drehten sich die Gedanken und heiße Tränen brannten immer stärker hinter meinen Lidern.

Sie hatte recht, dass ich mich nicht mehr an Josh festklammern durfte. Genauer gesagt an die romantisierte Idee von ihm, die ich mir in meinem Kopf ausgemalt hatte. Rückblickend betrachtet fielen mir Dinge auf, in denen sich sein aggressives Verhalten schon zu Beginn unserer Beziehung angedeutet hatte. Dinge, die ich damals nur nicht wahrhaben wollte, weil er der erste Mann gewesen war, der sich wirklich für mich interessiert hatte. Nur weil er mein erster Freund gewesen war, durfte ich nicht glauben, dass ich nach ihm nie wieder die Liebe finden würde.

Ich blinzelte hektisch und fokussierte mich auf Grandmas ernstes Gesicht. In ihren braunen Augen spiegelte sich warmes Mitgefühl. Die tiefen Furchen an ihren Wangen, auf ihrer Stirn und das weiche Make-Up, das sich in den Fältchen um ihre Augenwinkel herum sammelte, waren mir so vertraut. Genau wie der korallfarbene Lippenstift, den sie seit ich sie kannte täglich auftrug. Ihre grauen Haare kringelten sich um ihre Ohren, sodass man ihre funkelnden Ohrringe kaum erkannte. Tiefe Liebe durchfloss mich in dieser Sekunde, in der ich meine Grandma einfach nur ansah. Sie fand immer die richtigen Worte – zu allem. Wer wusste, wie lange sie uns noch blieb? Mir graute es jetzt schon vor dem Tag, an dem wir die Nachricht erhalten würden, dass sie …

Ich biss die Zähne fest zusammen.

Hoffentlich konnten wir zu diesem Zeitpunkt wenigstens bei ihr sein. Wenn ich daran zurückdachte, wie ich mich damals nach Grandpas Tod gefühlt hatte … Diesen Schmerz wollte ich so lange wie möglich nicht mehr fühlen müssen.

Aus einem Impuls heraus streckte ich meinen Arm über den Tisch aus und ergriff die Hand meiner Grandma.

„Ich hab dich lieb, Nana." Meine Stimme klang erstickt.

Liebevoll legte sie ihre andere Hand über unsere und strich über meine Finger. „Ich dich auch, mein Schatz. Du bist eine starke Frau. Und ich bin wahnsinnig stolz auf dich."

Und schon waren alle Dämme gebrochen. Tränen schossen in meine Augen und nahmen mir die Sicht.

Grandma verstärkte ihren Griff um meine Hand. „Was hältst du davon, wenn wir uns jetzt ein paar Folgen *Gilmore Girls* ansehen und danach selbstgemachten Pudding essen?"

Ich schniefte leise. „Du hast die DVDs noch?"

„Natürlich." Grandma sah mich gespielt entrüstet an. „Denkst du, ich entsorge deine Weihnachtsgeschenke? Alle sieben Staffeln sind dort drüben im Schrank." Sie nickte mit dem Kopf in Richtung Wohnzimmer.

„Na dann." Ich löste unsere Hände und wischte über meine feuchten Wangen. „Auf zu Lorelai und Rory."

Kapitel 7

Die folgenden Wochen verbrachte ich damit, mit Grandma zu kochen, Brettspiele zu spielen und eine Folge *Gilmore Girls* nach der anderen zu suchten. Ab und zu nahm ich mir meinen Freiraum und ging draußen am See zwischen den leuchtend orangen Bäumen spazieren. Je länger ich hier war, desto mehr gewöhnte ich mich an die saubere Waldluft, die ich in New York definitiv vermissen würde. Und ich spürte von Tag zu Tag mehr, wie mir die Last, mit der ich angereist war, von den Schultern fiel und sich zunehmend in Entspannung verwandelte. Es gelang mir, mich auf das Hier und Jetzt zu konzentrieren, was unter anderem an den Gesprächen mit Grandma lag. Aber auch der Abstand zu meinem Zuhause wirkte Wunder. Es war definitiv die beste Entscheidung gewesen, hier für eine Weile eine Auszeit zu nehmen und die Gedanken ruhen zu lassen. Mit allem, was danach kam und was meine Zukunft betraf, würde ich mich noch früh genug auseinandersetzen müssen.

„Viel Spaß euch beiden." Ich gab Grandma einen Kuss auf die Wange.

„Danke, Liebes. Lass es dir in Edgars *Food Bar* schmecken." Sie strich mir sanft über die Haare, bevor sie aus dem Auto stieg und die Tür zuschlug. John erwartete sie bereits vor seiner Werkstatt. Die beiden verbrachten den heutigen Sonntagabend zusammen und ich hatte angeboten, Grandma zu fahren.

Ich wendete den Wagen und fuhr zurück auf die Hauptstraße. Johns Werkstatt lag am Ortsende neben der Kirche und dem Friedhof. Ich war nach wie vor fasziniert, dass der Ortskern lediglich aus der langen, geraden Hauptstraße bestand, an der alle wichtigen Geschäfte lagen. Von dort aus verzweigten sich Seitenstraßen und Gassen in angrenzende Siedlungen. Mehr hatte Coldriver nicht zu bieten, doch mittlerweile hatte mich der Charme dieser Stadt voll für sich eingenommen.

Mit einem Lächeln parkte ich vor Edgars Diner und stieg aus dem Auto. Ein würziger Herbstduft lag in der Luft, bei dem sich der Geruch der Nadelbäume mit dem Rauch von den Schornsteinen der Häuser mischte.

Mein Blick fiel auf das große Schild, auf dem in leuchtenden Buchstaben *Food Bar* stand. Das holzverkleidete Blockhaus wirkte schon von außen unheimlich gemütlich und heimelig. Ich drückte die Tür auf und betrat den Laden. Sofort schlug mir warme Luft entgegen. Nur wenige Deckenlampen erhellten die runden Tische und den holzverkleideten Tresen, der ein paar Meter von mir entfernt war. An den Wänden hingen Flachbildschirme, über die gerade irgendein Werbespot flimmerte. Einige Tische waren bereits besetzt, doch wie üblich war auch heute nicht allzu viel los. An einem der hinteren Plätze entdeckte ich Suzie mit ihrer Familie, die mir freudestrahlend zuwinkte, als sie mich sah. Ich winkte lächelnd zurück und steuerte den Tresen mit den hohen Stühlen an, wo ich mich auf einen freien Platz sinken ließ. Beinahe im selben Moment wurde die Küchentür zu meiner rechten Seite aufgestoßen und ein stämmiger Mann kam heraus. Als er mich erblickte, weiteten sich seine Augen.

„Jess!" Er schob sich hinter den Tresen und blieb vor mir stehen. „Wie schön, dich zu sehen."

„Hallo, Edgar." Ich lächelte den Besitzer des Diners an. Seine Haare lichteten sich schon und zogen sich in dünnen, grauen Strähnen über seinen Hinterkopf. Die Falten in seinem Gesicht zeigten ebenfalls an, dass er nicht mehr der

Jüngste war, doch in seinen Augen lag dieses lebensfrohe Funkeln, das ihn unglaublich sympathisch wirken ließ.

„Kann ich dir schon etwas bringen?" Er strich sich über seine Schürze.

„Ein Italiano Burger und eine Zitronenlimonade wären schön."

„So wie immer, alles klar." Ein breites Lächeln erschien auf seinem Gesicht. „Kommt sofort." Damit verschwand er wieder hinter der Tür in der Küche.

Zufrieden schälte ich mich aus meinem Mantel und legte ihn gemeinsam mit meiner kleinen Handtasche auf dem Barhocker neben mir ab. Es gefiel mir, dass Edgar keinen Kommentar abgelassen hatte, weshalb ich alleine hier war. In anderen Restaurants wäre ich schon drei Mal gefragt worden, ob noch jemand nachkam. Ich war schon immer der Typ gewesen, der auch gerne mal alleine etwas unternommen hatte. Sei es shoppen, ins Kino gehen oder eben essen. Heute führte ich mich selbst auf ein Date aus und freute mich auf die Zeit mit mir.

Ich ließ meinen Blick durch das Diner wandern. Jedes Mal, wenn ich hier war, genoss ich die gemütliche Atmosphäre, die zwischen den Wänden hing. Die Leute unterhielten sich angeregt und sorgten damit für ein wohltuendes Grundrauschen. Außerdem war Edgars *Food Bar* der beste Ort, um neue Gerüchte zu erfahren.

„Du hast eine Limo bestellt?"

Ich wandte meinen Kopf. Eine junge Frau mit pinken Haaren war hinter dem Tresen aufgetaucht. Mit einem breiten Lächeln schob sie mir ein Glas entgegen, in dem eine frische Zitronenscheibe schwamm.

„Danke, Mandy." Als ich das letzte Mal hier essen war, hatte sie ebenfalls bedient. Soweit ich wusste, war Edgar ihr Onkel. Ich fand sie bildhübsch, mit den glatten vollen Haaren, die ihr bis über die Brust fielen. An der Nase trug sie einen funkelnden Silberring und ihre Augen waren schwarz geschminkt, sodass ihre blaue Farbe noch mehr strahlte. Beide Arme waren bis oben hin mit bunten Tattoos gefüllt, die unter den Ärmeln ihres karierten Hemdes verschwanden, das sie am Bauch zusammengeknotet hatte.

„Tisch vier möchte zahlen." Ein blonder Kopf erschien neben Mandy und stieß sie freundlich gegen die Schulter. „Hi, Jess." Der Kerl balancierte ein riesiges Tablett vor sich her und lächelte mich an. „Hast du schon bestellt?"

„Ja, Edgar war eben hier. Danke, Alex." Ich erwiderte sein Lächeln.

Alex nickte mir zufrieden zu und lief in großen Schritten durch den Raum. Er trug ein schwarzes T-Shirt und eine schwarze Jeans mit einem breiten silbernen Gürtel, der mich sofort an einen Cowboy erinnerte.

„Dein Burger müsste gleich kommen", sagte Mandy freundlich. Dann war auch sie wieder verschwunden.

Ich nahm einen Schluck von meiner Limo und genoss den frischen Geschmack auf meiner Zunge.

Ob Kellnern langfristig auch etwas für mich wäre?

Während meines Studiums hatte ich oft als Kellnerin gejobbt, es aber nie als meine Bestimmung betrachtet.

Nachdenklich fuhr ich am kühlen Glas meiner Limonade entlang. Ich musste mir langsam Gedanken machen, welche neue berufliche Richtung ich einschlagen wollte. Was wollte ich tun, wenn ich nach New York zurückkehrte? Wollte ich ein neues Studium beginnen? Wenn ja, welches? An welcher Uni?

Der Beruf, den ich seit Kindertagen angestrebt hatte, lag nun nicht mehr zum Greifen nahe. Ich hatte nie über einen Plan B nachgedacht, weil ich geglaubt hatte, dass ich keinen brauchen würde. Dass ich alles so erreichen würde, wie ich es mir vorgenommen hatte. Gott, das war so naiv gewesen.

Langsam ließ ich meinen Blick über die Gäste in der *Food Bar* schweifen. Welcher Arbeit die einzelnen Menschen hier wohl nachgingen? Waren sie glücklich in dem, was sie taten?

Ich trank ein Schluck meiner Limo. Vielleicht sollte ich mir demnächst mal Zeit nehmen, mögliche Studiengänge an den verschiedenen Unis in New York zu recherchieren. Vielleicht stach mir dort etwas ins Auge, das mir gefiel.

In Gedanken versunken starrte ich auf die Bar, als mich plötzlich ein Luftzug auf der linken Seite streifte.

„Hi."

Diese tiefe Stimme kannte ich.

Ruckartig wandte ich meinen Kopf. Nathan stand vor mir, mit einem warmen Lächeln auf den Lippen. Sofort beschleunigte sich mein Herzschlag.

„Nathan! Was machst du hier?"

„Essen. So wie du, schätze ich." Er grinste mich an. Dabei drückten sich kleine Fältchen um seine Mundwinkel, die mir mittlerweile schon beinahe vertraut waren.

Ich lachte. „Sorry, das war eine dumme Frage."

„Dumme Fragen gibt es nicht. Sagt zumindest mein Highschool Lehrer Mr. Hermann." Er deutete auf den Hocker neben mich. „Darf ich?"

„Oh, äh, klar." Ich rutschte auf meinem eigenen Stuhl herum, während er sich setzte. Ein Hauch seines herben Dufts wehte zu mir. Er roch wirklich gut.

„Hier, lass es dir schmecken, Jess." Mandy war neben mir aufgetaucht und schob einen Teller mit einem köstlich duftenden Burger vor meine Nase. Als sie Nathan ansah, rechnete ich jeden Moment damit, dass sie genauso rote Wangen bekam wie anscheinend jede Frau in Coldriver. Doch sie reagierte nicht anders, als würde ihr Bruder vor ihr sitzen.

„Kann ich dir auch was bringen, Nathan?"

Ich schmunzelte in mich hinein. Es war wirklich erstaunlich, wie sich alle hier in dieser Stadt beim Vornamen kannten.

„Dasselbe wie Jess."

„Alles klar." Mandy verschwand in der Küche.

Mit hochgezogenen Augenbrauen blickte ich zu Nathan. „Du weißt doch gar nicht, was für einen Burger ich habe."

Er zuckte mit den Schultern. „Der sieht lecker aus, der muss gut sein. Und die frisch gepresste Limonade gehört zu meinen Lieblingsgetränken."

Ein seltsames Gefühl der Freude erfüllte mich, als ich erfuhr, dass er die Limo genauso gerne trank.

„Das ist der Italiano Burger. Der ist *so* gut." Ich griff danach und grub meine Zähne in den weichen Brötchenteig. Sofort schien der würzige-deftige Geschmack in meinem Mund eine wahre Explosion auszulösen und ich unterdrückte nur mit Mühe ein Stöhnen. Edgars Burger waren einfach unschlagbar.

Aus den Augenwinkeln sah ich, wie Nathan mich beobachtete. Ich schluckte meinen Bissen herunter und wandte mich ihm zu. In seinen Augen funkelte es.

„Der muss wirklich gut sein", stellte er fest. „Ich wünschte, mich würde jemand mal genauso betrachten wie du diesen Burger."

Ich grinste und biss ein neues Stück ab. Meine Leidenschaft für Essen war grenzenlos.

Nathan öffnete den Reißverschluss seiner Sweatshirt Jacke und zog sie aus. Mein Blick fiel automatisch auf seine Arme. Und auf die dunklen Tattoos, die sich an seinem linken Arm nach oben schlängelten und unter seinem T-Shirt verschwanden. Die Linien waren dick und wirkten diffus und etwa in der Mitte entdeckte ich einen kleinen Notenschlüssel, der irgendwie nicht zu den wild aussehenden Kurven passen wollte. Mein Blick wanderte von seinem linken zu seinem rechten Arm. Dort gab es keine Tattoos. Alles, was ich sah war gebräunte Haut mit dunklen Härchen.

„Nathan?" Eine Frauenstimme ertönte hinter uns und unterbrach mein Starren. Schnell riss ich meinen Blick los und drehte mich um.

„Hallo, Mrs. Pérez." Nathan strahlte die ältere Dame an. „Wie geht es Ihnen? Ist Ihr Mann wieder fit?"

Die Frau trug ihre langen weißblonden Haare in einem geflochtenen Zopf über ihre Schulter. „Er durfte gestern wieder nach Hause. Die Zeit im Krankenhaus war schrecklich für ihn gewesen, vor allem das Essen." Um ihren Mund herum lagen tiefe Sorgenfalten.

„Das glaube ich Ihnen."

Ich beobachtete, wie Nathan seine gesamte Aufmerksamkeit auf die Dame vor ihm richtete. Er schien alles um sich herum auszublenden und Mrs. Pérez sein ungeteiltes Mitgefühl zu schenken.

„Ich freue mich, dass ich dich hier treffe, Nathan." Sie hielt die Hände vor ihrer Brust gefaltet. „Dürfte ich dich nochmal um einen kleinen Gefallen bitten?"

„Selbstverständlich. Ist das Garagentor wieder locker?"

„Nein, da passt zum Glück alles." Mrs. Pérez sah ihn sorgenvoll an. „Unser Holz für den Winter müsste noch gehackt werden. Mein Sohn kümmert sich sonst immer darum, aber er kann erst in ein paar Wochen kommen. Und es wird doch schon so kalt. Es tut mir furchtbar leid, wenn ich dir irgendwelche Umstände mache."

„Das mache ich gerne, Mrs. Pérez." Nathan schenkte ihr ein beruhigendes Lächeln. „Wann soll ich vorbeikommen?"

„Oh, du bist ein Goldstück. Hättest du die kommende Woche Zeit? Es ist relativ viel Holz."

„Klar, ich muss schauen, wie ich das einrichten kann mit der Werkstatt, aber das müsste klappen."

„Das wäre großartig." Erleichtert atmete sie aus. „Komm einfach vorbei, ich bin jederzeit zu Hause. Ich danke dir von Herzen." Sie wandte sich an mich. „Du musst Jess sein. Tut mir leid, dass ich euren Abend gestört habe."

„Kein Problem", sagte ich lächelnd. Auch wenn wir uns noch nie persönlich gesehen hatten, wunderte ich mich nicht, dass sie meinen Namen kannte. Mittlerweile wusste ich, dass hier jeder einen kannte, egal, ob man schon einmal miteinander gesprochen hatte oder nicht.

„Könnten Sie noch eine zweite Hand gebrauchen?", fragte ich aus einem Impuls heraus.

Mrs. Pérez hob überrascht ihre hellen Augenbrauen. „Beim Holz hacken?"

Ich nickte.

„Das ist doch zu schwere Arbeit. Lass das lieber die Männer machen." Sie zwinkerte Nathan zu.

„Das ist kein Problem, ich habe früher mit meinem Grandpa oft zusammen Holz gehackt. Ich mache das gerne."

„Oh." Wieder wanderten ihre Augenbrauen nach oben. „Na, wenn das so ist …"

Sie schien noch aus einer Generation zu stammen, in der Holzhacken allein den Männern vorbehalten war. Hoffentlich konnte ich ihr zeigen, dass das mittlerweile überholt war.

Außerdem spürte ich, dass ich langsam, aber sicher Hummeln im Hintern bekam, je länger ich bei Grandma war und im Grunde nichts zu tun hatte. Es würde mich freuen, wenn ich jemandem etwas Gutes tun konnte.

„Na, dann kommt gerne beide." Mrs. Pérez legte eine Hand auf meine Schulter und strahlte. „Ich danke euch."

Ich lächelte sie an und nickte, bevor sie zurück an ihren Tisch lief, an dem eine andere Dame saß.

„Du kannst auch nur schlecht Nein sagen, oder?", wandte ich mich wieder Nathan zu. Ich wusste, dass er in der Werkstatt in Arbeit versank, und sicher nicht viel Zeit für private Anliegen hatte.

Er schmunzelte und schüttelte den Kopf. „Gut erkannt."

„Du hilfst so vielen Menschen in Coldriver. Inklusive meiner Grandma. Wann schläfst du?"

Nathan lachte leise und legte seine Arme auf dem Tresen ab. „Je mehr es sich verbreitet, dass ich nicht nur Autos repariere, desto mehr Anfragen für andere Dinge bekomme ich." Er drehte den Kopf und sah mich an. „Aber ich mache das gerne. Besonders die älteren Menschen sind auf diese Hilfe angewiesen und die Wertschätzung, mit denen sie dir begegnen, ist jedes Mal etwas Besonderes."

Ein Lächeln unterstrich seine Worte und ich merkte, dass es ihm wirklich am Herzen lag, anderen zu helfen.

„Hast du etwas in die Richtung studiert?", fragte ich.

„Ich habe an einem Community College Automechanik studiert. Den Rest habe ich mir von meiner Mom abgeschaut. Sie hat schon seit ich klein war alles Mögliche zuhause repariert. Je älter ich wurde, desto mehr hat sie mir beigebracht, sodass ich mir jetzt ganz gut zu helfen weiß." Sein Tonfall wurde ganz sanft, als er von seiner Mutter sprach. Unwillkürlich überfiel mich ein warmes Ziehen in der Brust. Ich betrachtete das zärtliche Lächeln auf seinen Lippen. Ich selbst war ebenfalls ein Familienmensch und fand es deshalb bei Männern unglaublich anziehend, wenn es ihnen genauso ging.

„Das bewundere ich total", sagte ich. „Ich komme aus einer Akademikerfamilie, in der niemand handwerklich begabt ist. Ich finde das total traurig, da ich mir so hilflos vorkomme, wenn ich zuhause gar nichts selbst reparieren kann."

„Dafür kannst du Holz hacken." Sein rechter Mundwinkel hob sich. „Danke, dass du Mrs. Pérez deine Hilfe angeboten hast."

„Klar. Ich bin froh, wenn ich etwas zu tun habe." Ich erwiderte sein Lächeln. „Ist deine Mom eigentlich die Tochter von John?"

Nathan nickte. „Sie ist hier in Coldriver aufgewachsen. Während ihres Studiums hat sie meinen Dad kennengelernt und ist zu ihm nach Eau Claire gezogen, also nicht allzu weit von hier."

„Ah, also bist du in Eau Claire geboren?"

„Jap."

Ich runzelte die Stirn, als mir ein Gedanke kam. „Warst du in den Sommerferien oft bei deinen Großeltern?"

„Nicht wirklich. Als Grandma noch gelebt hat, haben die beiden uns oft in Eau Claire besucht, deshalb war ich leider gar nicht so häufig in Coldriver. Du schon?"

Ich nickte. „Wir waren jede Sommerferien hier. Ich habe mich nur gerade gewundert, warum wir uns nicht früher mal begegnet sind. Aber wenn du gar nicht so oft hier warst, ergibt das natürlich Sinn." Ich hielt kurz inne. „Oder wir haben uns mal gesehen und wissen es nicht mehr."

Nathan fuhr sich mit einer Hand über den Hinterkopf. Er hob den Blick und sah mich an. In seinen Augen lag ein Ausdruck, den ich nicht recht deuten konnte.

„Das glaube ich nicht", sagte er rau.

Je länger er mich betrachtete, desto nervöser wurde ich. Langsam glitt sein Blick über mein Gesicht. Über meine Haare, meine Nase, bis zu meinen Wangen. Unter der Intensität wurde mir unwillkürlich heiß.

Er glaubte das nicht, weil … er sich an mich erinnern hätte können? Oder weshalb?

Bevor ich mir genauere Gedanken über die Bedeutung seiner Worte machen konnte, tauchte Alex neben uns auf. „Hat hier jemand einen Italiano Burger bestellt? Nathan, für dich?"

Nathan blinzelte, dann brach unser Blickkontakt ab. „Ja, der ist für mich. Danke, Mann." Er gab Alex einen Handschlag.

„Alles gut bei dir?" Alex lehnte sich mit verschränkten Armen gegen den Tresen. Er sah zwischen uns hin und her. „Bist du heute mit deinem Date hier?"

Nathan räusperte sich. „Nein, ich habe Jess hier nur zufällig getroffen." Er blickte sich im Raum um. „Habt ihr heute viel zu tun?"

„Naja, es geht. Es gab schon stressigere Tage." Alex fuhr sich durch seine blonden, verwuschelten Haare.

„Hey, Mr. White. Hör auf zu flirten und schwing deinen heißen Hintern hierher." Mandys Stimme schallte durch den Raum.

Alex zog grinsend die Schultern ein. „Die Furie ist wieder am Werk."

„Das habe ich gehört." Mandy kam auf uns zu und stieß Alex neckend gegen den Bauch. „Hör auf, Wurzeln zu schlagen, die anderen Gäste haben auch Hunger."

„Bin schon da." Alex hob die Hände. „Außerdem habe ich gar nicht geflirtet. Wer sagt denn, dass ich immer flirte?" Er schlang einen Arm um Mandys Schulter und lief mit ihr zur Küchentür. Von der Seite bemerkte ich einen rötlichen Schimmer auf Mandys Wangen und das leichte Lächeln auf ihren Lippen.

Ach so war das.

Ich grinste in mich hinein. Also hatte Nathan sie kalt gelassen, weil ihr Interesse jemand anderem galt. Alex war ein attraktiver Mann, das musste man ihm lassen.

„Ich gebe den beiden maximal bis Halloween." Nathan biss in seinen Burger. Seine Kiefermuskeln bewegten sich, als er kaute und ich konnte mir nicht helfen, als sie anzustarren. Nathan war auch ein attraktiver Mann. Das war mir schon bei unserer allerersten Begegnung aufgefallen.

„Halloween?" Ich räusperte mich und riss meinen Blick von seinem Kiefer los.

Nathan schluckte hinunter. „Bis die beiden zusammenkommen."

Ich grinste. „Hast du die Vibes zwischen den beiden auch gespürt?"

„Da vibet es schon ewig. Ich hatte ja gedacht, dass sie diesen Herbst zusammenkommen, aber sie machen es sich ein bisschen schwer."

Ich überlegte einen Moment. „Wenn sie es sich so schwer machen, gebe ich ihnen bis Thanksgiving."

Nathan sah mich an. „Ist das eine Wette?"

„Wegen mir, ja." Ich wischte meine Hand an einer Serviette ab und hielt sie ihm hin. „Um was wetten wir?"

Nathan legte die Stirn in Falten. „Um eine Packung *Peanut Butter M&Ms* oder *Reese's,* je nachdem, wer gewinnt." Er legte den Burger ab, säuberte seine Hand ebenfalls und ergriff meine. Sofort schoss ein Prickeln durch meine Haut.

„Habe ich da jemanden wetten gehört?" Alex rauschte an uns vorbei. „Darf ich mitwetten? Ich liebe Wetten. Was muss der Verlierer machen?"

„Der Gewinner bekommt etwas." Nathan griff wieder nach seinem Burger.

„Macht doch aus, dass der Verlierer nackt um Mitternacht im Long Lake schwimmen muss." Alex grinste uns verschmitzt an. „*Das* würde ich mal einen Wetteinsatz nennen."

Schon allein bei dem Gedanken an das kalte Wasser schüttelte es mich. Wenig begeistert sah ich zu Nathan, der ebenfalls skeptisch aussah.

„Sorry, Alex, aber du hast bei unserer Wette nichts mitzureden."

Alex stieß ein theatralisches Seufzen aus. „Wie ihr meint."

„Alex White, wie oft denn noch." Mandy erschien hinter ihm und schob ihn am Rücken einen Tisch weiter. „Hier wirst du gebraucht."

Grinsend betrachtete ich das Geplänkel der beiden. Auch auf Nathans Gesicht lag ein Lächeln.

„*Malex* oder *Andy*." Nathan wandte seinen Blick zu mir. „Coldriver streitet sich noch über den Shipnamen der beiden."

Ich musste lachen. „War ja klar, dass Coldriver sich da wieder einmischt."

In Nathans Augen funkelte es belustigt. „In dieser Stadt ist nichts sicher."

Schmunzelnd widmeten wir uns unseren Burgern und verputzten den letzten Rest, bis nur noch ein paar Krümel auf unseren Tellern lagen.

„Yesterday, all my troubles seemed so far away"", tönte es auf einmal aus den Boxen, die von der Decke des Diners hingen. Sofort begann mein Fuß sich im Takt zu bewegen. Bisher hatte leise Countrymusik den Raum erfüllt, doch jetzt schien eine neue Playlist zu laufen.

„Ich muss Edgar sagen, dass er öfter Beatles spielen sollte."

Nathan nickte im Takt. „Unbedingt. Die Beatles gehören zu meinen Lieblingsbands."

Begeistert riss ich die Augen auf. „Zu meinen auch! Grandma hatte früher so ein Buch über die Bandgeschichte der Beatles, das ich mir jedes Mal angeschaut habe, wenn ich zu Besuch war. Damit hat meine Beatles-Obsession begonnen."

„Ich habe in der Highschool ein Referat über sie gehalten." Nathan schmunzelte. „Da hätte ich dein schlaues Buch brauchen können."

„Das Buch war echt spannend. Wusstest du, dass Paul McCartney, als er *Yesterday* geschrieben hat, zuerst einen anderen Text gesungen hat?" Theatralisch legte ich mir eine Hand auf die Brust, holte tief Luft und begann inbrünstig die Lyrics zu schmettern. *„Scrambled eggs, oh you've got such lovely legs."* Mein schiefer Gesang hing zwischen uns und entlockte Nathan ein leises Lachen.

„Das wusste ich nicht." In seinen Augen funkelte es interessiert.

Ich ließ meine Hand wieder sinken. „Das steht alles in dem schlauen Büchlein. Und es steht auch drin, dass Paul McCartney die Melodie von *Yesterday* geträumt hat. Als er aufgewacht ist, konnte er die komplette Melodie runterspielen und hat zu Beginn einfach irgendeinen sinnlosen Text dazu genommen, bevor der richtige getextet wurde. Er sagt selbst, dass er den Song besonders mag, weil er ihn so instinktiv geschrieben hat." Ich seufzte. „Wie gerne würde ich auch mal einen Hit träumen. Aber ich habe das musikalische Talent eines Goldfisches."

„Rhythmusgefühl hast du aber." Er deutete auf meine Finger, die gedankenverloren im Takt der Beatles auf mein Bein trommelten.

„Immerhin." Ich wischte mir eine imaginäre Schweißperle von der Stirn.

Irgendetwas in mir freute sich, dass wir einen ähnlichen Musikgeschmack hatten. Es war zwar nicht so, als wären die Beatles ein Geheimtipp, den niemand kannte. Aber es war trotzdem schön, dass er meine Liebe zu dieser Band teilte.

Ich spürte, dass ich mich mit jeder Minute in Nathans Gegenwart mehr entspannte. Er strahlte auch jetzt wieder eine Ruhe aus, die sich bis in jede Faser meines Körpers ausbreitete. Auch wenn ich den Abend heute eigentlich alleine hatte verbringen wollen, so merkte ich, wie ich Nathans Anwesenheit und unsere lockeren Gespräche genoss. Es war leicht und unbeschwert mit ihm, und das gefiel mir. Vielleicht konnte ich ja für die Zeit, in der ich hier in Coldriver war, so etwas wie Freunde finden.

Kapitel 8

„Der Italiano Burger war wirklich eine gute Wahl. Ich danke dir, Jessica Tilbury." Nathan hatte sich mit seinem Oberkörper mir zugewandt und stützte seinen linken Arm locker auf dem Tresen auf. Er deutete eine kleine Verbeugung an.

Jessica.

Mein voller Name aus seinem Mund hallte in mir nach. Ohne es zu wollen zuckten Erinnerungen wie Blitze durch meinen Kopf.

Ich liebe dich, Jessica. Wie sind deine Prüfungen verlaufen, Jessica? Streng dich an, Jessica.

„Nenn mich bitte nicht Jessica." Meine Hände verkrampften sich um mein Glas.

Nathans Augen weiteten sich. „Oh shit, stimmt. Sorry!"

„Schon gut." Ich presste die Lippen aufeinander und bemühte mich, das ungute Gefühl in mir zu vertreiben. Ich hasste es, dass mein eigener Name solche Erinnerungen auslösen konnte. Als ich den Blick hob, begegnete ich Nathans entschuldigender Miene. Er schien zu spüren, dass er etwas in mir angestoßen hatte.

„Darf ich fragen, warum … du nicht mit deinem vollen Namen angesprochen werden möchtest?" Seine Stimme klang vorsichtig, als wüsste er nicht, wie ich reagieren würde. „Du musst auch nichts erzählen, wenn du nicht möchtest", schob er rasch hinterher.

Es war lieb, dass er Rücksicht nahm und mich nicht dazu drängte, etwas zu erzählen. Doch mein Mund öffnete sich wie von selbst. „Mein Ex-Freund hat mich so genannt. Und damit war er auch der Einzige."

„Oh Shit, das tut mir leid." Nathan klang ehrlich betroffen. „Wie lange seid ihr schon getrennt?"

„Fast zwei Monate."

Nathan sah betreten aus. „Das ist noch nicht lange. Tut mir leid, wenn ich irgendwelche Wunden aufgerissen habe."

Ich schüttelte den Kopf. „Das konntest du ja nicht wissen."

„Bist du deshalb … hierhergekommen?" Sein Blick traf mich unvorbereitet. Er war weder urteilend noch neugierig, sondern sanft und vorsichtig.

Ich nickte. „Unter anderem. Aber das mit Josh war der Auslöser, der mir gezeigt hat, dass ich die Reißleine ziehen und raus aus New York muss."

„Wart ihr lange zusammen?"

Ich zupfte am Saum meines Pullis herum. „Etwas mehr als ein Jahr. Wir haben uns durch einen gemeinsamen Kommilitonen an der Uni kennengelernt. Josh und ich hatten uns beide für denselben Bachelorstudiengang *Political Science* eingeschrieben und wollten nach unserem Abschluss an die Law School. Dieser Traum hat uns von Anfang an zusammengeschweißt."

Bei der Erinnerung an unsere erste Begegnung verkrampfte sich in mir alles. Josh war attraktiv und hatte mich mit seinem Charme sofort um den Finger gewickelt. Es war das erste Mal gewesen, dass sich ein Mann wirklich um mich bemühte und nach Kräften mit mir flirtete. Mein dummer Körper war natürlich direkt darauf angesprungen.

„Doch dann bin ich durch eine sehr wichtige Prüfung für mein Studium gefallen und Josh ist vollkommen ausgerastet. Weil ich ihm nicht mehr gut genug war. Er … er war manchmal sehr impulsiv und hat bei unserem letzten Gespräch voller Wut auf unseren Esstisch eingedroschen." Bei der Erinnerung an diesen Ausbruch durchlief mich ein Zittern. Noch immer hallten in manchen Momenten seine

Schläge und seine laute Stimme in meinem Kopf wider. Wie hatte ich nicht sofort erkennen können, was für eine Aggressivität er in sich trug?

Seit ich in Coldriver war, hatte ich nicht mehr darüber gesprochen. Ich wusste nicht, weshalb ich ausgerechnet Nathan mein Herz ausschüttete, doch in diesem Augenblick strahlte er eine solche Wärme und Aufrichtigkeit aus, dass ich kaum anders konnte, als alles aus mir herauszulassen.

„Je mehr Abstand ich zu unserer Beziehung bekomme, desto mehr sehe ich, was alles schiefgelaufen ist. Ihm war eigentlich immer nur wichtig, welches Bild wir nach außen hin abgaben. Wie viel Erfolg wir hatten. Und wenn ihm das nicht gepasst hat, ist er ausgerastet." Bei dem Gedanken schüttelte es mich. Es ärgerte mich, dass ich mich auf Josh überhaupt jemals eingelassen hatte.

„Ein Beziehungsaus ist immer schlimm", sagte Nathan leise. In seiner Stimme lag so viel Verständnis, dass ich das Gefühl hatte, er wusste aus eigenem Erleben, wovon ich sprach. Nachdenklich rieb er sich über sein Kinn. „Manchmal erkennt man erst viel später, warum es vielleicht gut war, dass alles so gekommen ist."

Ich nickte langsam und zog die Ärmel meines Pullis über meine Handrücken. Wenn er damit doch recht behalten würde. Ganz sicher war ich mir noch nicht.

„Sorry, dass das alles aus mir herausgebrochen ist."

Nathan schüttelte sofort den Kopf, noch bevor ich zu Ende gesprochen hatte.

„Ich weiß deine Offenheit sehr zu schätzen." Seine tiefe Stimme klang eindringlich und gleichzeitig so sanft.

Ich spürte, wie sich ein Lächeln auf mein Gesicht schlich. „Es ist das erste Mal, dass ich über meinen Ex rede, ohne zu weinen. Das ist ein gutes Zeichen, oder?"

„Definitiv." Nathan nickte heftig. Er griff nach seinem Limoglas und hob es hoch. „Darauf müssen wir anstoßen."

Ich nahm ebenfalls mein Glas in die Hand und stieß gegen seins.

„Auf blöde Exfreunde und darauf, über sie hinweg zu sein." Diese Worte aus meinem Mund fühlten sich absolut großartig an. Und wahr. Ein befreites Gefühl keimte in mir auf.

Unsere Gläser prallten klirrend aufeinander und für einen Moment bildete ich mir ein, dass Nathan ein wenig stolz aussah. Dann leerten wir unsere Limo in einem Zug.

„Darf ich das schon mitnehmen?" Mandy war neben uns aufgetaucht.

Ich nickte dankbar. Sie stapelte unsere Teller aufeinander und griff nach unseren Gläsern, um sie in die Küche zu tragen.

„Ich bin gespannt, wer unsere Wette gewinnt." Nathans warmer Atem kitzelte an meinem Hals, als er sich zu mir beugte.

Ich drehte meinen Kopf und mein Blick blieb direkt an seinen Augen hängen. Er hatte schöne Augen, die hier im dämmrigen Licht beinahe dunkelblau wirkten. Mein Mund wurde trocken, als mein Blick dann langsam zu seinen dunklen Wimpern glitt, seiner Nase, den sanften Bartstoppeln an seinen Wangen ... Seit ich mit ihm gesprochen und seine Art ein bisschen kennengelernt hatte, schien er noch attraktiver geworden zu sein. Diese Ruhe und diese Lässigkeit, mit der er durch die Welt lief, und seine verständnisvollen Worte, machten ihn zu einem wirklich schönen Mann.

„Ich bin auch gespannt", antwortete ich mit einiger Verzögerung. Meine Stimme klang heiser, sodass ich mich rasch räusperte.

„Vielleicht sollte ich Amor spielen, um das mit *Mandex* ein bisschen zu beschleunigen."

„Ach, ist dein Shipname *Mandex*?" Ich hob die Augenbrauen.

„Klingt doch auch gut, oder?" Nathan schmunzelte und um seine Augen bildeten sich feine Lachfältchen.

Es war so ansteckend, dass ich selbst grinsen musste. „Wie wäre es mit *Alandy*?"

Nathan verzog das Gesicht. „Zu holprig im Mund. Was hältst du von *Alexandy*?"

Ein Prusten brach aus mir heraus. „Das klingt wie ein Spitzname, den eine Mutter ihrem Sohn gibt, der Alexander heißt."

Er stieg in mein Lachen mit ein und Wärme erfüllte meine Brust. Da war wieder dieses angenehme Gefühl, das ich heute schon den ganzen Abend neben Nathan verspürte. Seine Nähe war wirklich wohltuend.

„Was hältst du davon, wenn ich dir noch einen Kaffee spendiere?", fragte ich. „Dann kann ich mich endlich dafür revanchieren, dass du meine M&Ms bezahlt hast. Übrigens danke nochmal."

Nathan nickte lächelnd. „Hab ich gerne gemacht. Und zu einem Kaffee würde ich nicht nein sagen."

„Hab ich hier Kaffee gehört?" Alex erschien neben uns.

Ich fasste mir vor Schreck an den Hals. „Gott, du schleichst dich immer so an. Belauschst du alle deine Gäste?"

„Gott hat mich schon lange keiner mehr genannt. Aber nein, ich belausche nicht jeden." Er grinste verschmitzt.

Lachend schüttelte ich den Kopf.

„Wir hätten tatsächlich gerne einen Kaffee", sagte Nathan und wandte sich Alex zu. Bei der Bewegung streifte sein Knie meins für einen Augenblick. Sofort schoss ein Kribbeln mein Bein hinauf.

„Einmal einen schwarzen Kaffee und einmal einen mit ein bisschen", Nathan zwinkerte in meine Richtung. „Kakaopulver."

„Alles klar, ist gleich bei euch." Alex verschwand in der Küche.

In meiner Brust weitete sich etwas. Nathan hatte sich gemerkt, dass ich meinen Kaffee mit Kakaopulver trank? Josh hatte nach Monaten nicht sagen können, wie ich ihn am liebsten mochte.

Stopp.

Ich schüttelte innerlich den Kopf. Warum verglich ich Nathan immer wieder mit Josh? Das musste aufhören.

Ich legte meine Unterarme auf den Tresen. Als ich den Blick hob, traf ich mitten in Nathans warme Augen. Für einen Moment war ich gefangen in diesem niedlichen Lächeln und spürte den Anflug eines Kribbelns in meinem Bauch. Nathan hatte es nicht verdient, dass ich ihn ständig mit Josh verglich. Und ich hatte das Gefühl, dass er gegen ihn sowieso haushoch gewinnen würde.

Kapitel 9

„Nathan Woods?“ Genüsslich zog meine Schwester den Namen in die Länge. „Klingt heiß.“

Ich grinste und presste das Handy näher an mein Ohr. „An was du wieder denkst.“

„Und ihr beide trefft euch heute zum Holz hacken. Hab ich das richtig verstanden?“ Leichte Skepsis schwang in Vanessas Stimme mit.

„Wir helfen Mrs. Pérez und ihrem Mann.“

„Da könnte ich mir aber ein romantischeres Date vorstellen.“ Ich konnte förmlich sehen, wie sie ihre Stirn in Falten legte. „Geht ihr danach wenigstens essen oder sowas?“

„Wer hat denn was von Date gesagt?“ Ich setzte mich in den Schneidersitz und ließ den Blick über das tiefblaue Wasser vor mir gleiten. Grandmas Steg, der auf den Long Lake hinausführte, entwickelte sich langsam zu meinem Lieblingsort.

„Also ist es kein Date?“

„Natürlich nicht.“

Vanessa stieß einen Seufzer aus. „Schade.“

„Wäre das nicht ohnehin ein bisschen schnell?“ Ich blinzelte gegen die Abendsonne.

„Ich finde nicht. Auch wenn deine Beziehung mit Josh noch nicht lange her ist.“ Sie hielt kurz inne. „Sein Verhalten bringt mich übrigens immer noch zur Weißglut. Es tut mir so leid, dass er dir nicht das gegeben hat, was du verdienst. Und weißt du was?“ Ihre Stimme klang fest und bestimmt. „Du kannst nichts dafür, dass Nathan bei dir aufgetaucht ist.

Gefühle halten sich an keinen Zeitplan. Sie kommen und gehen, wie es ihnen passt. Und wenn du jetzt für einen anderen Mann Gefühle entwickeln solltest, dann ist das so. Egal, wie lange die Sache mit Josh her ist. Du bist klug. Du hast aus der Erfahrung gelernt und stürzt dich nicht unüberlegt in etwas Neues. Und ich vertraue darauf, dass du das Richtige tust. Wenn dein Herz sagt, dass das Tempo in Ordnung ist, dann ist es so. Wenn es sagt, es geht zu schnell, dann ist es eben so."

Etwas in meiner Brust zog sich bei ihren Worten zusammen. Seit ich in Coldriver war, hatte ich kaum Heimweh gehabt. Doch jetzt gerade wünschte ich, Vanessa wäre hier bei mir oder ich bei ihr. Ich vermisste sie.

„Wann ist meine kleine Schwester nur so weise geworden?" Ein Hauch von Wehmut erfasste mich. Es ging mir als große Schwester immer wieder nahe, wie schnell unser „Nesthäkchen" erwachsen geworden war, auch wenn unser Altersabstand nicht groß war. Aber mein Beschützerinstinkt würde mein Leben lang bleiben.

„Das weiß ich auch nicht." Ich hörte das Grinsen in ihrer Stimme. Kurz darauf raschelte es in meinem Handy und ein lautes Knacken ertönte.

„Isst du gerade was?"

„Mhm", kam es schmatzend aus meinem Hörer.

„Lass mich raten. Schokokekse?" Amüsiert blickte ich auf die bunten Herbstbäume, die sich auf der Oberfläche des Sees spiegelten.

„Wie hast du das nur erraten?" Vanessa klang zufrieden. „Aber heute gibt es nur drei Stück, ich muss schließlich fit sein fürs Training."

„Ich wünschte, ich wäre so diszipliniert wie du. Meine *Peanutbutter M&Ms* sind bald alle und du weißt ja, wie riesig diese Packungen sind."

„O ja", schmatzte Vanessa.

„Apropos Training, wie war dein Footballspiel gestern?"

„Sehr gut. Ich bin wirklich stolz auf unsere Mannschaft. Unser Spirit wird immer besser."

Ich lächelte. „Wann habt ihr euer nächstes Spiel?"

„Am Sonntag."

„Da werdet ihr eure Gegner umhauen, das spüre ich."

Vanessa lachte. „Das hoffe ich doch." Kurz darauf raschelte es, als hätte sie ihre Kekse wieder verstaut. „Meinst du, Nathan macht auch irgendeinen Sport?"

Kurz zuckte ich bei der Erwähnung seines Namens zusammen.

„Warum interessiert dich das?", fragte ich.

„Naja, sein Name hört sich irgendwie an, als hätte er Muskeln. Meinst du, er spielt Football? Ich finde Footballspieler wirklich heiß."

„Was du immer für Assoziationen mit Namen hast." Ich schüttelte schmunzelnd den Kopf.

„Aber er sieht schon gut aus, oder?" Vanessa ließ sich nicht beirren.

Nathans Lächeln erschien vor meinem inneren Auge. Seine starken Arme. Sein intensiver Blick, der mich unwillkürlich nervös gemacht hatte. Ich biss mir auf die Lippe. „Ja."

„Also ich hätte nichts dagegen, wenn du wieder daten würdest." Ein Rascheln tönte durch den Hörer. „Du, so gerne ich noch mit dir über den schnuckeligen Nathan Woods reden würde, ich muss mich langsam aufraffen und noch ein bisschen was für die Schule machen."

Ich lachte. „Wenn du nur so viel Ehrgeiz in die Schule stecken würdest, wie in dein Footballtraining ..."

„Ja, ja, das wäre schön. Aber leider nicht in diesem Leben."

Grinsend schüttelte ich den Kopf. „Viel Erfolg."

***

„Wie schön, dass ihr kommen konntet." Mrs. Pérez begrüßte Nathan und mich mit einem Strahlen.

„Sehr gerne." Nathan ging mit einem breiten Lächeln auf sie zu. Dann riss er die Augen auf. „Waren Sie beim Friseur, Mrs. Pérez? Das sieht sehr gut aus."

Ihr Wangen röteten sich. Gerührt strich sie sich durch ihren geflochtenen Zopf, der heute tatsächlich etwas kürzer war.

„Ach, Nathan. Du machst mich ja ganz verlegen." Mrs. Pérez schlug ihm spielerisch gegen den Arm.

Schmunzelnd beobachtete ich das Geplänkel der beiden. Sie waren so vertieft, dass ich mir direkt wie das fünfte Rad am Wagen vorkam.

„Das Holz ist hinten im Garten und zwei Äxte sind im Schuppen. Es wäre fabelhaft, wenn ihr das gehackte Holz unter dem Vordach an der Garagenwand stapeln könntet." Nun sah sie auch mich an, als wäre ihr aufgefallen, dass da noch jemand war. „Vielen Dank für eure Hilfe."

„Das machen wir gerne", erwiderte ich lächelnd.

Mrs. Pérez schloss die Haustür, während ich Nathan nach hinten in den Garten folgte.

„Du alter Charmeur." Ich stupste gegen seinen Rücken.

Mit einem Grinsen drehte er sich zu mir um. Nonchalant zuckte er mit den Schultern.

„Dir fressen alle Frauen aus Coldriver aus der Hand. Kein Wunder, dass sie dich immer um Hilfe bitten."

„Na sowas, ich werde doch hoffentlich nicht nur wegen meines Charmes gefragt." Nathan sah mich gespielt empört an.

„Du hast sicher auch andere Qualitäten", sagte ich und klopfte ihm beruhigend auf die Schulter.

Wir öffneten den Schuppen und holten jeweils eine Axt heraus. Das Ehepaar Pérez wohnte in einem kleinen Haus in der Nähe des Ortskerns mit einem ausladenden Garten rundherum. Auf dem Rasen stapelte sich bereits das Brennholz, das von uns gehackt werden wollte.

Seit Grandpas Tod hatte ich kein Holz mehr gehackt. Hoffentlich konnte ich das noch. Beziehungsweise hoffentlich machten mir meine untrainierten Armmuskeln keine Schwierigkeiten.

Nathan und ich stellten jeweils einen Holzstumpf vor uns auf und griffen nach dem ersten Holzscheit. Die Axt wog schwer in meiner Hand.

„Dann wollen wir mal." Nathan lächelte mich an und hob die Arme über den Kopf. Er ließ die Axt heruntersausen und kurz darauf ertönte das vertraute Geräusch von zerschlagendem Holz. Sofort wallte ein nostalgisches Gefühl in mir auf. Bilder von Grandpa zuckten vor meinem inneren Auge auf. Sein Lächeln, wenn ich ihn aufgeregt gefragt hatte, ob ich ihm helfen durfte. Seine warme Hand, die über meinen Kopf gestreichelt hatte. Und das kratzige Holz unter meinen Fingern, jedes Mal, wenn ich es vom Boden aufgehoben und gestapelt hatte. Stundenlang hatte ich ihm dabei zusehen können und eifrig die Holzscheite zusammengetragen. Später als Teenager hatten wir uns dann abgewechselt mit dem Hacken.

Ich vermisste diese Zeit. Die Zeit, in der wir alle noch zusammen gewesen waren und in der mein größtes Problem darin bestanden hatte, welche gemusterte Leggings ich anziehen wollte.

Nathan bemerkte, dass ich in Gedanken vertieft war und mich nicht rührte, denn er ließ seine Axt sinken und sah mich an. „Du hast das Holzhacken doch bei dem Grandpa gelernt, oder?"

Ich erwiderte seinen Blick und nickte lächelnd. „Ich habe es geliebt, ihm zu helfen."

Nathans Lächeln war warm. Sonnenstrahlen, die sich durch die Wolkendecke am Himmel schoben, beschienen sein Gesicht.

„Grandpa hat viel mit Holz gearbeitet“, sagte ich. „Er hat mir einmal sogar ein Baumhaus gebaut, das ich über alles geliebt habe. Leider ist es irgendwann bei einem Sturm kaputt gegangen.“

„Baumhäuser habe ich früher auch geliebt. Beziehungsweise finde ich sie immer noch cool.“ Nathan grinste. „Habt ihr es irgendwann wieder aufgebaut?“

Ich schüttelte den Kopf. „Leider nicht. Und irgendwann war es zu spät … mein Grandpa ist vor ein paar Jahren gestorben.“

Sein Blick wurde mitfühlend. „Das tut mir leid.“

„Vielleicht baue ich es ohne seine Hilfe mal wieder auf. Als Andenken an ihn.“ Nachdenklich blickte ich auf den grünen Rasen unter meinen Füßen. „Sofern ich das noch könnte.“

Ich sah zurück auf meine Axt, die ich mit beiden Händen umfasste. Einmal tief luftholend hob ich sie hoch und ließ sie auf das Holz hinabschnellen. Mit einem sauberen Schlag spaltete sich das Holz.

„Ha, ich habe es nicht verlernt!“ Stolz grinste ich Nathan an, auf dessen Gesicht sich ebenfalls ein Lächeln ausbreitete.

„Daran hatte ich keine Zweifel“, sagte er.

Mit einem Hochgefühl griff ich nach dem nächsten Scheit.

In den kommenden Minuten hörte man nichts anderes als das Geräusch von zerberstendem Holz und das leise Rauschen der Bäume. Es tat gut, sich mal wieder körperlich zu betätigen und jeden Muskel zu bewegen. Neben Nathan schweigend zu arbeiten hatte außerdem etwas unglaublich Beruhigendes. Wie auch schon die letzten Male, strahlte er diese angenehme Ruhe aus, die ich in seiner Nähe so genoss.

Irgendwann zogen wir unsere dicken Jacken aus, da uns beiden von der Arbeit warm geworden war.

Nach einer Weile hielt ich inne und wischte mir den Schweiß von der Stirn. Ich spürte meine Arme jetzt schon deutlich und ärgerte mich mal wieder darüber, nicht mehr Sport zu treiben. Irgendwie waren diese Gene nur bei Vanessa hängen geblieben.

Ich legte die Axt beiseite und ließ meine Arme kreisen, um meine Muskeln zu lockern. Morgen würde ich den Muskelkater des Jahrhunderts haben.

Nathan neben mir hielt auch kurz inne. Die Augen zu Boden gerichtet griff er nach dem Saum seines dünnen Langarmshirts. Er hob es an und fuhr mit dem Stoff über seine verschwitzte Stirn. Dabei entblößte er ausgeprägte Bauchmuskeln und ich wusste plötzlich nicht mehr, wo ich hinsehen sollte. Die gebräunte Haut, sein durchtrainierter Bauch und die dunkle Haarlinie, die sich von seinem Bauchnabel weiter nach unten zog, ließen meinen Puls nach oben schießen.

Als Nathan sein T-Shirt wieder fallen ließ und sich nach einem neuen Holzscheit bückte, riss ich mich aus meiner Starre und sammelte hektisch ein paar der gespaltenen Klötze auf. Das harte Holz kratzte an meiner Haut und drückte gegen meine Brust, als ich sie an die Garagenwand trug, um sie dort zu stapeln. Das Bild von Nathans nacktem Bauch ließ sich nur schwer aus meinem Kopf verbannen.

Als ich zurückkam, blieb mein Blick unweigerlich an Nathans Rücken hängen. Sein dünnes Langarmshirt brachte das Spiel seiner Muskeln jedes Mal, wenn er die Axt hob und sie kräftig nach unten schlug, deutlich zur Geltung. Gerade, als er sich für neues Brennholz bücken wollte, bemerkte er meinen Blick. Ertappt zuckte ich weg, doch aus den Augenwinkeln sah ich ein sanftes Lächeln auf seinen Lippen.

Kapitel 10

„So, hier sind frische Waffeln für die fleißigen Helfer." Mrs. Pérez schob uns zwei dampfende Teller entgegen. Ein süßer Duft lag in der Luft und mein Bauch begann vor Freude zu grummeln. Körperliche Arbeit machte wirklich hungrig.

„Vielen Dank, das ist sehr lieb von Ihnen." Ich lächelte die alte Dame an. „Tut uns leid, dass wir gerade nicht den besten Anblick abgeben. So verschwitzt wie wir sind."

Nathans Shirt klebte an seiner Brust und auf seiner Stirn glänzte es. Meine Haare hingen wirr in mein Gesicht und ich war mir sicher, dass ich knallrote Wangen hatte.

„Ach was, das stört mich nicht." Mrs. Pérez wedelte mit ihrer Hand. „Seit mein Sohn seine eigene Familie hat, vermisse ich es, für mehrere Leute zu kochen." In ihren Augen leuchtete es vor Glück, als sie uns jeweils eine Gabel entgegenschob. Dann schnappte sie nach Luft. „O nein, ich habe das Eis ganz vergessen. Moment, das haben wir gleich."

Bevor ich erwidern konnte, dass sie sich keine Umstände machen musste, hatte sie sich schon abgewandt und lief aus dem Zimmer. Ihr Haus war mit dunklen Holzmöbeln gemütlich eingerichtet und die vielen Fotos von ihrer Familie unterstrichen die Behaglichkeit.

Kurze Zeit später kam Mrs. Pérez mit einer Eispackung in der Hand zurück.

„Ich glaube, ich habe noch nie so eine riesige Eistruhe gesehen wie Ihre", meinte Nathan. „Ich habe sie vorhin hinter dem Haus entdeckt."

Lachend öffnete Mrs. Pérez die Packung und häufte jedem von uns eine große Portion Vanilleeis auf den Teller. „Mein Mann und ich sind ganz verrückt nach Eis, deshalb brauchen wir Platz für Vorrat."

Ich schnitt ein Stück von meiner warmen Waffel ab. „Vor kurzem habe ich einen True Crime Podcast gehört, bei dem ein Mann eine tote Frau in seiner Eistruhe versteckt hat. Da war auch so viel Platz." Ich schob mir das süße Gebäck in den Mund.

Auf Nathans Gesicht erschien ein leicht verstörter Ausdruck. „Wie ungerührt du das jetzt gesagt hast."

Ich lächelte schmallippig.

Nathan rutschte ein Stück von mir weg. „Wenn du weiter so gruselig schaust, bekomme ich wirklich Angst vor dir."

Lachend griff ich nach seinem Stuhl und zog ihn zu mir zurück. „Keine Sorge, ich tue dir schon nichts."

„An einem überzeugenden Tonfall musst du wirklich noch arbeiten."

Ich grinste und schob mir einen Löffel mit Vanilleeis in den Mund.

In den nächsten Minuten beobachtete ich, mit welcher Leichtigkeit Nathan mit Mrs. Pérez umging und sich mit ihr unterhielt, als würden sie sich schon ewig kennen. Ich betrachtete sein Profil von der Seite, seinen aufmerksamen Blick und seine dunklen Haare, die ihm leicht in die Stirn fielen. Ich konnte verstehen, weshalb er in der Stadt so beliebt war.

„Das schmeckt wirklich sehr gut, nochmal vielen lieben Dank", sagte ich, als ich meine fluffigen Waffeln verspeist hatte.

„Nein, ich habe zu danken." Mrs. Pérez sah mich mit warmen Augen an. „Ihr wisst gar nicht, wie viel mir das bedeutet. Ich würde euch gerne noch mehr zurückgeben. Es war wirklich wunderbar, dass ihr uns mit dem Holz geholfen habt. Vielen, vielen Dank."

Wir halfen Mrs. Pérez noch mit dem Geschirr, bevor wir uns von ihr verabschiedeten und sie die Haustür hinter uns schloss.

Nathan und ich liefen durch ihren Vorgarten und blieben schließlich vor dem Gartentor stehen.

„Du hattest recht."

Fragend sah er mich an. „Womit?"

„Wie schön es ist, diese Wertschätzung der Menschen zu erfahren. Die Arbeit an sich war schon toll und es tut gut zu wissen, dass man damit jemandem helfen kann. Aber dann auch noch diese Dankbarkeit in ihren Augen zu sehen, das ist wirklich erfüllend." Ich schob die Hände in meine Jackentaschen. Nathan hatte ja bereits von der Anerkennung erzählt, die er jedes Mal von den älteren Leuten erfuhr, wenn er sie unterstützte. Diese Dankbarkeit jetzt aber am eigenen Leib zu erfahren, löste ein wirklich zufriedenes Gefühl in mir aus.

„Manchmal sind die Leute zwar auch etwas ruppig, aber die meisten sind wirklich nett." Nathan sah mich aus seinen graublauen Augen an. „Danke, dass du heute geholfen hast."

„Na klar." Ein Lächeln zupfte an meinen Mundwinkeln. „Gerne wieder. Also, wenn dich jemand aus Coldriver um etwas bittet und du Hilfe brauchst, kannst du mich jederzeit anrufen."

Er fischte sein Handy aus seiner Jackentasche. „Dann werde ich mich an dich wenden. Magst du hier deine Nummer eingeben?"

„Klar." Ich tippte die Zahlen ein und gab ihm sein Handy zurück.

Nathan verstaute es wieder in seiner Jackentasche und sah dann lächelnd zu mir herunter.

„Es war ein schöner Tag heute." Seine Stimme klang tief und ein Schauer rieselte meinen Rücken hinunter.

„Fand ich auch."

Eine merkwürdige Unsicherheit erfasste mich, als wir uns ansahen. Sein Blick machte mich auf einmal viel zu nervös.

„Also … bis bald." Ich hob unsicher die Hand.

Nathan lächelte und trat einen Schritt auf mich zu. Sanft legte er seine Arme um mich und zog mich an sich. Im ersten Moment war ich überrumpelt. Dann spürte ich seine großen Hände an meinem Rücken und schlang meine Arme ebenfalls um ihn. Sein Duft umhüllte mich und seine Körperwärme übertrug sich sofort auf mich, als ich ihn fest umarmte.

Für ein paar Sekunden hielten wir uns eng umschlungen, bevor Nathan einen Schritt zurück machte. In seinen Augen lag ein weicher Ausdruck. „Bis bald, Jess."

Kapitel 11

Das Kaminfeuer gab ein leises Knistern von sich, als ich am nächsten Nachmittag mit einer gemütlichen Decke auf dem Sofa saß. Der sanfte Schein erhellte das Notizbuch auf meinem Schoß. Elvis lag eingerollt neben mir und ich kraulte ihn sanft zwischen den Ohren, bis er genüsslich schnurrte.

Wie ich es gestern schon vorhergesagt hatte, brannten meine Arm- und Bauchmuskeln höllisch, sodass ich heute einen entspannten Tag zuhause einlegte. Ich konnte kaum meine Arme heben und das Anziehen heute Morgen war eine Qual gewesen. Aber dieser Muskelkater war es mir allemal wert. Lächelnd schob ich mir meine Lesebrille auf die Nase und schlug eine neue Seite meines Notizbuches auf, um meine Dankbarkeitsliste fortzuführen.

Dafür bin ich heute dankbar:
- *Danke, dass Grandma mich so lange bei sich wohnen lässt.*
- *Danke, dass die Sonne scheint.*
- *Danke, dass Mom und Dad mich nicht drängen, zurück nach New York zu kommen.*
- *Danke, dass die Bewohner von Coldriver mich so freundlich aufgenommen haben.*

Ich sah auf meine schnörkelige Handschrift. Von Tag zu Tag spürte ich deutlicher, welchen positiven Einfluss diese Dankbarkeitslisten auf mein Denken hatten.

Ich schloss das Notizbuch und starrte in das knisternde Feuer im Kamin. Leider gab es noch genügend Dinge, die ich nach wie vor verdrängte. Lange würde es nicht mehr gut gehen, denn ich konnte nicht mein ganzes restliches Leben hier bei Grandma in der Idylle verbringen.

Seufzend legte ich mein Notizbuch zur Seite und griff nach meinem Handy. Was genau ich in New York machen wollte, wenn ich zurückkam, wusste ich immer noch nicht. Ich tippte auf dem Bildschirm herum und googelte kurzentschlossen, welche Studiengänge es überhaupt gab. Willkürlich öffnete ich eine Website und scrollte mich durch die Liste.

Bachelor of Arts in Kommunikationswissenschaften.
Bachelor of Arts in Biologie.
Bachelor of Arts in Psychologie.
Bachelor of Arts in Rechnungswesen.

Ich runzelte die Stirn und las weiter. Die Studiengänge klangen alle mehr oder weniger interessant, jedoch kribbelte es bei keinem im Bauch. Und das wollte ich. Ich wollte später einen Beruf haben, den ich voller Leidenschaft ausübte. War das zu naiv gedacht? Vermutlich schon. Es gab genügend Menschen, die ihren Beruf nicht erfüllend fanden, und dennoch ausübten. Weil sie keine andere Wahl hatten. Vielleicht musste ich mich einfach von dem Gedanken lösen, meinen Traumstudiengang zu finden.

Ich tippte nachdenklich gegen mein Kinn, während ich mit meinem Daumen weiter durch die Liste scrollte.

Vielleicht sollte ich gar keinen neuen Studiengang beginnen, sondern mit meinem schon abgeschlossenen Studium etwas anfangen. Ich hatte mir nie Gedanken gemacht, was man mit *Political Science* anfangen konnte, da mein Plan immer gewesen war, anschließend an die Law School zu gehen. Innerlich schüttelte ich über mich selbst den Kopf. Ich war so blind an diese ganze Sache heran gegangen.

„Welchen Beruf kann ich mit einem *Political Science* Studium ausüben", murmelte ich vor mich hin und tippte die Frage in die Suchmaschine ein. Meine Augen huschten über die Ergebnisse. „Forschung und Lehre, öffentliche Verwaltung, Politikberatung, Öffentlichkeitsarbeit ..." Ich murmelte die restlichen Ergebnisse leise vor mich hin, doch nichts konnte mich so recht überzeugen. Ein dumpfes Gefühl drückte gegen meine Brust. Nach wie vor lag meine Zukunft schwarz vor mir und es machte mir Angst, dass es mir anscheinend so schwerfiel, etwas zu finden.

„Dann vielleicht doch lieber ein neues Studium." Seufzend blickte ich auf Elvis, der neben mir schnurrte und die Augen geschlossen hielt.

„Du hast es gut, Elvis." Sanft strich ich über sein weiches Fell. Sein kleines Ohr zuckte, als hätte er mich gehört. „Du kannst den ganzen Tag entspannen und musst dir keine Gedanken über einen Beruf machen."

Ich kraulte ihn liebevoll zwischen den Ohren und blickte dann wieder auf mein Handy.

In den nächsten Minuten recherchierte ich nach weiteren Studiengängen, bis mir plötzlich *Bachelor in englischer Sprache und Literatur* ins Auge stach. Ich hatte schon immer gerne gelesen und mich wahnsinnig gerne mit Sprache beschäftigt.

Sofort schlug mein Herz ein Stückchen höher. Wäre das vielleicht eine Richtung, die ich nach meiner Rückkehr einschlagen konnte?

Neugierig las ich mir die Beschreibung des Studiengangs und die Zulassungsvoraussetzungen durch. Das klang doch gar nicht schlecht.

Ich machte einen Screenshot von den Seiten, um es mir abzuspeichern und zu einem späteren Zeitpunkt noch einmal anzusehen.

Plötzlich erklangen Schritte hinter mir. Ich wandte mich um und sah Grandma, die auf mich zukam.

„Hi." Lächelnd schob ich mir meine Lesebrille in die Haare.

Grandma stützte ihre Arme auf der Sofalehne ab und entdeckte den Thriller auf dem Wohnzimmertisch, den ich gerade las. „Ist das Buch gut?"

Ich warf einen Blick auf das Cover. „O ja. Ab dem ersten Kapitel fesselnd. Kann ich dir gerne mal ausleihen."

„Apropos ausleihen, wenn du willst, kannst du meinen Ausweis für die *Public Library* in Coldriver haben, falls dir der Lesestoff ausgeht und du in meinem Regal nicht fündig wirst." Sie zwinkerte mir zu. Dann nahm sie ihre Hände von der Sofalehne. „Ich möchte dich aber gar nicht weiter stören. Ich würde jetzt zu John fahren, ist das in Ordnung?"

„Klar. Bleibst du über Nacht?"

„Wenn das okay für dich ist?"

„Na klar." Ich legte das Handy neben mich und stand auf. Über die Sofalehne hinweg streckte ich meine Arme nach Grandma aus. „Ich wünsche euch ganz viel Spaß. Und ich bin schon gespannt, was diesmal bei eurem Bildungsfernsehen auf dem Programm steht."

„Wird wie immer berichtet." Grandma lachte und umarmte mich fest. Ich schmiegte mein Gesicht in ihre Halskuhle und atmete ihren vertrauten Grandma-Geruch ein.

„Oh, apropos, bevor ich es vergesse." Grandma löste sich von mir. „John lässt fragen, ob du am Sonntag Lust hättest, mit uns auf dem Long Lake Kajak zu fahren." Erwartungsvoll sah sie mich an.

Als ich nicht sofort reagierte, schob sie hinterher: „Nathan wäre übrigens auch mit dabei."

Bei seinem Namen schlug mein Herz plötzlich schneller. Sein warmes Lächeln erschien vor meinem inneren Auge. Seine dunklen Haare, seine starken Arme … Es wäre wirklich schön, ihn wieder zu sehen. Mit ihm zu sprechen. Mich von seiner angenehmen Ruhe einhüllen zu lassen. Mit ihm …

„Jess?"

Schnell blinzelte ich und vertrieb die aufsteigenden Bilder. „Klar, gerne." Ich lächelte Grandma an.

Sie klatschte freudig in die Hände. „Perfekt! John wird sich freuen, dass du dabei bist. Und Nathan sicher auch."

***

„Kajak fahren?" Vanessas Augen weiteten sich begeistert. „Das habe ich schon so lange nicht mehr gemacht."

Ich stellte mein Handy auf einer Ablage in Grandmas Bad ab und lehnte es an die Wand, damit ich Vanessa besser sehen konnte. Sie näherte sich ihrer Kamera, sodass ihr Gesicht meinen ganzen Handybildschirm ausfüllte.

„Ich hoffe, ich kann das noch", sagte ich.

„Klar, kannst du das." Vanessa verengte ihre Augen und näherte sich ihrer Kamera noch mehr. „Was machst du da?"

„Ich tusche meine Wimpern." Mit geöffnetem Mund und heruntergezogenem Kiefer begann ich meine oberen Wimpern kräftig zu tuschen.

Ein Kichern erklang aus meinem Handy. „Diese Grimasse, die du beim Schminken immer ziehst, ist göttlich. Wer kommt heute eigentlich alles mit zum Kajak fahren?"

„Grandma, John und Nathan." Ich schraubte meine Wimperntusche zu und legte sie zurück in den Kosmetikbeutel.

„Nathan ist auch dabei?"

„Ja." Ich griff nach meinem Lipgloss. Es ploppte leise, als ich ihn aufschraubte, und ein fruchtiger Duft nach Erdbeeren stieg mir in die Nase. Während ich meine Lippen mit dem glänzenden Lipgloss nachfuhr, herrschte Stille am anderen Ende des FaceTime Telefonats. Ich rieb meine Lippen aufeinander und sah zurück in mein Handy.

Ein verwegenes Grinsen lag auf Vanessas Gesicht.

„Was ist los?" Ich stützte meine Hände am Waschbecken ab und starrte sie an.

„Deswegen schminkst du dich so."

„Wie bitte?"

Vanessas Grinsen wurde breiter. Sie warf sich beschwingt ihren langen Pferdeschwanz über die Schulter. „Du freust dich, dass Nathan mitkommt, oder?"

„Nathan ist nur ein Freund."

„Das ist aber ganz schön viel Mascara für *nur* einen Freund." Meine Schwester sah mich triumphierend an.

„Nur weil er nett ist, heißt das nicht gleich, dass ich mich in ihn verliebe."

„Jaja." Vanessa stützte vergnügt ihr Kinn in ihre Hände. „Kannst du mal ein Foto von ihm machen?"

„Spinnst du?"

„Er muss es ja nicht merken. Nur so ein kleines sneaky Foto." Sie faltete ihre Hände. „Bitte, tu es für deine kleine Schwester."

Ich schüttelte grinsend den Kopf. „Du hast sie nicht mehr alle."

„Okay, dann machen wir es anders. Weißt du, was in zwei Wochen ist?"

„Dein neunzehnter Geburtstag?"

„Ganz genau."

„Oh, da wollte ich dich sowieso noch was fragen." Ich schraubte mein Lipgloss zu. „Weißt du schon, wann du feiern willst? Damit ich weiß, wie lange ich nach New York kommen soll."

Sie hob einen Finger. „Da kommen wir schon zu dem Punkt, den ich mir überlegt habe. Was hältst du davon, wenn ich nach Coldriver komme und wir bei Grandma feiern?"

Ich riss die Augen auf. „Das ist eine super Idee. Grandma würde sich sicher riesig freuen und ihr Blockhaus eignet sich ja perfekt zum Feiern."

„Meinst du?" Vanessas Strahlen war deutlich aus ihrer Stimme herauszuhören. „Mir ist das so spontan in den Sinn gekommen, deshalb habe ich bei Grandma noch nicht angerufen."

„Ich kann sie gleich mal fragen, wenn du willst. Würdest du ein paar Freunde einladen?"

„Ja, ich hätte gerne zwei Mädels aus meiner Footballmannschaft dabei. Meinst du, das geht?"

„Fragen wir sie einfach mal. Grandma freut sich bestimmt riesig, wenn sie mal wieder volles Haus hat. Sie ist ein geselliger Mensch, der gerne andere um sich hat." Ich schloss meinen Kosmetikbeutel, nahm das Handy in die Hand und lief aus dem Bad. Beinahe im selben Moment kam Grandma die Treppe herauf.

„Ah, Jessy, da bist du ja. Ich wollte dich gerade holen." Sie sah das Handy in meiner Hand. „Ist das Vanessa?"

Ich drehte den Bildschirm zu ihr, sodass sie das Videotelefonat entgegennehmen konnte. „Wir wollten gerade zu dir. Vanessa hat eine Frage an dich."

Grandma griff strahlend nach dem Handy und sah meine Schwester an. „Hallo, Kleines."

Ich lief zurück ins Bad und hörte die Worte nur noch gedämpft durch die Tür.

„Aber klar können wir das so machen", sagte Grandma. „Dein Geburtstag ist ein Samstag, oder?"

Vanessa erwiderte etwas.

Ich warf einen letzten Blick in den Spiegel und zupfte meine schwarzen Haare zurecht. Sie fielen gewellt um mein Gesicht, da ich sie heute mit einem Lockenstab etwas eingedreht hatte. Auf meinen Wangen lag ein rötlicher Schimmer, der meine Vorfreude auf den heutigen Nachmittag deutlich machte. Auch meine grünen Augen strahlten unter meinen geschwungenen Wimpern hindurch. Ich gab es nur ungern zu, aber vielleicht hatte Vanessa nicht ganz unrecht, dass ich mir heute besonders viel Mühe gegeben hatte, mich fertig zu machen.

„Das ist ja perfekt", sagte Grandma. „Klar, du kannst so viele Gäste mitbringen, wie du möchtest. Wir haben genug Platz und falls uns die Betten ausgehen, können sie im Motel übernachten ... ich freue mich auch, dich wieder zu sehen, Kleines. Alles Weitere kannst du ja mit Jess besprechen."

Ich trat zurück in den Gang und nahm das Handy entgegen. „Ich freue mich, wenn du kommst, Nessa. Dann kann ich schon mal mit dem Planen anfangen."

„Jessy, du musst doch nichts planen. Ich will einfach einen schönen Abend mit meinen Freunden und meiner Familie verbringen. Wir gehen in Coldriver lecker essen, dann hat Grandma nicht so viel Arbeit, und danach machen wir es uns bei ihr zuhause gemütlich."

„Das hört sich gut an." Ich lächelte und dachte mir insgeheim, dass Vanessa trotzdem eine Überraschung bekommen würde.

„Und um nochmal auf vorhin zurückzukommen." Vanessa sah mich verschmitzt an. „Lade Nathan bitte auch ein."

„Nathan?"

„Ich möchte diesen Kerl doch auch mal sehen. Wenn du schon kein Foto machen willst."

Ich lachte. „Ok, dann sag ich ihm Bescheid."

„Supi!" Vanessa winkte in die Handykamera. „Viel Spaß beim Kajak fahren. Ich möchte hinterher alle Details wissen."

Kapitel 12

„Hallo, ihr zwei." Grandma stieg mit ausgebreiteten Armen die Treppe der Veranda hinunter und marschierte auf den dunkelgrünen Pick-Up zu. Beide Türen öffneten sich beinahe gleichzeitig und Johns weißer Haarschopf und Nathans dunkelbrauner Kopf erschienen.

Mein Magen zog sich unwillkürlich zusammen, als ich auf Nathan zuging. Er trug ein dünnes Langarmshirt, das eng anlag, und eine dunkelblaue Jeans. Ein Lächeln lag auf seinem Gesicht und die sanften Fältchen drückten sich um seine Mundwinkel ein, die ich richtig gerne mochte.

„Hi, Jess." Seine dunkle Stimme wurde vom Wind zu mir getragen.

Er umarmte mich kurz und fest und ich spürte dabei seinen kräftigen Herzschlag unter seiner Brust.

„Na, Ladys, seid ihr bereit zum Kajaken?", vernahm ich Johns Bassstimme.

„Und wie! Solange die Seen noch nicht zugefroren sind, müssen wir die Zeit nutzen." Grandma legte einen Arm um ihn und strahlte.

John sah mit einem liebevollen Blick zu ihr herunter und nickte. „Donna, du kannst schon mal nach unten zum Steg gehen, wir kommen dann mit den Kajaks nach."

Grandma nickte und lief auf die steile Treppe zu, die zwischen den Bäumen nach unten an den See führte.

Ich bückte mich zu meinem orangen Kajak, das ich vorhin aus Grandmas Garage geholt hatte, und griff mit einer Hand in das Innere des Sitzes. Mit der anderen hievte ich es nach oben, sodass ich es auf meiner Schulter abstützen konnte.

Als ich unten am Steg ankam, legte ich das Boot neben den beiden von Nathan und John ab. Nathan lief währenddessen die Treppe wieder nach oben, um Grandmas Kajak zu holen und John brachte uns unsere Paddel.

Als Nathan wieder zurück war, schnürten wir uns jeweils eine Schwimmweste über den Oberkörper und schoben dann unsere Kajaks auf den See. John half Grandma beim Einsteigen und kurz darauf saß jeder in seinem eigenen Bötchen.

Grandma schob sich ihre große Sonnenbrille auf die Nase und rückte ihren Sonnenhut zurecht. „Dann wollen wir mal, oder?" Sie strahlte zu uns herüber.

John tippte sich an seinen Hut. „Los geht's."

Langsam tauchte ich das Paddel ins Wasser. Es dauerte einen Moment, bis ich mich an das Gefühl im Kajak gewöhnt hatte. Doch schon bald glitt ich entspannt über das Wasser.

Grandma und John setzten sich schnell von Nathan und mir ab. Ein paar Meter vor uns hallte ihr schallendes Lachen zu uns herüber.

„So heiter habe ich Grandpa lange nicht erlebt." Nathan blickte zu John und Grandma.

Ich blinzelte gegen die Sonne. „Die beiden tun sich gegenseitig wirklich gut." Es freute mich, dass Grandma in John einen so guten Freund gefunden hatte – das war in dieser dünnbesiedelten Gegend alles andere als selbstverständlich.

Die Sonne wärmte mich an Schultern und Armen und ich sog genüsslich die frische Luft ein. Auch wenn ich jetzt schon mehrere Wochen hier war, an den Anblick der Natur um mich herum hatte ich mich immer noch nicht gewöhnt. Ich schaute über den blauen See, der sich bis zum Horizont zog. An den Ufern rechts und links leuchteten die Bäume in bunten Herbstfarben.

Als ich meinen Kopf zu Nathan drehte, sah ich sein Schmunzeln.

„Was?" Meine Mundwinkel zuckten unwillkürlich ebenfalls nach oben.

„Du genießt die Natur sehr, oder?" Er tauchte sein Paddel neben sich ins Wasser.

„In New York ist man nicht gerade von viel Grün umgeben." Der Gedanke an meine Heimat verdunkelte für einen Moment mein Gemüt. Im Verdrängen war ich schon immer viel zu gut gewesen und mit jedem Tag, der verging, wusste ich, dass ich mir langsam etwas anderes überlegen musste.

„Aber irgendwann werde ich wohl wieder zurückgehen", sagte ich. „Eigentlich wollte ich Jura an der Columbia University studieren, wie meine Eltern. Das ist die beste Uni für Jura, aber natürlich auch die Uni, in die man am schwersten reinkommt. Das war mir von Anfang an bewusst. Aber meine Eltern haben beide dort erfolgreich studiert, sodass ich total zuversichtlich war, dass es klappt." Ich starrte auf die glitzernde Oberfläche des Sees. „Bevor man in die *Law School* aufgenommen wird, braucht man ein anderes Bachelor Studium. In meinem Fall war es *Political Science*. Ich habe mein Bachelors Degree gemacht und musste dann nur noch im Juni den Zulassungstest absolvieren." Ich brach ab, während es in meinem Brustkorb eng wurde. „Es war wie ein Schlag ins Gesicht, als ich erfahren habe, dass ich durchgefallen war. Damit war der Traum von einem Jurastudium zerplatzt. Einfach mal so."

„Shit, das tut mir leid." Mitgefühl lag in Nathans Worten. „Wolltest du schon immer Jura studieren?"

„Ja. Da mein Dad Richter und meine Mom Anwältin ist, war es für mich irgendwie naheliegend, dass ich später auch in diese Richtung gehen werde. Meine Eltern haben mich nie dahin gedrängt oder so, es war einfach mein Wunsch. Und jetzt diesen Rückschlag zu erleiden, hat mich total aus der Bahn geworfen. Wenn ich an meine Zukunft denke, sehe ich nur ein schwarzes Loch vor mir. Bisher hatte ich immer gewusst, was kommen würde. Das nächste Schuljahr, der Abschluss, das Bachelor Studium, die Law School, mein Beruf als Juristin … Ich hatte sogar einen Plan dafür, wann ich heiraten und Kinder haben wollte." Bei meinen Worten musste ich selbst den Kopf schütteln. „Irre, oder? So ein Planungsfreak bin ich. Ich brauche diese Sicherheit. Alles, was spontan oder kurzfristig ist, bereitet mir innerliche Unruhe und gibt mir das Gefühl, keine Kontrolle zu haben." Ich biss mir auf die Lippen. Das auszusprechen, machte meine Ängste und meine Gefühle noch realer.

„Sein Leben planen zu wollen, ist doch nichts Schlimmes." Nathans sanfte Stimme ließ mich herumfahren. Er sah mich ernst an. „Ich kann das verstehen. Wenn es dir Sicherheit gibt, ist es doch ok."

Ich runzelte nachdenklich die Stirn. „Aber muss man nicht auch manchmal spontan sein?"

Nathan zuckte mit den Schultern. „Aus Spontanität können coole Dinge entstehen. Aber ist ja kein Muss."

„Bist du spontan?", fragte ich.

Er nickte. „Ich habe noch nie viel geplant. Mir ist es wichtig, in den Tag leben zu können, ohne mich auf etwas festgelegt zu haben."

Ich schluckte. Seine Worte rührten etwas in mir, das mir die Kehle zuschnürte. Es gab viel zu wenig Menschen, die wie Nathan das Motto *leben und leben lassen* so ernst nahmen. Ich fühlte mich in diesem Moment so verstanden und aufgehoben, wie in den ganzen letzten Monaten nicht.

„Ich habe immer gedacht, so ein Planungsfreak zu sein, ist etwas Schlechtes."

„Hat dir jemand dieses Gefühl gegeben?"

Bei Nathans Worten verkrampfte sich etwas in mir. Ich wusste, woher dieses Gefühl kam. Und mal wieder verfluchte ich mich dafür und fragte mich, was ich jemals an dieser Person gefunden hatte.

„Das hier bei Grandma ist etwas völlig außerhalb meiner Komfortzone. Etwas Spontanes. Ich wollte Ruhe und Zeit, um mich zu sammeln. Aber irgendwann muss ich mir trotzdem Gedanken über meine Zukunft machen."

Es tat gut, diese Worte auszusprechen und sie nicht nur in meinem Kopf gefangen zu halten. Es nahm etwas von ihrer Bedrohung und dem drückenden Gefühl in meinem Inneren.

„Ich bin mir sicher, dass du bald deinen Weg finden wirst", sagte Nathan.

Wie sehr ich hoffte, dass er recht hatte.

„Danke", erwiderte ich leise und lächelte.

Nathan strahlte eine Sicherheit aus, die mich jedes Mal aufs Neue faszinierte. Er gab einem das Gefühl, dass alles gut werden würde. Der Gedanke an den Studiengang über englische Literatur und Sprache war mir immer wieder durch den Kopf gegeistert und je länger ich darüber nachdachte, desto mehr gefiel mir die Idee. Vielleicht war das ja mein zukünftiger Weg. Meine neue Zukunft.

Eine Weile paddelten wir schweigend nebeneinanderher.

„Magst du eigentlich die Soloalben der Beatles auch? Oder bist du nur Fan der ganzen Band?" Nathans Stimme durchbrach die Stille.

Ich hörte auf zu paddeln und blickte zu ihm, während ein freudiges Gefühl in mir aufstieg. Er erinnerte sich also noch an unser Gespräch in der *Food Bar* und an den Beatles Song, der dort gespielt worden war.

„Ja klar. Ich kenne alles." Ich grinste. „Wusstest du, dass ich Paul McCartney früher total attraktiv fand?"

„Wirklich?"

„Ja, wirklich. Da war ich sechzehn oder so. Ich habe mir das Video, wo sie *Get back* auf dem Dach spielen, bestimmt tausend Mal angeschaut."

„Ach, diese Ära fandest du toll." Nathan lachte. Er hatte ein schönes Lachen. Tief und klangvoll.

„Welchen Musiker oder welche Musikerin fandest du früher heiß?" Neugierig sah ich ihn an.

„Da gab es keinen."

„Das glaube ich nicht." Es plätscherte leise, als ich mein Paddel ins Wasser eintauchte. Die Sonne stand tiefer am blauen Himmel und tauchte den See in ein orangefarbenes Licht. „Hattest du keine peinlichen Poster an den Wänden deines Kinderzimmers hängen?"

Nathan schüttelte den Kopf. „Ich hatte früher ein Poster von Jimi Hendrix. Mein Gitarrenheld."

Ich sah zu ihm hinüber. Dicht neben meinem Kajak tauchte er sein Paddel ins Wasser. „Oh cool! Spielst du selbst Gitarre?"

Er nickte.

„Wie lange schon?"

„Ich habe während der Highschool damit angefangen." Ein ernster Ausdruck huschte über sein Gesicht. „Das Gitarre spielen hat mir damals in einer schweren Zeit sehr geholfen."

Für ein paar Sekunden war es still.

Nathans Kehlkopf bewegte sich, als er schluckte. Dann wandte er seinen Blick zu mir. „Ich weiß nicht, ob John oder so es schon mal erzählt hat, aber … ich habe früher stark gestottert."

Betroffen starrte ich Nathan an. Das hatte ich nicht gewusst. Heute merkte man davon überhaupt nichts mehr.

„Von meiner Familie habe ich immer Liebe und Verständnis erhalten", fuhr Nathan fort. „Deshalb war es für mich wie eine kalte Dusche, als ich in die Schule kam und bemerkt habe, dass nicht alle mit dieser Geduld reagieren. Musik hat mir damals sehr geholfen, mich auf etwas anderes zu fokussieren. Ich konnte abschalten, tief in eine andere Welt eintauchen und es gab damit endlich eine Sache, in der ich richtig gut war."

Wir paddelten einen großen Bogen, bis wir wieder in die Richtung schwammen, aus der wir gekommen waren. Der blau schimmernde See zog sich vor uns bis an den Horizont. Wir steuerten direkt auf Grandmas Steg zu, der am anderen Ufer zwischen den herbstlichen Bäumen ins Wasser ragte. John und Grandma ließen sich nun etwas langsamer treiben als wir, sodass wir sie bald überholt hatten.

„Ich weiß noch, wie ich mich am Anfang geweigert habe zu singen, da ich dachte, dass es mir genauso schwerfallen würde wie das Sprechen. Doch irgendwann habe ich ganz unbewusst bei einem Song mitgesungen und gemerkt, dass es mir flüssig über die Lippen ging. Das hat mich so erstaunt, dass ich danach versucht habe, bewusst etwas zu singen. Und es hat perfekt geklappt. Ohne Stottern. Ohne Unterbrechung." Ein Lächeln erschien auf Nathans Gesicht.

„Woran liegt das, meinst du?"

„Beim Sprechen macht man ja immer kleine Pausen zwischen den Worten." Er warf mir einen Blick über unsere Kajaks zu. „Aber beim Singen folgt man einem bestimmten Rhythmus und lässt die Wörter ineinanderfließen. Diese durchgängige Schwingung der Stimmbänder hilft dabei, singen zu können, ohne zu stottern."

„Konntest du dadurch dein Stottern überwinden?"

Er nickte. „Es war ein langer Prozess, aber irgendwann hat es geklappt. Heute stottere ich eigentlich nicht mehr, außer ich bin sehr nervös."

„Wahnsinn." Ich schwieg einen Moment. „Darum liebe ich Musik so sehr. Musik bewirkt in so vielen Bereichen wahre Wunder."

Er lächelte und sah zu mir herüber. „Das stimmt."

Wer hätte gedacht, dass Nathan so eine Geschichte hinter sich hatte? Es erstaunte mich immer wieder, wie wenig man einen Menschen einschätzen konnte, den man nicht gut kannte. Umso schlimmer, dass es so viele Leute gab, die andere sofort verurteilten.

„Könntest du dir vorstellen, Musiker zu werden?", fragte ich.

Nathan schüttelte sofort den Kopf. „Nein. So sehr ich das Gitarre spielen und Singen liebe … Es ist und bleibt für mich ein Hobby. Mehr möchte ich gar nicht. Ich liebe meine Arbeit in der Autowerkstatt und würde es für nichts in der Welt eintauschen."

Ich lächelte, doch ein wehmütiges Ziehen regte sich plötzlich in meiner Brust. Nathan hatte gleich zwei Leidenschaften, die ihn erfüllten. Zwei Dinge, die er liebte. Wie musste es sich anfühlen, bei etwas mit so viel Herz dabei zu sein? Etwas zu haben, dass einen mit kribbelnden Glücksgefühlen füllte?

„Es freut mich, dass du mir das erzählt hast", sagte ich und räusperte mich. So etwas Persönliches teilte man sicher nicht jedem mit und ich bewunderte ihn sehr für seine Offenheit.

Nathan nickte. „Du warst auch so offen zu mir. Da ist das nur fair."

Für ein paar Sekunden sagte niemand etwas, dann bemerkte ich, wie sich seine Kiefermuskeln anspannten.

„Apropos Offenheit." Seine Stimme klang heiser, sodass er sich räusperte. „Ich wollte dir noch etwas sagen."

Er hielt kurz inne und schien nach den richtigen Worten zu suchen. Seine Miene war so ernst, wie ich ihn selten gesehen hatte.

„Ich …", fing er an, als mich plötzlich ein heftiger Aufprall erschütterte. Etwas war von hinten gegen mein Kajak gestoßen.

„Ups, tut mir leid", rief Grandma.

Nun ging alles ganz schnell.

Mein Kajak hatte durch den Aufprall so stark zu schwanken begonnen, dass ich das Gleichgewicht nicht mehr halten konnte.

Mein Herz setzte einen Schlag aus, als mein Kajak kippte und ich mit ihm ins eiskalte Wasser fiel.

Kapitel 13

Eisige Kälte durchdrang meinen Körper.

Alle Geräusche wurden verschluckt und ich verlor die Orientierung. Panik kroch durch meine Adern, als ich merkte, dass ich mich gefangen in dem Kajak kaum bewegen konnte.

Mein Puls begann zu rasen. Das Wasser des Sees presste gegen meine Lunge und in meiner Brust breitete sich ein riesiger Druck aus.

Oh, nein, nein, nein.

Blubbernd entwich Luft aus meinem Mund.

In meinen Ohren rauschte es und die Panik klammerte sich fest an meinen Körper.

Plötzlich packten mich zwei starke Hände und zogen mich aus dem Kajak nach oben. Mein Kopf durchbrach die Wasseroberfläche und kalter Wind fegte über mein Gesicht hinweg. Ich hustete und schnappte nach Luft.

„Jess." Eine keuchende Stimme drang an meine Ohren.

Ich blinzelte, bis das Wasser aus meinen Augen lief und mein Blick sich klärte.

Nathans Gesicht erschien vor mir. Eine besorgte Falte stand zwischen seinen Augenbrauen. Seine Haare klebten ihm nass an der Stirn und er ruderte mit seinen Armen, um sich über Wasser zu halten.

„Mir geht's gut", keuchte ich.

Ich ruderte mit meinen Armen, während die Kälte des Seewassers immer stärker durch meine Klamotten drang. Himmel, war das kalt. Ich war noch nie in so eisigem Wasser geschwommen.

Ich hob eine Hand aus dem Wasser und strich mir eine nasse Haarsträhne aus der Stirn. „Können wir wieder in unsere Kajaks einsteigen?"

Nathan sah sich um. „Wir sind gleich beim Steg, ich denke, es ist sinnvoller, wenn wir schwimmen."

„O Gott Jessy, es tut mir so leid." Die panische Stimme meiner Grandma drang zu mir.

Ich schob mit meinen Armen das Wasser zur Seite und drehte mich um. Mit aufgerissenen Augen sah Grandma aus ihrem Kajak zu mir. „Ich habe einen Moment nicht aufgepasst."

„Alles gut", rief ich zurück. Meine Brust hob und senkte sich immer noch schnell. „Scheiße ist das kalt."

Meine Zähne begannen zu klappern.

Mit jeder Minute stach die Kälte mehr und meine Arme fühlten sich langsam taub an.

Ich sammelte meine ganze Kraft und schwamm die letzten Meter zurück zum Steg.

Nathan kam als erster dort an, legte seine Arme auf das Holz und zog sich schwungvoll nach oben.

O Gott, so leichtfüßig und sportlich würde das bei mir nicht aussehen.

„Warte, ich helfe dir." Ein Schatten legte sich über mich, als Nathan sich zu mir beugte.

Ich ergriff seine ausgestreckte Hand.

Bemüht, meinen schneller werdenden Puls zu ignorieren, drückte ich mich mit der anderen Hand am Steg hoch. Mit Nathans Unterstützung, hievte ich mich aus dem Wasser. Ich stolperte ein paar Schritte und hielt nur mit Mühe das Gleichgewicht.

Nathan legte sanft seine Hände auf meine Arme und zog mich hoch.

Mit zitterndem Körper legte ich den Kopf in den Nacken und sah zu ihm auf. Wasser tropfte von seinen Haaren und rann an seinem Kiefer herunter. Seine Lippen waren vor Kälte blau angelaufen.

„Danke, dass du mich gerettet hast." Meine Zähne klapperten noch stärker und ich schlang die Arme um mich. „Was machen wir mit den Kajaks?"

„John kümmert sich darum." Nathan öffnete seine Schwimmweste. „Wir müssen uns jetzt so schnell wie möglich umziehen."

Kurze Zeit später saß ich frisch geduscht und eingehüllt in eine warme Decke mit Wärmflasche auf dem Sofa. Grandma machte in der Küche mit John einen heißen Tee, nachdem sie sich tausendmal entschuldigt hatte, und Nathan stand gerade noch unter der Dusche.

Mein Körper zitterte immer noch ein wenig. Ich war gespannt, wann er sich wieder vollständig erwärmt hatte. So schön der See auch aussah, seine Temperaturen hätte ich nicht unbedingt am eigenen Leib erleben müssen.

„Habt ihr zufällig was Trockenes zum Anziehen?"

Ich wandte meinen Kopf und erstarrte.

Nathan stand im Türrahmen. Mit nichts weiter bekleidet als einem weißen Handtuch um seine Hüfte.

Für einen kurzen Moment vergaß ich, wie man sprach. Mir schoss die Hitze in die Wangen, als mein Blick über Nathans Brustmuskeln hinunter zu seinem flachen Bauch wanderte. Zum ersten Mal sah ich sein Tattoo vollständig und nicht nur den Teil an seinem Unterarm. Es schlängelte sich in dunklen Linien bis zu seiner Schulter und endete knapp unter seinem Schlüsselbein. Seine Haut war gebräunt und sah so glatt aus, dass ich …

„Jess?" Nathans raue Stimme riss mich aus meiner Starre.

„Äh, ja, warte, ich hole dir was." Hektisch schälte ich mich aus meiner Decke und sprang auf.

Im selben Moment ertönte ein Miauen. Elvis schlängelte sich an mir vorbei und tapste zu Nathan. Mit seinen großen Katzenaugen sah er zu ihm auf.

Ein weiches Lächeln erschien auf Nathans Gesicht. Er ging in die Hocke und streckte Elvis seine Hand entgegen, der eifrig daran schnupperte und irgendwann mit seiner kleinen Zunge über Nathans Daumen leckte.

„Ich glaube, Elvis mag dich." Grinsend betrachtete ich, wie der Kater genüsslich sein Köpfchen reckte, als Nathan ihn streichelte.

„Warum heißt er eigentlich Elvis?"

„Grandma liebt Elvis Presley. Als sie den Kater damals das erste Mal gesehen hat, wusste sie, dass er so heißen würde. Außerdem durfte Grandpa den Kater, den sie davor hatten, schon nach seinem Lieblingsmusiker benennen. Rate mal, wie der hieß."

Er rieb sich nachdenklich über den Nacken. „Paul?"

Ich lachte. „Wäre auch gut gewesen, aber nein. Sein Name war Jimi."

„Nach Jimi Hendrix?" Seine Augen leuchteten.

Ich nickte lächelnd.

„Finde ich sehr sympathisch."

In meiner Brust wurde es warm, als ich sah, wie behutsam Nathan mit dem kleinen Tier umging. Irgendetwas hatte es an sich, diesem Mann dabei zuzusehen, wie er eine Katze streichelte. Seine große Hand wanderte langsam über Elvis' Fell, bis seine Finger vorne innehielten und ihm unter seinem Kinn kraulten, an der Stelle, an der Elvis den weißen Fleck hatte. Elvis' Schnurrhaare zitterten vor Wonne. Meine Augen wanderten an Nathans gebräunten Unterarm mit seinen dunklen Tattoos hinauf zu seinen breiten Schultern, bis mein Blick schließlich an seinem Gesicht hängenblieb. Seine Haare fielen ihm noch feucht in die Stirn und er verströmte den sauberen Geruch von Seife. Vorsichtig schlang er seine Arme um Elvis und erhob sich aus der Hocke. Dieser

Anblick … Nathan, der den Kater liebevoll an sich drückte, löste ein seltsames Ziehen in mir aus. Wie von einer unsichtbaren Kraft gezogen, ging ich zwei Schritte auf ihn zu. Die plötzliche Sehnsucht, ihm nahe zu sein, wuchs mit jeder Sekunde.

Ich streckte meinen Arm aus und streichelte Elvis ebenfalls, der sich mit geschlossenen Augen an Nathans nackte Brust schmiegte und vor sich hin schnurrte. Als ich meine Finger zu seinem Köpfchen gleiten ließ, streifte ich Nathans Hand. Die kurze Berührung reichte aus, um meinen ganzen Körper unter Strom zu setzen. Nathans Augen verdunkelten sich. Er sah mich unbeweglich an, als hätte er das Prickeln unserer Berührung ebenfalls gespürt. Ein sehnsüchtiges Ziehen regte sich in meinem Herzen. Ich bemerkte, wie Nathans Brust sich etwas schneller hob und senkte als zuvor. Elvis schien von der Spannung zwischen uns nichts mitzubekommen, denn er rieb sich weiterhin genüsslich an Nathans nackter Haut. Doch ich spürte die plötzliche Anziehung zwischen uns überdeutlich.

Mit trockener Kehle sah ich von seinem rechten Auge zu seinem linken Auge und wieder zurück. Der Rand um seine graublaue Iris war dunkler. Und seine Pupillen waren leicht geweitet. Wir waren uns so nah, dass sich unsere Schultern bei jedem unserer Atemzüge streiften. Nathan sah auf meinen Mund. In mir breitete sich eine verwirrende Hitze aus.

„Jessy, euer Tee ist fertig."

Grandmas Stimme ertönte. Und zerstörte damit unseren Moment. Oder was auch immer das gerade zwischen Nathan und mir gewesen war.

Ich stolperte einen Schritt zurück und spürte, wie mir die Röte ins Gesicht schoss.

„Danke, Nana", krächzte ich. Mit pochendem Herzen sah ich zurück zu Nathan. „Ich bringe dir schnell trockene Klamotten."

Damit schob ich mich an ihm vorbei durch die Tür, wobei ich deutlich die Hitze spürte, die von seiner Haut ausging.

Kapitel 14

Nachdem ich Nathan ein oversized T-Shirt von mir und eine alte Jogginghose von Grandpa geliehen hatte, saßen wir mit John und Grandma bei einer heißen Tasse Tee zusammen. Das starke Herzklopfen verließ meinen Körper den ganzen Abend nicht mehr. Ab und zu wanderte mein Blick unauffällig zu Nathan, doch er ließ sich nach außen hin nicht anmerken, ob er ebenso aufgewühlt war wie ich. Manchmal streifte sein Blick meinen, was meinen Puls sofort in die Höhe schnellen ließ. Doch jedes Mal zuckte ich ertappt weg.

Auch jetzt, ein paar Tage später, spukte der Moment zwischen Nathan und mir, den wir mit Elvis in Grandmas Wohnzimmer geteilt hatten, durch den Kopf. Ich spürte die Wärme seines Körpers noch immer an meinem und in manchen Momenten regte sich dieses sehnsüchtige Ziehen, ihm nahe zu sein. Wo kam das auf einmal her?

Ich hatte es ernst gemeint, als ich zu Vanessa gesagt hatte, dass ich in Coldriver nicht sofort einen neuen Mann finden wollte. Ich hatte erwartet, dass ich hier außer Grandma nicht viele andere Menschen zu Gesicht bekommen würde. Erst recht nicht so attraktive wie Nathan. Und so sanftmütige. Sein intensiver Blick, mit dem er mich angesehen hatte, ließ auch jetzt noch meine Wangen erröten.

Gott, ich musste aufhören, ständig an ihn zu denken. Ich musste mir das Bild seines nackten Oberkörpers und die sanfte Art, mit der er den Kater gestreichelt hatte, aus dem Kopf schlagen.

Aber seit diesem Moment am Sonntag hatte sich etwas zwischen uns verändert. Und ich konnte nicht leugnen, dass da irgendetwas in mir war, das deutlich auf Nathan reagierte. Er ging mir mit seiner sanftmütigen Art jeden Tag mehr unter die Haut und ich wusste ehrlich gesagt nicht genau, wie ich damit umgehen sollte.

„Ach, ich freue mich so, dass Vanessa ihren Geburtstag bei uns feiern möchte." Grandma klang glücklich.

Sie saß auf dem Beifahrersitz, während ich uns nach Coldriver chauffierte, um letzte Besorgungen für die Geburtstagsfeier zu erledigen.

„Ich mich auch. So sehr ich es bei dir liebe, aber ich habe meine Schwester schon sehr vermisst." Ich setzte den Blinker und bog auf einen Parkplatz ab.

„Das denke ich mir." Grandma tätschelte meinen Oberschenkel. „Wir machen uns ein richtig schönes Wochenende."

Als wir ausstiegen, umfing uns frischer Herbstwind. Es wurde nun von Tag zu Tag kühler, sodass ich meinen dicken Mantel und einen Schal um mich gewickelt hatte.

„Übrigens, weißt du was John mir erzählt hat?" Grandma hakte sich bei mir unter, während wir den Gehweg hinunterschlenderten und an den kleinen Läden von Coldriver vorbeikamen. Man sah an den Schaufenstern, dass in drei Wochen Halloween war.

„Was denn?"

„Nathan findet, dass ich eine sehr nette Enkelin habe."

Ich biss mir auf die Unterlippe, um ein Lächeln zu unterdrücken. „Hat er das gesagt?"

„Er verbringt anscheinend gerne Zeit mit dir und mag dich sehr." Grandma drückte meinen Arm. „Ist das nicht nett?"

Ein Flattern regte sich in meinem Magen.

„Nathan ist wirklich ein Schatz." Grandma seufzte.

Ich stupste gegen ihren Arm. „So, wie du von ihm schwärmst, könnte man meinen, dass du eher auf ihn ein Auge geworfen hast als auf John."

Sie stieß ein Lachen aus. „Nein, nein. Ich halte nur meine Augen für *dich* offen."

Ich schüttelte grinsend den Kopf.

Nathan verbringt gerne Zeit mit dir.

Grandmas Worte spulten sich in Dauerschleife in meinem Kopf ab. Ich konnte nicht verhindern, dass ein glückliches Gefühl in mir aufstieg.

„Ich habe außerdem Mrs. Pérez beim Einkaufen getroffen und sie hat ganz begeistert davon geschwärmt, wie ihr beiden ihr beim Holzhacken geholfen habt. Dein Grandpa wäre stolz auf dich." Sie drückte meinen Arm.

Ihre Worte berührten etwas tief in mir. „Es hat wirklich Spaß gemacht, mal wieder mit Holz zu arbeiten. Es war so erfüllend, dass ich ..." Ich hielt kurz inne. Die Idee, die ich Grandma gleich eröffnen wollte, hatte sich bisher nur leise in einem hinteren Kämmerchen meines Kopfes geregt. Doch langsam begann sie an Größe zu gewinnen und sich nach vorne zu drängen.

Ich blieb stehen und sah Grandma direkt an. „Ich würde gerne öfter jemandem helfen. Und zwar so richtig. Seit ich hier bin, hatte ich keine vernünftige Beschäftigung. Diese Entschleunigung hat mir zu Beginn gutgetan, aber jetzt merke ich, dass ich gerne etwas tun würde. Und am liebsten würde ich anderen Menschen etwas Gutes tun." In meiner Brust kribbelte es aufgeregt. „Ich habe gedacht, ich könnte vielleicht irgendwo einen Aushang machen, wo ich den Leuten erkläre, dass sie mich anrufen können, wenn sie Hilfe brauchen." Ich hatte mich von Grandmas Arm gelöst und unterstrich meine Worte mit aufgeregten Gesten. „Sowas wie einkaufen gehen, den Rasen mähen, mit dem Hund Gassi gehen, etwas reparieren ... Egal was. Manche ältere

Menschen leben vielleicht alleine und würden sich über etwas Hilfe freuen. Was meinst du dazu?" Meine Aufregung hatte sich mit jedem Wort gesteigert. Doch jetzt hielt ich inne und legte nervös meine gefalteten Hände auf meine Lippen. Abwartend sah ich Grandma an.

Ein gerührter Glanz war in ihre Augen getreten. „Das würdest du tun?"

Ich nickte eifrig. „Das könnte mein eigenes Coldriver Projekt werden. Da hätte ich riesig Lust darauf."

Grandma ergriff meine Hände. „Du hast wirklich ein Herz aus Gold."

Etwas in mir schmolz. Ich drückte ihre Hände zurück.

„Du könntest deinen Aushang vielleicht bei Edgar machen. Die Einwohner von Coldriver gehen dort in der *Food Bar* ein und aus, da würdest du sicher die meisten erreichen."

Ich nickte. „Das ist eine gute Idee."

Einmal ausgesprochen, weckte mein neuer Plan ungeahnte Lebensgeister in mir und erfüllte mich mit Tatendrang. Am liebsten wäre ich jetzt sofort nach Hause gefahren, um den Aushang zu gestalten.

„Ich bin mir sicher, dass sich die Leute darüber freuen werden", sagte Grandma und rieb mir liebevoll über die Arme. Dann wandte sie sich um. „Wollen wir als erstes in Shannons Nähstübchen vorbeischauen? Sie hat doch diese Woche neu eröffnet. Dann kann ich gleich einen Stoff für Vanessas Geschenk kaufen."

Ich blickte mich um. „Wo ist denn der Laden? In der Hauptstraße hab ich ihn gar nicht gesehen."

„Er ist in einer Seitengasse, in der *Maple Alley*." Grandma deutete nach links. „Hier müssen wir lang."

Ich folgte ihr durch die Straßen, bis nach ein paar Minuten in der Ferne ein Schild auftauchte, auf dem eine Nadel abgebildet war. Als ich näherkam, erkannte ich die Aufschrift: *Shannons Nähstübchen.* Ein Lächeln breitete sich auf meinem Gesicht aus. Das klang wirklich süß.

Wir steuerten den Laden an und kamen kurz darauf vor einer schmalen Tür zum Stehen. An der Scheibe hing ein weißes Schild, auf dem *Geöffnet* stand.

„Da sind wir." Grandma drückte die Klinke hinunter und wir betraten das Geschäft.

Ein Geruch aus Stoff und Wolle schlug mir entgegen. Der Raum war schmal, führte aber sehr weit nach hinten. Links und rechts zogen sich Regale bis unter die Decke, die dicht mit bunten Stoffen gefüllt waren.

Wow. Das hier war das reinste Paradies.

Ich ließ meine Augen über die Stoffe schweifen und entdeckte ein Regal, das mit allerlei Knöpfen, Reißverschlüssen und anderem Zubehör vollgestopft war. Hier wurde man mit Sicherheit mit allem fündig.

Neugierig schlenderte ich hinter Grandma durch den schmalen Gang und sah schließlich Joey, den Besitzer meines Lieblingscafés in Coldriver, der mit dem Rücken zu uns stand. Er hielt gerade einen gelben Stoff nach oben, auf dem weiße Blümchen abgedruckt waren.

„Hallo." Beim Klang meiner Stimme drehte sich Joey zu mir um.

„Hi, Jess." Strahlend streckte er mir den Stoff entgegen. „Was hältst du von dieser Farbe?"

Ich betrachtete den Stoff in seiner Hand. „Die Farbe ist sehr knallig. Wofür brauchst du ihn?"

„Für eine sehr tolle Frau." Joey grinste mich an. „Meine Freundin ist total lebensfroh und temperamentvoll und sie liebt die Farbe Gelb."

„Dann ist der Stoff perfekt." Ein warmes Gefühl erfüllte mich. „Nähst du ein T-Shirt für deine Freundin?"

Er nickte. „Ich versuche es zumindest."

Ich hatte gar nicht gewusst, dass der Cafébesitzer privat gerne nähte. Das war ja cool.

„Donna, wie schön, dass du hier bist." Eine große Frau trat um Joey herum und strahlte Grandma an. Dann fiel ihr Blick auf mich. „Oh, du musst ihre Enkelin Jess sein. Ich bin Shannon Maguire." Sie streckte mir eine Hand entgegen, die ich mit einem Lächeln ergriff.

Shannon trug ihre blonden Haare am Hinterkopf hochgesteckt und ihr gerade geschnittener Pony bedeckte ihre Stirn. Sie musste etwa im Alter meiner Mom sein und besaß um ihre Augen einige Lachfältchen, die andeuteten, dass sie ein fröhlicher Mensch war, der viel lachte.

„Meinst du 1,5 Meter reichen, Joey?", fragte sie.

Er nickte und sah zu, wie sie mit geübten Bewegungen den Stoff zurechtschnitt und ihm überreichte.

„Vielen Dank, Shannon." Strahlend gab er ihr das Geld und verabschiedete sich. Ich winkte ihm nach, bis er aus der Tür verschwand.

„So, was kann ich für euch tun?" Shannon wandte sich mit strahlenden Augen an uns.

„Shannon, ich gratuliere dir zur Eröffnung. Ich musste mir deinen Laden heute endlich mal aus eigenen Augen ansehen." Grandma legte eine Hand auf die Schulter der Ladenbesitzerin. „Das ist ja traumhaft geworden."

Shannon stieß ein Lachen aus. „Das freut mich, Liebes."

„Wie war die Eröffnung, Mrs. Maguire?", fragte ich.

„Nenn mich ruhig Shannon." Sie sah mich freundlich an. „Der Eröffnungstag war wirklich schön und ich freue mich, dass schon so viele Menschen den Weg in meinen kleinen Laden gefunden haben."

„Wie bist du eigentlich zu diesem Laden gekommen?", fragte Grandma.

Ein Lächeln legte sich auf Shannons Gesicht. „Meine Urgroßmutter hatte hier an dieser Stelle früher ein Nähgeschäft, das meine Großmutter aber nie weitergeführt hat. Das Gebäude stand lange leer und kurz bevor es abgerissen wurde, habe ich mich dafür entschieden es zu renovieren und meinen eigenen Laden aufzumachen."

„Wow." Ich sah sie beeindruckt an.

„Heutzutage ist das Nähen zum Glück wieder recht beliebt geworden, sodass ich mich getraut habe, den Laden zu öffnen. Und das Nähen war einfach schon immer eine Leidenschaft von mir. Nebenbei nehme ich noch Aufträge als Schneiderin entgegen, sodass ich momentan ziemlich glücklich bin mit meiner Arbeit." Shannon strahlte mit jedem Wort eine so große Freude und Hingabe aus, dass mir warm ums Herz wurde. Ich fand es unheimlich inspirierend, Menschen zuzuhören, die für eine Sache brannten.

„Hast du früher als Schneiderin gearbeitet?", fragte ich.

Sie schüttelte den Kopf. „Nach dem College habe ich viele Jahre als Sekretärin gejobbt, da ich nicht wusste, was ich sonst machen sollte. Aber irgendwie war das nie das Richtige für mich und ich habe mich nach einiger Zeit dazu entschlossen, als Handarbeitslehrerin zu arbeiten. Das war eine sehr erfüllende Phase meines Lebens." Sie lächelte bei der Erinnerung. „Dort konnte ich endlich die Kreativität ausleben, die sich in mir angestaut hatte. Ein kleiner Traum von mir war aber auch schon immer, einen eigenen Stoffladen aufzumachen und da kam das Geschäft hier gerade recht. Ich habe ewig hin und her überlegt, ob ich wirklich den Schritt in die Selbstständigkeit wagen soll. Aber wie du siehst …" Sie streckte die Arme aus. „Hier bin ich."

„Ich finde das total bewundernswert."

„Was? Dass ich alte Schachtel nochmal etwas Neues wagte?" Ihr herzliches Lachen hallte durch den Laden.

Ich schüttelte schmunzelnd den Kopf.

„Ich weiß schon, was du meinst." Shannon lächelte und stemmte eine Hand in ihre Hüfte. „Meine Mutter hat immer gesagt, es ist nie zu spät für etwas Neues. Das hält uns fit." Sie zwinkerte mir zu.

Ihre Worte hallten in mir nach. Ich bewunderte es, welche Umwege sie gegangen war und einen Neuanfang gewagt hatte. Sie war nicht am ersten Punkt, den sie im Leben gewählt hatte, stehen geblieben.

Von klein auf hatte ich gedacht, dass ich die Richtung, die ich einschlug, mein ganzes Leben beibehalten und in jungen Jahren meinen beruflichen Weg entscheiden müsste. Vielleicht war es wirklich nicht schlimm, dass das mit meinem Jura Studium nicht geklappt hatte. Dass es in Ordnung war, sich neu zu orientieren.

„Sucht ihr zwei etwas Bestimmtes?" Shannon sah fragend zwischen uns hin und her.

„Ich wollte mich nach Stoffen umsehen." Grandma rückte ihre Handtasche zurecht.

„Nur zu." Freudig rieb Shannon sich die Hände. „Du hast die Wahl. Wenn ihr Fragen habt, meldet euch, ich bin hier bei der Kasse." Sie deutete hinter sich.

„Wunderbar, Shannon." Grandma lächelte sie dankbar an.

Neugierig trat ich an das erste Regal heran und fuhr über die Stoffballen. Shannon hatte in diesem Fall alles farblich sortiert, was meinem inneren Monk überaus gut gefiel. Ich wanderte mit meinem Finger an den dunkelblauen Stoffen entlang, die nach oben hin immer heller wurden. An einem hellblauen Stoff blieb ich hängen.

Vorsichtig hob ich die oberen Ballen an und zog den Stoff ein Stück heraus. Ich fand den Anfang und schob meine Finger unter den Stoff. Auf dem hellblauen Untergrund waren kleine weiße Eulen abgebildet.

„Das ist ein Naturfaserstoff."

Ich fuhr herum.

Shannon stand zwei Meter hinter mir und lächelte entschuldigend. „Ich habe dich nur gerade diesen Stoff rausholen sehen, da konnte ich mich nicht zurückhalten."

„Alles gut." Ich lachte. „Der Stoff fühlt sich angenehm an."

„Was wollt ihr denn damit machen? Näht ihr Klamotten? T-Shirts? Pullis? Oder möchtet ihr ein Kissen nähen? Eine Tasche? Einen Beutel?"

„Ähm, ich ..."

„Für T-Shirts kann ich dir diese Viskosestoffe empfehlen. Die sind total luftig auf der Haut. Da habe ich grad ganz neue reinbekommen. Einen finde ich besonders schön, der hat rote Blumen auf weißem Hintergrund. Eigentlich ist der Hintergrund gar nicht reinweiß, sondern mehr so eierschalenweiß. Aber das macht es noch viel natürlicher. Ich liebe diese Farbe." Shannon war vollkommen in ihrem Element und sprühte vor Freude.

„Ich würde etwas für einen Kosmetikbeutel suchen", sagte Grandma, die zu uns herangetreten war. „Kannst du da etwas empfehlen?"

„Aber sicher." Shannon wirbelte herum und lief den Raum hinunter zu einem der hinteren Regale. Grandma folgte ihr.

Ich sah mich währenddessen weiter um und lächelte. Genau wegen solcher kleiner Läden liebte ich Coldriver.

Während ich meinen Blick über die Stoffe gleiten ließ, hallten Shannons Worte, dass es nie zu spät für etwas Neues war, in meinem Kopf nach. Irgendetwas hatte sie damit in mir zum Schwingen gebracht.

Kapitel 15

Zeile für Zeile surrte der Drucker am nächsten Morgen über das Papier meines Aushangs. Ich wollte mit der Idee meines sozialen Projekts nicht länger warten und, sofern Edgar keine Einwände hatte, den Zettel in der *Food Bar* aushängen.

Das Blatt stotterte träge aus dem alten Drucker meiner Grandma und fiel mir schließlich vor die Füße. Ich hob es auf und las meinen Text ein letztes Mal durch, um ihn auf Rechtschreibfehler zu prüfen. Ich war so gespannt, ob die Leute mein Angebot in Anspruch nehmen würden.

Grandma hatte mir ihr Auto zur Verfügung gestellt, damit ich in die Stadt fahren konnte.

Ich parkte vor dem Diner und lief hinein, wo mich sofort deftiger Geruch nach Burgern begrüßte. Als ich Edgar von meinem Vorhaben berichtete, war er zum Glück sofort hellauf begeistert.

„Klar kannst du deinen Aushang bei mir machen." Er klopfte auf das schwarze Brett, das neben dem Eingang hing. „Hier wirst du die meisten Einwohner erreichen."

Ich strahlte ihn dankbar an und nahm ein paar Nadeln entgegen, mit denen ich mein Papier auf der Pinnwand befestigte. Unter dem Text hatte ich meine Handynummer mehrmals aufgedruckt, sodass jeder bei Interesse einen Streifen abreißen konnte.

„Die Leute werden sich sicher über das Angebot freuen." Edgar klopfte mir auf die Schulter, ehe er wieder in der Küche verschwand.

Mit einem kribbelnden Gefühl im Bauch betrachtete ich meinen Aushang. Ich war so gespannt, wann sich die erste Person melden würde. Hoffentlich schon bald, denn es brannte mir unter den Nägeln, endlich etwas Sinnvolles zu tun und nicht länger untätig zu sein. Die Zeit, in der ich einfach nur rumgesessen und entspannt hatte, war vorbei.

Dieses Projekt unterschied sich von allen Dingen, die ich bisher in New York gemacht hatte. Es war etwas, mit dem ich anderen etwas Gutes tun konnte, ohne eine Gegenleistung zu erwarten. Es war etwas Erfüllendes. Vielleicht genoss ich den Gedanken an dieses Projekt deshalb so sehr. Weil es mich an nichts erinnerte. Weil es etwas Neues für mich war und ein ganz neues, unverbrauchtes Gefühl in mir weckte.

„Jess?"

Ich fuhr herum und sah Nathan das Diner betreten. Er trug einen dunkelgrauen Hoodie und eine schwarze Jeans und sah wie immer umwerfend gut aus. Seine Wangen waren mit dunklen Bartstoppeln bedeckt.

„Hey." Ein Kribbeln erfasste mich, als er auf mich zukam.

Ein warmes Lächeln umspielte seine Lippen.

Seit der Kajaktour waren wir uns nicht mehr begegnet. Dass er nun vor mir stand, ließ mein Herz unwillkürlich schneller schlagen.

„Machst du gerade Mittagspause?", fragte ich.

Er nickte. Ein Hauch seines herben Dufts umwehte meine Nase und ich wollte noch nie in meinem Leben so tief einatmen.

„Ich hole für Grandpa und mich einen Burger. Als Stärkung, bevor die Arbeit weitergeht." Nathan lächelte. „Bist du auch zum Lunch hier?"

Ich schüttelte den Kopf und deutete hinter mir auf den Zettel, den ich an die Pinnwand gehängt hatte. „Ich habe einen Aushang gemacht."

Nathan trat an das schwarze Brett heran und las sich die Zeilen durch. Ein sanftes Lächeln erschien auf seinem Gesicht. „Du willst mir also meine Arbeit abspenstig machen, was?"

Ich grinste. „Weißt du, welche Überschrift ich eigentlich drauf schreiben wollte?" Mit meinen Händen malte ich feierlich einen Strich in die Luft. „*Nein zu Nathan, Ja zu Jess.*"

Nathan sah mich mit großen Augen an. „Das hättest du nicht gewagt."

„Doch hätte ich. Da du nicht Nein sagen kannst, dachte ich mir, muss ich die Einwohner von Coldriver bitten, Nein zu dir zu sagen und stattdessen meine Hilfe anzunehmen." Ich breitete meine Arme aus.

Nathan schüttelte amüsiert den Kopf. „Deine Ideen sind wirklich der Knaller."

„Soll ich die Überschrift nochmal ändern?" Ich griff nach dem Aushang, doch Nathan legte eine Hand auf meinen Arm. Sofort schoss ein Prickeln bis zu meiner Schulter hoch.

„Die Überschrift ist gut so."

Schmunzelnd ließ ich meine Hand sinken.

Ein kalter Windstoß fegte zu uns herein, als die Eingangstür zur *Food Bar* aufgestoßen wurde. Ein älteres Ehepaar betrat den Raum und grüßte uns.

„Haben Sie diesen Aushang schon gesehen?" Ich nutzte direkt meine Chance und deutete ausladend auf den Zettel. „Wenn Sie Hilfe brauchen, dann rufen Sie einfach unter dieser Nummer an und ich bin zur Stelle. Ab jetzt heißt es nämlich *Ja zu Jess* und *Nein zu Nathan*." Ich zwinkerte dem Ehepaar zu, das mich mit leichter Verwirrung musterte.

Die beiden warfen sich einen verwunderten Blick zu und gingen dann mit einem leisen Murmeln weiter in Richtung der Tische.

„Du kannst doch die armen Leute nicht so verwirren." Nathan stupste freundschaftlich gegen meinen Oberarm.

Ich zuckte mit den Schultern und setzte einen betont unschuldigen Gesichtsausdruck auf. In meinem Inneren regte sich jedoch ein Flattern.

„Ich bin gespannt, wann du angerufen wirst. Lange wird das bestimmt nicht dauern." In Nathans Worten schwang Zuversicht mit.

Ich sah ihn an. „Ich kann dir gerne berichten, wenn es soweit ist."

Kapitel 16

Mein Handy machte keinen Mucks.

Nervös starrte ich auf das Display, doch auch zwei Tage nach meinem Aushang blieb es schwarz.

Angespannt drehte ich den Ring an meinem Finger hin und her. Vielleicht war das doch eine blöde Idee gewesen. Wer brauchte auch schon Hilfe von einer jungen Frau, die noch nicht mal feste Einwohnerin von Coldriver war und die die meisten nur vom Hörensagen kannten?

Ich drückte auf meinem Handy herum, um zu sehen, ob ich vielleicht einen Anruf verpasst hatte.

Nein. Nichts.

Ich stieß einen Seufzer aus und lief in die Küche, um Elvis etwas Futter in die Schale zu geben. Dann begann ich das ganze Wohnzimmer zu saugen, Staub zu wischen und die Spülmaschine auszuräumen.

Als ich mich eine Weile später wieder aufs Sofa schmiss, war mein Handy immer noch wie tot.

So ein Mist.

Ich konnte die Enttäuschung, die in mir aufstieg, nicht unterdrücken. Etwas in mir hatte wirklich gehofft, dass ich den Menschen helfen konnte. Dass sich jemand melden würde und ich etwas Sinnvolles tun konnte. Aber vielleicht war das einfach völlig naiv gewesen.

Ich seufzte und vergrub mein Gesicht in einem Kissen, das den vertrauten Geruch von Grandmas Waschmittel verströmte. Sie traf sich heute mit John in Joey's Café, sodass es im ganzen Haus ungewöhnlich still war. Ich gab es nur ungern zu, aber mir war langweilig. Ein frustrierter Laut entwich meinem Mund, als ich mich umdrehte und an die holzverkleidete Decke starrte. Mir war nie langweilig. Normalerweise fand ich immer etwas zu tun. Doch selbst mein Thriller, der auf dem Wohnzimmertisch lag, wollte mich heute nicht packen. Ich griff zum wiederholten Male nach meinem Handy, aber das Ergebnis war immer dasselbe: Es meldete sich einfach niemand.

Kurzentschlossen wählte ich die Nummer meiner Schwester und hielt mir das Telefon ans Ohr. Mehrere Sekunden lang drang ein gleichmäßiges Tuten zu mir. Dann sprang die Mailbox an und die fröhliche Stimme von Vanessa erklärte, dass sie gerade nicht erreichbar war. Frustriert beendete ich den Anruf und legte das Handy auf meinen Bauch.

Es machte keinen Sinn, den ganzen Tag hier zu sitzen und auf einen Anruf von einer fremden Person zu warten. Ein Anruf, der mit großer Wahrscheinlichkeit nicht kommen würde.

Plötzlich erklang Nathans Stimme in meinem Kopf.

Ich bin gespannt, wann du angerufen wirst. Lange wird das bestimmt nicht dauern.

Er hatte so zuversichtlich geklungen. Eine Zuversicht, die mir mit jeder Minute mehr abhandenkam.

Als würden sich meine Finger verselbstständigen, wanderten sie zu meinem Handy und tippten Nathans Nummer an. Bevor ich darüber nachdenken konnte, was ich hier gerade tat, knackte es schon in der Leitung und seine warme Stimme drang zu mir.

„Hey, Jess."

Wie schaffte er es jedes Mal, dass mein Name so weich aus seinem Mund klang?

„Störe ich?", fragte ich.

„Ich sitze gerade vor dem Fernseher und kann mich nicht entscheiden, welche Serie ich anschauen soll. Also nein, du störst definitiv nicht."

Sofort fiel etwas von meiner Anspannung ab.

„Es hat immer noch keiner angerufen", platzte es aus mir heraus.

Für einen Herzschlag blieb es still in der Leitung.

„Noch niemand?" Ich hörte es rascheln, als würde Nathan sich aufsetzen. „Das kann doch gar nicht sein."

„Doch." Ich rieb mir über die Stirn. „Das war eine absolute Schnapsidee. Ich glaube, ich fahre wieder in die *Food Bar* und hänge den Zettel ab."

„Stopp, stopp, stopp. Du hängst gar nichts ab."

„Aber wenn sich keiner meldet, ist das doch Zeichen genug, dass niemand meine Hilfe will."

„Jess, jetzt warte mal. Ich hätte schwören können, dass du bis heute schon mindestens drei Anrufe bekommen hast. Aber auch wenn das noch nicht der Fall ist, würde ich noch lange nicht aufgeben. Die Leute müssen deinen Aushang ja erstmal finden und sich trauen, dich um Hilfe zu bitten. Ich bin mir sicher, dass es innerhalb der nächsten Woche losgeht."

Da war sie wieder, die Zuversicht.

„Meinst du?"

„Hundert Prozent." Er klang so bestimmt und sicher, dass ich gar nicht anders konnte, als zu lächeln.

„Was machst du gerade?", fragte er.

Als ich nicht sofort antwortete, hörte ich ein Luftschnappen. „Du sitzt jetzt aber nicht schon den ganzen Tag auf dem Sofa und starrst dein Handy an."

Ertappt zog ich die Schultern hoch.

„Jess." Seine Stimme klang nach einer Mischung aus Tadel und Belustigung.

„Sorry, aber ich muss doch bereit sein, falls jemand sich meldet."

„Du machst dich damit ganz verrückt." Wieder raschelte es in meinem Hörer. Dann erklangen Schritte. „Ich komme jetzt zu dir und wir unternehmen was."

„Nathan, du musst nicht …"
„Ich weiß, aber ich will."
Irgendwie regte sich ein Déjà-vu bei diesem Gespräch.
„Ich bin gleich bei dir. Leg dein Handy weg und versuche nicht zu sehr über mögliche Anrufe nachzudenken, okay?"

Ein Klingeln ertönte eine Weile später an der Haustür. Mit einem kribbelnden Gefühl im Bauch lief ich durch den Gang und riss sie auf. Nathan stand mit einem Lächeln vor mir.
„Wo ist dein Handy?"
Ich streckte ihm meine leeren Hände entgegen. „Weg."
„Sehr gut." Nathan trat einen Schritt auf mich zu und umarmte mich.

Als ich meine Augen schloss und mein Gesicht an seine Brust legte, floss ein geborgenes Gefühl durch meinen Bauch. Nathan war mir so vertraut geworden. Selbst sein herber Geruch, der mir in die Nase stieg, schien altbekannt.

„Hast du Lust auf einen Spaziergang?" Er löste sich sanft von mir. Seine dunklen Haare fielen ihm wie immer zerwühlt in die Stirn.

„Gerne." Ich schloss die Tür hinter mir und stieg gemeinsam mit ihm die Stufen der Veranda hinunter.

Wir steuerten den Wald hinter Grandmas Blockhaus an. Ein schmaler Trampelpfad führte hinein, den ich schon als Kind liebend gerne gegangen war. Die Bäume um uns herum verloren langsam ihre bunten Blätter. Ein paar Sonnenstrahlen fanden ihren Weg zu uns hindurch und es lag ein angenehmer Geruch nach Erde und Moos in der Luft.

„Hier stand früher unser Baumhaus." Ich deutete nach rechts. Diesen großen Baum würde ich immer wieder erkennen. Ich hatte so viel Zeit in diesem Wald und in dem Baumhaus verbracht und oft das Gefühl, dass man als Kind seine Umgebung noch viel schärfer und bewusster wahrnahm, sodass sich die Bilder tiefer in das Gedächtnis gruben.

„Ich habe den Ausblick von oben über den Wald geliebt."
Ich lief ein paar Schritte weiter und wurde von einer weiteren Erinnerung eingeholt. „Dort drüben haben Vanessa und ich uns Höhlen gebaut."

Nathan folgte meinem ausgestreckten Zeigefinger. „Habt ihr herumliegende Äste dafür genommen?"

Ich nickte. „Wir haben alles zusammengetragen, was wir finden konnten."

„Höhlen haben für Kinder irgendwie etwas Faszinierendes, oder?" Nathan trat auf ein Stück Holz und das knacksende Geräusch schallte laut durch den Wald.

„Total. Ich habe mit Vanessa auch oft im Wohnzimmer aus Decken und Kissen große Höhlen gebaut." Ich duckte mich unter einem Zweig hindurch.

„Das haben wir auch gemacht." Nathans Stimme erklang dicht hinter mir und es rieselte unwillkürlich eine Gänsehaut über meinen Nacken. „Meine Schwester hat sogar aus einem Sitzpolster eine Tür für unsere Höhle gebaut."

„Uh, da waren eure Höhlen hochwertiger als unsere." Ich lachte.

Der Trampelpfad vor uns wurde breiter, sodass wir wieder nebeneinander laufen konnten. Ich konnte die weiche Erde unter unseren Füßen sogar durch die dicken Sohlen meiner Turnschuhe spüren. Es lagen rote und braune Blätter auf dem Boden und die Bäume um uns herum drängten sich dicht an dicht. Ich liebte diese Stille hier im Wald und das Atmen der Pflanzen.

„Was ist das denn?" Nathans begeisterte Stimme ließ mich herumfahren. „Hat das Donna dort aufgehängt?" Er streckte einen Arm aus und deutete auf eine Hängematte, die zwischen zwei Bäumen gespannt war.

„Grandma hängt sie immer über den Sommer auf. Für den Winter nimmt sie sie eigentlich ab." Hinter der Hängematte blitzte die tiefblaue Oberfläche des Sees durch ein paar Bäume.

Als ich meinen Kopf hob und zu Nathan blickte, beschleunigte sich unwillkürlich mein Herzschlag.

„Immer noch nervös wegen der Anrufe?"

Überrascht hob ich die Brauen. „Ich habe tatsächlich nicht mehr dran gedacht." Mit einer Hand tastete ich zu meiner Hosentasche, in die ich mein Handy geschoben hatte.

„Stopp, ich wollte dich nicht daran erinnern." Nathans Lachen kitzelte meine Stirn, als er auf mich zutrat und sanft mein Handgelenk umschloss. Behutsam zog er meine Hand von der Hosentasche weg. Unsere Körper waren sich nun so nah, dass mir fast der Atem stockte. Nathan hatte mein Handgelenk immer noch nicht losgelassen. Stattdessen hatte ich das Gefühl, dass wir uns noch mehr annäherten.

„Lass das Handy ruhig da, wo es ist", murmelte er.

Ich spürte, wie meine Kehle trocken wurde.

„Danke", wisperte ich.

Seine Brauen hoben sich kaum merklich. „Wofür?"

Sein Atem kitzelte mein Gesicht und meine Haut begann zu kribbeln. Die Ruhe, die er ausstrahlte, übertrug sich auf mich und ich fühlte mich lange nicht mehr so nervös wie noch vorhin alleine im Haus. Wie schaffte er das nur?

„Dass du mich ablenkst." Ich blickte in seine Augen. Die nächsten Worte sprudelten aus mir heraus, bevor ich darüber nachdenken und sie sorgfältig abwägen konnte. „Wenn du da bist, schaffe ich es, im Hier und Jetzt zu sein." Meine Stimme war so leise und doch so laut in der Stille des Waldes. Ich erzitterte, als Nathan noch einen halben Schritt näherkam. „Auch die Ungewissheit, was meine Zukunft betrifft, ist nicht mehr da, wenn ich Zeit mit dir verbringe. Dafür ... bin ich sehr dankbar."

Nathans vertrauter Duft hüllte mich ein, bis ich nichts anderes mehr wahrnahm als ihn. Seinen Geruch. Seine Wärme. Seinen Körper dicht vor mir.

„Das geht mir genauso", flüsterte er. „Dass ich bei dir im Hier und Jetzt bin."

Mein Puls dröhnte in meinen Ohren. Alles in mir schrie danach, eine Hand auf seine Brust zu legen. Ihn zu berühren.

Plötzlich ertönte ein lautes Knacken ein paar Meter von uns entfernt.

Ich riss die Augen auf und stolperte erschrocken zurück. Schlagartig war die Wärme von Nathans Körper fort.

„Was war das?" Ich blickte mich um.

Kurz darauf hörte ich Nathans leises Lachen. „Das war ein Vogel."

Er deutete in den Wald hinein. Ich folgte seinem Finger und erkannte nur noch einen schnellen Flügelschlag, dann war der Übeltäter fort.

Ich presste meine Hand auf mein pochendes Herz.

Nathan wandte sich lächelnd an mich. „Wie lange, meinst du, lässt deine Grandma die Hängematte noch hier draußen?"

„Bestimmt nicht mehr so lang. Eigentlich ist es jetzt im Oktober schon viel zu kalt, um dort zu entspannen."

„Dann nutzen wir sie am besten ein letztes Mal aus, oder?" In seinen Augen lag ein begeistertes Funkeln.

Vorsichtig stieg er hinein und drehte sich herum, bis er auf dem Rücken lag. Sofort begann die Matte leicht zu schaukeln. Er drehte seinen Kopf und blickte zwischen den Bäumen hindurch.

„Woah, hier kann man wirklich den See sehen. Das ist so idyllisch." Begeistert sah er zurück zu mir und rutschte ein Stück. „Willst du auch rein?"

Ich überlegte kurz. Allzu viel Platz für zwei Personen war dort nicht. Wir würden uns also … berühren. Definitiv berühren.

„Klar", krächzte ich dann und bemühte mich, meinen steigenden Puls zu beruhigen.

Ich griff nach dem rauen Stoff der Hängematte und kletterte vorsichtig hinein. Etwas unsanft landete ich neben Nathan und spürte sofort, wie meine linke Körperhälfte seine rechte von der Schulter bis hinunter zu den Füßen berührte. Heiße Blitze schossen durch mich hindurch. Die Hängematte unter uns begann zu schaukeln.

Ich schluckte und drehte meinen Kopf. Nathan lächelte, doch in seinen Augen flackerte etwas anderes auf. Etwas, das mir zeigte, dass er innerlich nicht so ruhig war, wie er nach außen hin wirkte.

„Warte, so ist es bequemer." Er ächzte leise, als er seinen Arm hob und ihn hinter meinen Nacken legte. Ich drehte mich und ehe ich es mir versah, lag mein Kopf auf seiner Brust. Und meine Hand auf seinem Bauch.

O Gott, o Gott. Wir waren uns so nah.

Ich wagte es kaum zu atmen. Nathans warmer Körper lag dicht an meinem. Selbst unter seiner Jacke spürte ich seinen harten Oberkörper unter meiner Hand. Jede meiner Poren war sich seiner Nähe unglaublich bewusst und ich konnte seinen Atem an meinem Scheitel spüren.

Ich musste zugeben, dass diese Position wirklich bequem war. Beinahe zu bequem, denn schon bald merkte ich, wie meine Glieder immer schwerer wurden und ich mich entspannte.

Während ich Nathans kräftigem Herzschlag unter meinem Ohr lauschte und ansonsten nur noch das Rauschen der Bäume um uns herum zu hören war, blickte ich nach vorne auf den See. Nathan hatte recht. Das *war* idyllisch.

In diesem Moment, eingehüllt in seine Präsenz, kam ich an im Hier und Jetzt und ließ alle Ungewissheit und alle Sorgen los. Eng an ihn gekuschelt genoss ich die Aussicht, während das Flattern in meinem Inneren immer stärker wurde.

Kapitel 17

Nathan musste mit seiner Zuversicht das Schicksal beschworen haben. Oder irgendetwas in der Art. Denn zwei Tage später kam tatsächlich der erste Anruf.

Normalerweise ignorierte ich unbekannte Nummern, doch dieses Mal schlug mein Herz vor Freude schneller. Ich nahm den Anruf entgegen und strahlte, als sich ein älterer Herr namens Bill O'Sullivan meldete und fragte, ob ich für ihn einkaufen könne, da er mit einer Erkältung flachlag. Er hatte meine Nummer schon vor ein paar Tagen von dem Aushang abgerissen, und jetzt sei er sehr froh darüber.

Voller Tatendrang machte ich mich auf den Weg zum Supermarkt, um die aufgetragenen Lebensmittel zu besorgen. Zudem nahm ich in der Apotheke einen Hustensaft mit. Mr. O'Sullivan war ein freundlicher Mann mit vollem weißem Haar, dessen Haus genauso abgelegen am Long Lake lag wie Grandmas. Er bekam sich kaum mehr ein vor Freude, als ich ihm eine heiße Hühnersuppe kochte und im Anschluss das Geschirr, das sich schon im Spülbecken stapelte, abwusch. Den Fotos auf seinen Möbeln zu urteilen, lag der Tod seiner Frau noch nicht lange zurück, was einen schmerzenden Druck auf meiner Brust auslöste. Er schien mit Einsamkeit zu kämpfen und ganz besonders jetzt, wo er krank war, musste ihm seine große Liebe sicher sehr fehlen.

Als ich die Dankbarkeit in seinen Augen sah, erfüllte mich wieder dieses zufriedene Gefühl, das ich bei dem Ehepaar Pérez gespürt hatte. Mr. O'Sullivan zeigte seine Wertschätzung ebenso deutlich und es machte mich so glücklich zu wissen, dass ich seinen Tag ein bisschen besser machen und ihm etwas Last von den Schultern nehmen konnte.

„Ich hoffe, ich habe Sie heute bei keinen Plänen gestört." Mr. O'Sullivan tätschelte meine Hand.

„Keine Sorge, Sie können mich jederzeit anrufen. Sie stören mich bei keinen Plänen." Ich legte meine Hand über seine.

„Das sagt Nathan auch immer." Sein Mund verzog sich zu einem Lächeln.

Bei Nathans Namen machte mein Herz unwillkürlich einen Satz.

„Hat Nathan Ihnen auch schon geholfen?"

Der alte Mann nickte. Er drückte meine Hand und ich meinte, einen gerührten Schimmer in seinen Augen wahrzunehmen. „Nathan hat so eine schlimme Zeit hinter sich. Ich bin so froh, dass John ihn bei sich aufgenommen hat." Sein Blick schweifte in die Ferne.

Ich runzelte die Stirn.

Schlimme Zeit? Was meinte er damit?

Ich hielt weiterhin seine Hand, während sich die Gedanken in meinem Kopf drehten. So etwas Ähnliches hatte ich ja schon von Suzie gehört. Dass Nathan schon so viel hinter sich hatte.

In meinem Kopf herrschte ein einziges Fragezeichen.

Weshalb war Nathan nach Coldriver gekommen? Was verschwieg er mir?

Mr. O'Sullivan gähnte und hielt sich beschämt die Hand vor den Mund. „Entschuldigung", murmelte er.

„Ruhen Sie sich aus." Ich drückte ein letztes Mal seine Hand, wünschte ihm gute Besserung und versprach, am nächsten Tag gleich nochmal nach ihm zu sehen.

Als ich am Abend wieder zu Hause war und mich aufs Sofa warf, durchflutete mich das Gefühl von Stolz. Mein Coldriver-Projekt, wie ich es in meinem Kopf nannte, machte mich jetzt schon zufriedener als alles, was ich in den letzten Jahren getan hatte.

Gedankenverloren streichelte ich Elvis, der sofort auf meinen Schoß gesprungen war, als ich nach Hause gekommen war. Sein Rücken hob und senkte sich unter seinen gleichmäßigen Atemzügen.

Wer hätte vor ein paar Monaten noch gedacht, dass ich jetzt so ein Glück empfinden konnte? Nachdem ich durch die Prüfung gefallen und mir damit meine Zukunft verbaut hatte und meine Beziehung in die Brüche gegangen war, hatte sich mein Leben wie ein Scherbenhaufen angefühlt. Damals hatte es gewirkt, als würde es ewig dauern, bis ich die Einzelteile wieder zusammengesetzt hätte. Doch jetzt fühlte ich mich so gut wie lange nicht mehr.

Der Gedanke an das Literaturstudium in New York hatte sich immer wieder in meinen Kopf geschlichen und die Idee hatte sich mittlerweile deutlich gefestigt. Immer mal wieder recherchierte ich nach geeigneten Colleges, die einen guten Ruf bezüglich eines Literaturstudiums hatten. Es beruhigte mich, endlich etwas zu haben, auf das ich mich freuen konnte. Der Gedanke an meine Zukunft schüchterte mich nun nicht mehr so ein wie noch vor ein paar Wochen.

Mein Blick wanderte durch den Raum und blieb an der großen Wanduhr hängen. Sofort schnappte ich nach Luft und griff hektisch nach der Fernbedienung. Beinahe hatte ich vergessen, dass heute ein Footballspiel meiner Lieblingsmannschaft lief, das ich gerne sehen wollte. Ich suchte den richtigen Sender heraus und lehnte mich zufrieden zurück, als ich bemerkte, dass das Spiel noch gar nicht begonnen hatte.

„There must be some kind of way outta here", tönte es plötzlich aus meinem Handy, begleitet von einem Gitarrensound.

Mein Herz schlug sofort ein paar Takte schneller. Ich hatte *All along the watchtower* bewusst als Klingelton für Nathan eingestellt, weil er ja so ein Jimi Hendrix Fan war. Vanessa hatte ich zum Beispiel mit einem Song von den Jonas Brothers eingespeichert, die sie seit ihrer Kindheit vergötterte.

„Und, hat endlich jemand *Ja zu Jess* gesagt?" Nathans tiefe Stimme drang aus dem Lautsprecher. Gott, über das Telefon hörte er sich noch besser an.

„Ein Mr. O'Sullivan hat heute *Ja zu Jess* gesagt. Oder *Nein zu Nathan*, wie du willst." Ich kuschelte mich tiefer in das Sofa.

„Ach, Bill O'Sullivan. Da muss ich dich enttäuschen, der hat vor ein paar Wochen schon mal *Ja zu Nathan* gesagt."

„Pff, *Ja zu Nathan* ist keine schöne Alliteration."

Ich hörte ihn leise lachen. „Hat er sich gefreut über deine Hilfe?"

„Und wie. Er hat mich als seine gute Fee bezeichnet." Bei der Erinnerung an seine dankbaren Augen schlich sich ein Lächeln auf mein Gesicht. Kurz huschten seine Worte durch meinen Kopf, die er über Nathans Vergangenheit verloren hatte. Ich fragte mich immer noch, was er damit meinte und rang innerlich mit mir, ob ich Nathan einfach drauf ansprechen sollte.

„Jetzt bin ich beleidigt", sagte Nathan. „Eine gute Fee hat er mich noch nie genannt."

„Tja, ich glaube du wirst ab jetzt nicht mehr bei Mr. O'Sullivan gebucht."

„Du machst mir noch meine ganze Arbeit abspenstig."

„Sei froh, dann bekommst du wenigstens mehr Schlaf. Oder du kannst mehr Zeit in die Werkstatt investieren."

„Ach so, du machst dieses Projekt also nur, weil du um meinen Schlaf besorgt bist?"

Ich lachte. „Schieb dein Ego mal wieder zurück, ich mache das, weil es mir guttut und mich erfüllt."

Am anderen Ende der Leitung war es einen Moment still. „Das ist wirklich schön, Jess", sagte er schließlich leise.

Beim Klang meines Namens flatterte etwas in meiner Brust. Ich würde mich wohl nie daran gewöhnen.

Mein Blick wanderte zum Fernsehbildschirm. Sofort riss ich die Augen auf. „Oh, es geht los!“

„Was geht los?“

„Die *New York Giants* spielen heute.“

„Du schaust auch Football?“

„Klar.“

„Aber warum die *Giants*?“ Ich sah förmlich vor mir, wie Nathan das Gesicht verzog. „Hat dir dein Dad nicht die richtigen Football Gene in die Wiege gelegt?“

„Die *Green Bay Packers* Gene meinst du?“ Ich grinste. „Dad ist nicht so ein großer Football Fan, weshalb ich nicht von meiner Familie, sondern von meinem Freundeskreis in New York sozialisiert wurde. Grandpa war ja immer ein bisschen beleidigt, dass ich mich nicht den *Packers* angeschlossen habe.“

„Ich verstehe deinen Grandpa.“ Nathan stieß ein theatralisches Seufzen aus. „Haben die *Giants* die letzten Spiele nicht verloren?“

„Heute gewinnen wir“, erwiderte ich überzeugt.

Ein Rauschen ertönte vom Fernseher aus. Die Footballspieler beugten sich gerade zu der weißen Linie auf dem Spielfeld. Ich setzte mich augenblicklich aufrechter hin.

„Auf geht's, *Giants*!“ Ich reckte eine Faust in die Luft.

Gebannt sah ich zu, wie der Football geworfen wurde und die Spieler sich auf die Gegner stürzten. Wie jedes Mal, wenn ich ein Spiel verfolgte, war mein ganzer Körper angespannt und ich rutschte bis nach vorne an die Kante des Sofas, bis es Elvis zu ungemütlich auf meinem Schoß wurde und er das Weite suchte. Breitbeinig stützte ich meine Füße auf den Boden und starrte auf den Bildschirm.

„Jaaaaa, Touchdown!“ Ich schrie so laut, dass ich mich beinahe über mich selbst erschrak. Jubelnd hüpfte ich auf der Sofakante auf und ab.

„Du bist ja völlig aus dem Häuschen!" Nathans belustigte Stimme riss mich zurück in die Gegenwart. Ich hatte beinahe vergessen, dass er immer noch am anderen Ende der Leitung war.

„Na klar, man muss seinen Emotionen doch freien Lauf lassen." Ich lehnte mich im Sofa zurück, als eine Werbepause das Spiel unterbrach.

„Ich wusste wirklich nicht, dass du so ein Football Fan bist."

„Ja, meine Schwester spielt sogar selbst."

„Das ist ja cool!"

Ich nickte. „Finde ich auch. Aber ich schaue lieber zu, anstatt mich da in das Getümmel zu stürzen." Mit einer Hand wedelte ich Richtung Fernseher. „Ich finde es so spannend die Spiele mitzuverfolgen, aber ich selbst hätte keine Motivation für das harte Training. Aber Vanessa liebt es. Egal wie erschöpft sie ist oder wie sehr ihre Muskeln schmerzen, sie würde diesen Sport für nichts auf der Welt aufgeben."

„Na, dann will ich dich mal nicht länger bei deinem Footballspiel stören", meinte Nathan.

„Kein Problem." Ich wischte einen Fussel von meiner Decke und hielt kurz inne. „Es war schön dich zu hören, Nathan."

„Fand ich auch." Seine Stimme klang sanft.

Ich biss mir lächelnd auf die Unterlippe. „Und Nathan?"

„Ja?"

„Du störst nie."

Für ein paar Sekunden herrschte Schweigen. Doch ich meinte, durch Nathans Atmen ein Lächeln herauszuhören.

„Du auch nicht."

Kapitel 18

Die folgenden Tage vergingen wie im Flug und schon stand Vanessas Geburtstag vor der Tür. Ich hatte alle Hände voll zu tun, mit Grandma die Feier zu organisieren und Vanessas Geschenk zu planen. Außerdem erhielt ich immer mehr Anrufe von Leuten, die meinen Aushang in der *Food Bar* entdeckt hatten und um meine Hilfe baten. Ich hatte die Arbeit zugegebenermaßen etwas unterschätzt und fiel deshalb abends völlig erschlagen schon früh ins Bett. Doch das glückliche Gefühl überwog selbst die größte Erschöpfung. Es erfüllte mich von Tag zu Tag mehr, den Menschen zu helfen und sie zu unterstützen.

Am Tag vor Vanessas Geburtstag wuselte Grandma völlig durch den Wind durchs ganze Haus.

„O Gott, haben wir an alles gedacht?" Sie trippelte über den dunklen Dielenboden in die Küche. „Vanessa wollte in Edgars *Food Bar* Abendessen nicht wahr? Wann kommen sie morgen gleich nochmal? Meinst du, der Kuchen ist schon fest geworden? Vielleicht sollten wir für das Mittagessen auch noch was besorgen, falls sie doch zu früh kommen. Nicht, dass ..."

Ich ging auf sie zu und nahm sie in die Arme. „Vanessa hat mir ihre Flugdaten geschickt. Sie werden morgen sicher nicht vor fünfzehn Uhr hier sein."

Grandma entspannte sich unter meiner Umarmung etwas.

„Ach, Liebes." Sie seufzte und rieb mir über den Rücken. „Wir hatten schon so lange keine Feier mehr hier. Ich möchte nur, dass alles perfekt wird."

„Das wird es mit Sicherheit." Ich atmete ihren vertrauten Duft ein und schmiegte mich an sie. „Du bist die Beste."

Grandma drückte mich fester an ihren weichen Körper. „Was würde ich nur ohne dich machen?" Sie löste sich von mir und legte ihre Hände auf meine Schultern.

„Ich bin auch froh bei dir zu sein." Lächelnd beugte ich mich vor und drückte ihr einen Kuss auf die Wange. „So, jetzt gehen wir nochmal alles für morgen durch."

Grandma nickte und stützte die Hände in ihre breiten Hüften. „Also, zuerst werden alle Gäste begrüßt und es gibt Kaffee, Kuchen und Bescherung. Danach lassen wir Musik laufen oder unterhalten uns, bis wir dann zum Abend essen in das Diner aufbrechen."

„Genau. Anschließend gehen wir wieder heim und dann würde ich sagen ist es auch schon Zeit, Vanessa unsere Überraschung zu zeigen, oder?"

„Absolut." Grandma strahlte breit. „Ich bin so gespannt, was sie dazu sagen wird."

„Sie wird es *lieben*."

„Hoffen wir es." Sie zwinkerte mir zu. „Morgen wird ein guter Tag. Sollen wir trotzdem kurz zu unserem Kuchen schauen?" Unauffällig machte sie einen Schritt Richtung Küche und wollte sich mit einem betont unschuldigen Gesichtsausdruck an mir vorbeistehlen, als ich sie sanft, aber bestimmt am Arm festhielt.

„Nichts da, du hast heute schon dreimal nachgeschaut. Der Kuchen ist perfekt und genau nach Vanessas Geschmack. Setz dich jetzt auf die Couch und entspann dich. Ich hänge morgen Vormittag noch die Deko auf und dann haben wir alles."

Sie nickte langsam und ich konnte sehen, wie sie ihre Zweifel herunterschluckte. Mit einem sanften Druck schob ich sie Richtung Wohnzimmer, wo sie sich in das Sofa fallen ließ und ihre Füße hochlegte.

„Ich mache dir einen Kaffee", sagte ich und verschwand hinter der Küchentheke.

***

Ich betrachtete die bunten Wimpel, die ich im Wohnzimmer aufgehängt hatte. Von den Deckenlampen baumelten ein paar Luftballone und auf dem Wohnzimmertisch und den Schränken hatte ich Luftschlangen verteilt. Vorne an der Haustür hatte ich eine große neunzehn aus goldenen Buchstaben und ein „Happy Birthday, Vanessa"-Schild aufgehängt. In meinem Bauch kribbelte es vorfreudig, als ich einen letzten Blick in den Spiegel warf. An meinen Ohren funkelten meine Ohrringe und meine Finger zierten meine goldenen Lieblingsringe. Ich zupfte den Kragen der oversized Bluse zurecht, die ich weit aufgeknöpft hatte. Darunter trug ich ein schwarzes Top. An der Schulter rutschte die dunkle Bluse ein Stück herunter. Meine Beine steckten in einer weiten, hellblauen Jeans, was gleichzeitig schick und bequem war.

Plötzlich klingelte es an der Haustür.

Aus der Küche ertönte ein aufgeregter Schrei. „Da sind sie, da sind sie." Grandma kam mit wedelnden Händen zu mir getippelt.

Elvis flitzte durch den Gang und huschte zwischen Grandmas Beinen hindurch. Schwungvoll riss Grandma die Tür auf.

„Vanessa, Kleines!" Sie schlang die Arme um ihre große Enkelin. „Wie schön, dass du da bist. Alles, alles Liebe zu deinem Geburtstag."

„*Miau*." Elvis strich mit hoch erhobenem Schwanz um Vanessas Beine.

„Danke, Nana." Vanessa lächelte warm und blickte hinunter zu ihren Füßen. „Dir auch guten Tag, kleiner Mann." Sie streichelte ihn über den Rücken, was Elvis ein genussvolles Schnurren entlockte.

„Wo sind denn deine Eltern?" Grandma spähte nach draußen.

Meine Schwester warf einen Blick über die Schulter. „Sie plagen sich gerade mit unserem Gepäck ab."

Grandma legte sanft ihre Hand auf Vanessas Wange und schob sich dann an ihr vorbei.

„Hallo, Nessa." Strahlend ging ich auf sie zu. Meine Brust weitete sich vor Freude. Sie jetzt leibhaftig vor mir zu sehen, zeigte mir, wie sehr ich sie vermisst hatte.

„Hey." Vanessa grinste und streckte ihre Arme aus. Ich schloss für einen Moment die Augen und genoss ihre schwesterliche Umarmung.

Mit einem wohligen Gefühl im Bauch löste ich mich von ihr und betrachtete sie. „Du siehst toll aus. Die neunzehn stehen dir gut."

Vanessa drehte sich einmal um die eigene Achse. „Findest du?"

„Definitiv." Ich lachte. „Happy Birthday."

„Danke, Jess." Sie umarmte mich nochmal. „Ich hab dich echt vermisst."

„Und ich dich erst." Ich atmete ihren süßen Duft ein und strich durch ihre glänzenden, schwarzen Haare, die sie in einem hohen Pferdeschwanz trug. Ihr schlanker Körper steckte in einem schwarzen Jumpsuit, der sich elegant an ihre Haut anschmiegte und ihre schmale Taille betonte.

„Ist Nathan schon da?" Vanessa lief ins Haus und schlüpfte aus ihren flachen Schuhen.

„Nein, die anderen kommen erst später. Grandma wollte dich erst mal so begrüßen und ankommen lassen."

„Okay. Ich bin schon gespannt."

Ich knuffte ihr gegen den Arm.

„Wo ist denn meine große Tochter?“ Dads tiefe Stimme dröhnte durch den Gang.

Ich drehte mich um. Meine Eltern kamen durch die Tür und stellten ihre großen Rucksäcke neben sich ab. Bei ihrem Anblick kamen mir beinahe die Tränen und ich merkte, wie sehr ich auch sie vermisst hatte.

„Hallo, Jessy.“ Mom umarmte mich fest. „Es ist so schön, dich wieder zu sehen.“

„Dich auch, Mom.“ Ich lächelte und wandte mich Dad zu. Auch er zog mich in eine warme Umarmung.

„Wie geht's dir?“, fragte er, als wir uns voneinander lösten.

„Gut. Sehr gut.“ Ich spürte, wie sich diese Worte zum ersten Mal seit langem ehrlich anfühlten. Mir ging es wirklich gut. Die Last, die im vergangenen Jahr auf meinen Schultern gelegen hatte, war weg und in meinem Inneren fühlte sich alles warm und befreit an.

„Das freut mich.“ Dad umarmte mich noch einmal. „Dir scheint es bei Grandma ja wirklich zu gefallen.“

„Jessy ist ein wahrer Schatz“, ertönte es hinter uns. „Ich würde sie behalten, wenn das für euch in Ordnung ist?“ Grandma kam grinsend zu uns.

„Ich glaube da hat dein Sohn etwas dagegen.“ Mom strich meinem Dad liebevoll über den Arm.

„Irgendwann komme ich ja wieder. Vielleicht“, sagte ich augenzwinkernd.

„Hallo, Jess.“ Eine weibliche Stimme erklang von der Tür.

Ich wandte den Kopf und sah zwei junge Frauen das Haus betreten.

„Ah, hi.“ Lächelnd lief ich auf die beiden zu. „Schön, euch zu sehen.“

Xenia und Penny waren zwei Footballspielerinnen aus Vanessas Mannschaft und sehr gute Freundinnen von ihr. Ich mochte die beiden gerne und wir waren schon ab und an zu viert Kaffeetrinken gewesen.

Die beiden Mädels umarmten mich.

„Wow", entfuhr es Xenia daraufhin, als sie in den Flur trat. „Das Haus ist ja traumhaft."

Penny neben mir nickte zustimmend. „Ich habe mich schon draußen schockverliebt."

Ehrfürchtig ließen die beiden ihre Blicke durch den Raum schweifen.

„Kommt rein, kommt rein." Grandma breitete die Arme aus. „Fühlt euch wie Zuhause, ihr Lieben."

Xenia und Penny schlüpften aus ihren Schuhen und liefen hinter meinen Eltern ins Wohnzimmer.

„Das sieht so romantisch aus", wisperte Penny Xenia zu und deutete auf den Kamin.

„Wie aus einem Urlaubskatalog." Xenias blaue Augen strahlten. Sie schob sich eine Strähne ihres blonden Bobs hinters Ohr und sah sich um.

„Vanessa, möchtest du erst Geschenke oder lieber Kuchen?", fragte Grandma.

Meine Schwester wackelte nachdenklich mit dem Kopf. „Ich glaube, ich bin für Kuchen."

Dad lachte. „Das hättest du vor zehn Jahren im Traum nicht gesagt."

Vanessa grinste und zuckte mit den Schultern. „Ich habe euch heute auch nicht um fünf Uhr morgens aus dem Bett geschmissen wie früher."

Dad legte einen Arm um sie und betrachtete sie liebevoll. „Deine Aufregung damals war nicht zu zügeln."

Ich ließ meinen Blick über meine Familie schweifen und ein warmes Gefühl wallte in mir auf. Ich liebte meine Eltern, meine Schwester und Grandma so sehr, dass es beinahe weh tat. Sie waren alles für mich. Ich liebte unser gutes Verhältnis. Vor allem meinen Eltern war ich dankbar, dass sie ihre Karriere nie über unsere Familie gestellt hatten und immer für uns da gewesen waren. Es war nicht selbstverständ-

lich in so einer liebenden, unterstützenden Umgebung aufzuwachsen und das wurde mir immer mehr bewusst, je älter
ich wurde.

„Ich hoffe, der Kuchen schmeckt dir, Vanessa." Grandmas
Stimme erklang aus der Küche und riss mich aus meinen
sentimentalen Gedanken.

Ich blinzelte und lief auf meine Schwester zu, die vor dem
Esstisch stand und ihre Hände auf die Stuhllehne stützte.
Von hinten schlang ich meine Arme um sie und legte meine
Wange an ihren Rücken.

„Du süße Geburtstagsmaus." Ich umarmte sie fest. „Übrigens bin ich immer noch beleidigt, dass du größer bist als
ich. Das sollte für jüngere Geschwister verboten sein."

Vanessas Körper vibrierte in meiner Umarmung, als sie
lachte. „Ich bin doch schon seit vier Jahren größer als du."

„Das macht es nicht besser." Ich zog einen Schmollmund
und stellte mich auf Zehenspitzen. „Schau mal, nicht mal so
bin ich so groß wie du."

Vanessa drehte sich um und blickte schmunzelnd zu mir
herab. „Tut mir leid, Schwesterherz." Sie drückte mir einen
Kuss auf die Stirn.

„Tadaa!" Grandma kam mit einem großen Kuchentablett
auf uns zu.

Vanessas Augen leuchteten auf. „Sind das Kekse in dem
Kuchen?"

Grandma nickte stolz. „Jess hat mir das Rezept verraten."

„Das sieht so lecker aus." Vanessa hielt sich eine Hand vor
ihren Bauch.

Ein Klingeln ertönte von der Haustür.

Grandma sah hektisch von der Kuchenplatte in ihren
Hände nach hinten. Ein Anflug von Überforderung huschte
über ihr Gesicht.

„Ich geh schon", sagte ich und umrundete den Esstisch.

Während ich durch die Küche in den Flur lief, wurden die Stimmen hinter mir immer leiser, bis sie nur noch als gedämpftes Murmeln zu mir drangen.

Ich griff nach der Türklinke und öffnete die Haustür.

„Hey.“

Mein Herz hüpfte vor Freude, als die vertraute, tiefe Stimme erklang.

Kapitel 10

Nathan stand vor mir, in einem weißen Hemd, das er an der Brust weit aufgeknöpft hatte und gebräunte, glatte Haut entblößte.

„Hi." Ich krallte meine Finger in den Türrahmen.

Er sah so verdammt attraktiv aus, dass alles in meinem Körper erstarrte und ich plötzlich nicht mehr wusste, wie man sich bewegte. Er hatte das weiße Hemd an seinen Armen bis zum Ellenbogen hochgekrempelt, wodurch er noch lässiger aussah als sonst. In seinen Händen hielt er ein verpacktes Geschenk und eine rote Tüte.

„Das hier ist für dich." Er streckte mir die rote Tüte entgegen.

Ich blickte auf die Aufschrift und schnappte nach Luft. „O mein Gott, *Peanutbutter* M&Ms?"

„Deine Packung ist doch bestimmt schon leer, oder?" Er zuckte mit den Schultern, als wäre es nichts Besonderes, dass er nicht nur Vanessa ein Geschenk mitgebracht hatte, sondern mir auch.

„Da hast du recht. Alles in mir schreit schon nach Nachschub." Ich nahm die Tüte entgegen. „Das ist total lieb, danke."

„Gerne." Nathan trat über die Türschwelle und umarmte mich. Seine Wärme hüllte mich sofort ein und ich genoss den sanften Druck seiner harten Brust an meiner. Ich erwiderte seine Umarmung und widerstand dem Drang, meine freie Hand von seinem Rücken in seine Haare weiterwandern zu lassen.

„Hallo, Jess", erklang dann auch Johns Bassstimme.

O Mann, ich hatte mich so von Nathan ablenken lassen, dass ich fast vergessen hatte, dass sein Großvater auch dabei war.

„Hi, John." Ich löste mich von Nathan, der schon nach drinnen ging und dabei so sexy aussah, dass sich alles in mir zusammenzog.

John trat lächelnd ins Haus und schloss die Tür hinter sich. „Ist das Geburtstagskind schon da?"

Ich nickte. „Im Esszimmer. Grandma serviert gerade den Kuchen."

„Na, da kommen wir ja genau richtig." John lachte und zog seine Schuhe aus, ehe er ins Esszimmer trat und die anderen lautstrak begrüßte.

Für einen kurzen Augenblick nutzte ich die Zeit hier alleine im Gang, um mich wieder zu sammeln. Nathan ... Dieses Hemd, das er heute trug ... Halleluja. Ich fand es so süß, dass er sich für Vanessas Geburtstag extra ein bisschen schick gemacht hatte. Und er hatte mir M&Ms mitgebracht ...

Ich holte tief Luft und lief ins Esszimmer.

„Du bist also Nathan", sagte Vanessa in dem Augenblick, als ich um die Ecke bog, und schüttelte ihm die Hand. Ihr Blick wanderte ungeniert an seinem Oberkörper nach unten und wieder nach oben in sein Gesicht.

„Freut mich auch, dich kennenzulernen." Er reichte ihr das Geschenk, das in dunkelblaues Papier eingewickelt war. „Das ist für dich."

„Oh, danke dir, das wäre doch nicht nötig gewesen." Vanessa lächelte und legte das Geschenk auf den Wohnzimmertisch, auf dem sich bereits die Geschenke von ihren Freundinnen angesammelt hatten.

„Setzt euch", sagte Grandma und deutete auf den Esstisch, den sie liebevoll mit ihrem schönsten Geschirr und Geburtstagsservietten gedeckt hatte.

Als Vanessa zurückkehrte, warf sie mir über den Raum hinweg mit großen Augen einen Blick zu. Sie deutete in Nathans Richtung, der sich gerade mit dem Rücken zu uns auf einen Stuhl setzte, und formte mit ihren Lippen ein eindeutiges *O mein Gott! Heiß!*

Ich grinste und spürte, wie meine Wangen warm wurden.

Vanessa ließ sich neben Xenia und Dad an den Esstisch fallen. Penny und Mom saßen auf der linken Stirnseite und Grandma auf der rechten. Es war nur noch ein Stuhl neben Nathan frei, sodass ich mich dort niederließ.

Grandma verteilte Kuchen auf unseren Tellern und goss den Gästen frischen Kaffee oder Tee ein.

„Habt ihr gut hergefunden?" Sie ließ sich auf ihrem Stuhl nieder und blickte in die Runde. Auf ihrem Gesicht lag ein Glanz, der deutlich machte, wie sehr sie sich freute, dass ihre gesamte Familie beisammen war.

„Der Flug war etwas unruhig", sagte Mom mit einer Grimasse und griff nach ihrer Kuchengabel.

„Das war super. Es hat richtig schön gewackelt." Vanessa strahlte.

Xenia neben ihr wurde weiß um die Nase. „Ich hätte fast gekotzt." Kaum waren die Worte ausgesprochen, schlug sie sich schuldbewusst die Hand vor den Mund. „Sorry, schlechtes Thema beim Essen."

Wir lachten und es dauerte nicht lange, bis sich am Tisch rege Gespräche entspannen. Vor allem Grandma hatte wirklich ein Händchen dafür, jeden Einzelnen in das Geschehen zu integrieren, sodass sich keiner der Gäste außen vor gelassen fühlte.

„Der Kuchen ist gigantisch." Zufrieden schleckte Vanessa Sahne von ihrer Unterlippe.

Der Keks-Kuchen war wirklich gelungen. Das Rezept hatte ich vor einigen Monaten entdeckt und extra für Vanessas Geburtstag aufgehoben, da ich wusste, dass sie Kekse in jeglicher Form vergötterte.

„Möchte jemand noch ein Eis dazu?" Grandma erhob sich und warf einen fragenden Blick in die Runde. „Ich habe verschiedene Sorten in der Truhe. Vanille, Schoko, Erdbeere …"

„Danke, Grandma, ich glaube wir brauchen nichts." Behutsam berührte ich sie am Arm. Sie liebte es, Gastgeberin zu sein, aber leider kannte sie in Bezug auf Essen kein Maß und bot ihren Gästen immer viel zu viel an.

„Doch, ich glaube ich gönne mir heute noch eins." Vanessa erhob sich. „Kommt jemand mit?"

„Geh lieber nicht mit Jess", warf Nathan ein. „Sie steckt gerne tote Leute in Eistruhen. Oder so ähnlich."

Meine Schwester sah verwirrt zwischen uns hin und her.

„Oder so ähnlich", wiederholte ich und stieß Nathan in die Seite. Ein freches Grinsen lag auf seinen Lippen.

Auf Vanessas Gesicht stand nach wie vor ein Fragezeichen, doch sie schüttelte schmunzelnd den Kopf und lief in die Küche.

Nach dem Kaffee und Kuchen versammelten wir uns alle im Wohnzimmer, wo Vanessa ein schiefes Ständchen von *Happy Birthday* zu hören bekam. Dann widmete sie sich ihrem Geschenketisch.

Von Xenia und Penny bekam sie eine Packung Cookies und eine Tasse.

„*Mein Team sagt, ich bin der beste Kapitän*", las Vanessa die Aufschrift der Tasse vor, „*Und mein Team hat immer recht*. Mein Gott, seid ihr süß." Sie stellte die Tasse auf dem Tisch ab und umrundete ihn, um ihre Freundinnen in die Arme zu schließen. „Danke euch beiden."

Nathan beugte sich zu mir, sodass sich unsere Schultern einen flüchtigen Augenblick berührten und ein Schauer mich durchlief.

„Ich wusste gar nicht, dass deine Schwester sogar Kapitänin ist." Er klang beeindruckt.

„Sie ist die Beste unter den Besten", sagte ich und sah stolz zu ihm auf. Unsere Augen trafen sich und ein Kribbeln erfasste mich.

Von Mom und Dad bekam Vanessa eine Jonas Brothers CD, eine Fleece-Decke mit dem Logo ihrer Football Mannschaft und, wie konnte es anders sein, ein paar Kekspackungen.

„Hoffentlich gefällt es dir, mein Schatz. Dieses Jahr ist es leider nicht viel."

„Das ist doch wunderbar so", sage Vanessa und drückte Mom einen Kuss auf die Wange.

Grandma griff nach dem losen Geschenkpapier und knüllte es zusammen, bevor sie es in den Papierkorb stopfte.

„Darf ich das als Nächstes aufmachen?" Vanessa deutete auf das blaue Geschenk.

„Klar. Das ist von uns beiden." John klopfte Nathan auf die Schulter.

Mit funkelnden Augen begann Vanessa, an dem Tesafilm des Geschenks herumzuzupfen. Zum Vorschein kam ein dickes Buch.

„*America's Game: The Epic Story of How Pro Football Captured a Nation.*" Sie hob strahlend den Kopf. „Das klingt richtig gut."

„Da geht es um die Entwicklung der NFL und die wirtschaftliche Seite der Liga", erklärte Nathan. „Hoffentlich kannst du etwas damit anfangen."

„Das Buch war Nathans Idee." John lächelte.

„Das ist super." Sie trat auf die beiden zu und nahm jeden kurz in den Arm. „Vielen, vielen Dank."

Zum Schluss öffnete Vanessa Grandmas und mein Geschenk. Grandma hatte ihr einen Kosmetikbeutel selbstgenäht und von mir bekam sie eine Football-Snackbowl. Vanessa freute sich riesig und bedankte sich überschwänglich.

Ich grinste in mich hinein. Wenn sie wüsste, dass die größte Überraschung noch bevor stand …

Kapitel 20

„Weißt du schon, was du isst?"

Ich hakte mich bei Vanessa unter, während wir auf den Eingang der *Food Bar* zu liefen. Es wehte ein kühler Wind und die Sonne verschwand schon fast hinter den Häusern.

„Hm … Wahrscheinlich einen Burger. Und du?"

„Ich auch." Ich blickte an dem Schild nach oben, das in leuchtenden Buchstaben *Food Bar* anzeigte. „Ich habe dieses Jahr den Italiano Burger für mich entdeckt."

„Was ist da drin?"

„Parmesan, Rucola und irgendein unfassbar leckeres Pesto. Ich kann gar nicht beschreiben, nach was das schmeckt, aber der Burger ist *so* würzig."

Gemeinsam drückten wir die Tür auf und traten in das Restaurant. Sofort schlug uns der Duft nach brutzelndem Essen und Holz entgegen.

„Also sind da keine Zwiebeln drin?" Vanessa sah zu mir.

„Keine Zwiebeln."

Sie reckte eine Faust in die Luft. „Yes. Dann nehme ich den. Wenn du so davon schwärmst."

Ich stupste mit meiner Schulter gegen ihre. „Ich weiß, dass du keine Zwiebeln magst."

Hinter mir hörte ich die Schritte der anderen, die nach uns durch die Tür in die *Food Bar* strömten.

„Da sind ja meine Geburtstagsgäste." Eine brummende Stimme ertönte und kurz darauf kam Edgar hinter dem Tresen hervor und stapfte in unsere Richtung.

„Edgar!" Vanessa löste sich von mir und lief auf den älteren Herrn zu, der mit einer Schürze umgebunden auf sie zuging.

„Ach Gottchen, wie schön dich zu sehen." Mit einem herzlichen Lachen zog er sie an seine füllige Brust.

„Danke, dass du uns Plätze reserviert hast."

„Na klar doch. Wir hatten schon lange keine größere Feier mehr." Er drehte sich zu uns um und begrüßte jeden einzelnen von uns.

Aus den Boxen, die in den Ecken des Raumes hingen, drangen sanfte Gitarrenklänge. Leises Gemurmel der anderen Gäste und das Klirren von Geschirr mischte sich darunter. Ich liebte dieses gemütliche Gefühl in seinem Diner. Es herrschte eine andere Atmosphäre als in der Großstadt, persönlicher, nicht so anonym. Das hier hatte einen ganz anderen Charme.

„Ich habe euch die große Tafel hergerichtet." Edgar führte uns zu einem langen Holztisch. Wir schlängelten uns durch die besetzten Tische, an denen Grandma und John kurz stehen blieben, um mit den anderen Gästen, die sie kannten, ein paar Worte zu wechseln.

„Danke, das sieht toll aus." Vanessa strahlte und ließ sich auf einen freien Stuhl fallen, den Edgar für sie herauszog. Ich ließ mich ihr gegenüber nieder. Nathan rutschte auf einen Stuhl neben mich.

„So, hier sind die Speisekarten." Der Besitzer des Diners reichte uns die Holzbretter, an denen die Speisekarten befestigt waren.

„Danke, Eddy." Grandma strahlte zu ihm auf.

„Wisst ihr schon, was ihr trinken möchtet?" Er zückte einen kleinen, zerknitterten Block und einen Stift.

Wir gaben der Reihe nach unsere Bestellungen auf, dann verschwand er hinter den schwingenden Türen in die Küche.

Vanessa blickte mit glänzenden Augen durch den Raum und ich sah ihr an, dass sie Coldriver ebenfalls vermisst hatte.

Kurze Zeit später erschien Alex an unserem Tisch und warf ein charmantes Grinsen in die Runde. „So, da hätten wir zwei Mal eine Zitronenlimonade."

Nathan und ich hoben gleichzeitig die Hand.

„Bitteschön." Alex stellte die Gläser vor uns ab und verteilte die restlichen Getränke.

„Auf unser Geburtstagskind", rief Grandma und hielt ihr Glas in die Luft.

„Auf Vanessa", stimmten wir ein und stießen klirrend unsere Getränke aneinander.

Ich nippte an meiner kühlen Limonade und genoss die Frische in meinem Mund. Edgar machte seine Limonade immer selbst, sodass sie weder künstlich noch zu süß schmeckte.

Plötzlich schnappte Nathan neben mir nach Luft und stieß gegen meine Rippen.

„Aua", beschwerte ich mich und hielt meine Seite.

„Schau schnell." Nathan legte seine Hände auf meine Schultern und drehte mich nach rechts.

Während ich mich bemühte, meinen beschleunigten Puls unter seiner Berührung zu beruhigen, schweifte mein Blick auf die andere Seite des Raumes, wo Alex und Mandy gerade nebeneinander standen und ihre Köpfe dicht zusammenhielten.

„Uhhh." Grinsend wandte ich mich an Nathan. „Meinst du, es ist soweit?"

Auf seinem Gesicht lag ein faszinierter Ausdruck. „Ich hoffe es. Du kannst schon mal die *Reese's* kaufen."

„Sei mal nicht zu vorschnell." Ich wandte mich wieder an die beiden Kellner, die in diesem Augenblick lachten und sich dann voneinander entfernten.

„Tja, Mr. Woods." Ich drehte mich zu ihm um. „Deine *Reese's* müssen wohl doch noch warten."

„Mist." Nathan bewegte gespielt verärgert seinen Arm. Dann hob er einen Finger. „Aber der Abend ist noch lang."

„Jaja." Ich grinste und griff nach meiner Limonade. Als ich einen Schluck nahm, fiel mein Blick auf Vanessa, die mich mit einem Schmunzeln betrachtete. Sie begann mit ihren Augenbrauen zu wackeln und nickte kaum merklich in Nathans Richtung.

Ich zuckte mit den Schultern und spürte, wie ich rot wurde.

Während wir auf das Essen warteten, wurde munter weiter geplaudert. Mom und Dad sprachen mit John über seine Autowerkstatt und ihre Arbeit in der Anwaltskanzlei. Vanessa, Penny, Xenia und Grandma scherzten über einen Werbespot, der gerade über den Flachbildschirm an der Wand lief, und sprachen danach über ihr letztes Highschooljahr.

Nathan und ich stießen uns immer mal wieder aufgeregt gegenseitig an, wenn wir meinten, dass sich zwischen Mandy und Alex etwas anbahnte oder die beiden sich besonders süß verhielten.

Ich fühlte mich gelöst und genoss es, mit Nathan zu lachen. Mir wurde immer deutlicher bewusst, wie sehr ich seine Nähe genoss und wie gut es tat, mit ihm zusammen zu sein.

Dieses angenehme Gefühl hielt auch dann an, als unser Essen an den Tisch gebracht wurde und ich meine Zähne in dem leckeren, würzigen Italiano Burger vergrub und die salzigen Süßkartoffelpommes verspeiste.

Nach dem Essen wollte ich mir einmal die Hände waschen. Im Spiegel der Toilette betrachtete ich mein Gesicht. Meine Wangen waren gerötet und in meinen Augen lag ein seltsamer Glanz, den ich gar nicht von mir kannte. Daran war Nathan sicher nicht ganz unschuldig.

Ich strich meine Haare glatt, atmete tief durch und verließ das WC. Während ich die Treppe zurück nach oben stieg, wurden die Geräusche des Diners, das typische Stimmengewirr und das Klirren der Gläser, immer lauter. Plötzlich knackste es in den Musikboxen und kurz darauf erklangen die ersten Töne eines fetzigen Countrysongs. Ich spitzte die Ohren und nahm die letzten Treppenstufen. Als der Gesang einsetzte, erkannte ich, dass es *Pavement Ends* von Little Big Town war. Eins der Countrylieder, die mir richtig gut gefielen. Unbewusst begann die Musik in meine Glieder zu fahren und meine Finger trommelten im Rhythmus auf meinen Oberschenkel.

„Ich dachte mir, ich bringe mal ein bisschen Schwung in die Bude", rief Edgar über den Song hinweg und lachte, als er mich zurück in den Raum treten sah. Er wackelte mit seiner Hüfte und warf ein kariertes Geschirrtuch in die Luft.

„Hier ist ja was los." Ein hagerer Mann mit dichtem, grauem Bart trat an den Tresen und strahlte Edgar an.

„Carl!" Edgar umrundete den Tisch und drückte seinem Lebensgefährten einen Kuss auf die Lippen. „Du kommst genau zum richtigen Zeitpunkt."

„Das sehe ich." Carl sah sich um. Als er mich entdeckte, winkte er mir freundlich zu.

„Hi." Ich winkte zurück. Edgar und er waren schon ein Paar, seit ich denken konnte.

„Möchtest du ein Steak? Medium rare?" Edgar warf sein Geschirrtuch über die Schulter.

„Du kennst mich so gut", sagte Carl und rutschte auf einen Barhocker an der Theke.

Grinsend lief ich zurück an unseren langen Esstisch, an dem Vanessa und ihre Freundinnen schon im Takt der schnellen Musik hin und her wippten.

„Das ist so cool", rief Penny und streckte die Arme in die Luft.

„Darf ich bitten?" Eine Hand berührte mich an der Taille und wirbelte mich herum.

Alex zog mich an unserem Tisch vorbei auf eine freie Fläche. Er umfasste meine rechte Hand, legte seine linke auf meinen Rücken und begann mich schwungvoll zu dem Song auf dem dunklen Holzboden herumzuwirbeln.

„Huch." Ich lachte und hielt mich an seiner Schulter fest.

Alex hatte sich einen Cowboyhut aufgesetzt und bewegte seinen Körper so rhythmisch, als wäre er professioneller Tänzer.

Er stieß mich sanft von sich, animierte mich zu einer Drehung, bevor er mich wieder an sich zog. Sein frisches Aftershave stieg mir in die Nase. Ich stieß mich von Alex ab, sodass wir uns nur noch an der Hand hielten. Ich stellte meinen Fuß nach vorne, tippte mit der Ferse auf den Boden und zog ihn im Takt der Musik wieder zurück, während ich auf meinen anderen Fuß hüpfte und mit Blick auf Alex' Beine dasselbe wiederholte. Ein gelöstes Lachen brach aus mir heraus. Der Song riss mich mit seiner guten Laune mit sich und Alex, der mich so sicher führte und die Tanzschritte zeigte, steckte mich mit seiner Ausgelassenheit an. Seine blonden Haare lugten zerwühlt unter seinem braunen Cowboyhut hervor, was ihm einen lässigen Touch verlieh.

„Hast du schon mal professionell Country getanzt?", rief ich über die Lautstärke des Songs hinweg.

Alex begann seine Beine anzuwinkeln und im Takt auf sein Knie und seinen Fuß zu tippen, bevor er ein Bein in meine Richtung streckte und mit rhythmisch bewegender Hüfte auf mich zu ging. Er hob einen Arm und tippte sich an die Vorderseite seines Cowboyhuts, während er sich auf die Unterlippe biss und mich ansah.

Huch, da konnte einem direkt heiß werden.

„Ja, ich habe für einige Jahre in Nashville gelebt", sagte er und schnappte mich wieder bei der Hand.

„Du kannst das richtig gut."

Alex grinste mich verschmitzt an. Er wirbelte mich erneut herum, gab mich dann frei und begann, seine Füße rasend schnell überkreuz auf den Boden zu tippen. Mit seinen Händen hielt er die große silberne Schnalle seines Gürtels fest und vollzog die Tanzschritte unglaublich lässig. Ich konzentrierte mich auf seine Füße und bemühte mich, es ihm nachzutun. Alex' einnehmendes Lachen gab mir die Zustimmung, sodass ich mich traute mich noch stärker zu bewegen.

Aus meinem Übermut heraus, verknoteten sich plötzlich meine Beine und ich stolperte. Alex reagierte instinktiv und fing mich auf. Er umfasste meine Hüfte und zog mich an sich.

„Ups", sagte er grinsend. Kaum hatte ich wieder Boden unter den Füßen, zog er mich in dem zackigen Rhythmus des Songs mit sich. Wer hätte gedacht, dass ein Countrysong so gute Laune machen konnte?

Plötzlich legten sich zwei große Hände an meine Hüfte und zogen mich von Alex fort.

Ich wusste kaum, wie mir geschah, als ich plötzlich in den Armen von Nathan lag. Seine Augenbrauen waren leicht zusammengezogen.

„Darf ich?" Er warf Alex einen Blick zu.

„Klar." Alex nickte ihm zu und wirbelte dann herum, wo er auf Mandy traf, die sich ebenfalls einen Cowboyhut aufgesetzt hatte, und begann mit ihr zu tanzen. Erst jetzt fiel mir auf, wie sich die Tanzfläche mit ausgelassen Menschen gefüllt hatte. Vanessa, ihre Freundinnen, unsere Eltern, John und Grandma mischten sich ebenfalls unter die anderen Gäste, die das Tanzbein schwangen. Ich war so vertieft gewesen, dass ich das kaum mitbekommen hatte.

Ich wandte meinen Blick zu Nathan. Mit unbeweglichem Gesicht sah er mich an. Eine Hand lag warm auf meiner Hüfte, während er mit der anderen meine rechten Finger umfasste und mich eng an sich zog, sodass ich seine harte Brust unter meiner spürte.

„Ihr saht aus, als hättet ihr Spaß gehabt." Der tiefe Klang seiner Stimme drang über die Lautstärke der Musik zu mir durch.

„Den hatten wir." Ich legte meine linke Hand auf seine Schulter. Mit Nathan war alles viel langsamer. Und ruhiger. Er schien keine Erfahrung im Country Line Dance zu haben, denn er hielt mich einfach nur und bewegte sich im Zwei-schritt nach links und rechts.

Ich biss mir auf die Unterlippe. „Kann es sein, dass du ge-rade eifersüchtig warst?"

Nathans Kiefermuskeln spannten sich an.

„Auf Alex." Ich hob herausfordernd die Augenbrauen.

Ich konnte sehen, wie er schluckte. Sein Blick flackerte an mir vorbei, während sich der Druck seiner Hand an meiner Hüfte verstärkte.

Triumphierend sah ich ihn an. „Du warst es."

Nathan presste die Lippen aufeinander.

„Alex ist nicht mein Typ. Und außerdem wissen wir doch beide, dass er für Mandy bestimmt ist."

Sein angespannter Kiefer lockerte sich. „Ich weiß. Trotz-dem hat es mir nicht gefallen, dass er dir so nah war."

Seine Worte lösten ein Flattern in meiner Brust aus.

Ein temporeicher Country Song ging in den nächsten über, während Nathan mich festhielt und sich sanft mit mir hin und her bewegte.

Er war mir so nah, dass ich unter dem schwachen Licht der *Food Bar* seine Gesichtszüge erkennen konnte. Seine gerade Nase, die vorne etwas spitzer zulief. Seine Unterlippe, die ein bisschen voller war als seine Oberlippe. Die sanften Bart-stoppeln an seinem Kiefer. Die dunklen Brauen, die sich über seine Augen zogen. Auf einmal wallte in mir der un-bändige Wunsch auf, ihn zu berühren. Ihm noch näher zu sein. Mein Herz klopfte immer schneller, während ich ihm wieder in die Augen sah. Seine Wärme und sein Duft hüllten mich ein und ich fühlte mich in dieser Sekunde so wohl und sicher wie lange nicht.

Nathans Blick verdunkelte sich und er sah auf meine Lippen. Das sehnsüchtige Ziehen in meiner Brust wurde immer stärker und verdeutlichte, wie sehr ich mich danach sehnte, die Lücke zwischen uns zu schließen. Ich stellte mich auf Zehenspitzen und reckte mich ihm entgegen. Auch Nathan senkte langsam seinen Kopf.

„Hey, schaut mal, was Alex und Mandy gerade machen." Penny stieß mich kichernd in den Rücken. Erschrocken riss ich meine Augen auf. Meine Hand rutschte von Nathans Wange und der Abstand zwischen uns wurde größer. Seine angenehme Körperwärme verschwand, als wir auseinandertraten und einen Blick zur Seite warfen. In der Mitte der Tanzfläche hatte sich ein Kreis um die beiden Kellner gebildet. Alex und Mandy hielten sich an den Händen und vollführten eine astreine Country Line Dance Performance. Die Leute um sie herum jubelten und klatschten im Rhythmus des Songs.

Alles in mir war in Aufruhr und mein Atem ging schwer. Mit rasendem Puls legte ich einen Finger auf meine Lippen, die immer noch sehnsüchtig kribbelten.

Ich sah zu Nathan, der seine Hände in die Hosentaschen vergraben hatte und mit starrem Blick auf die Tanzfläche sah. Seine Brust hob und senkte sich schnell, was mir zeigte, dass ihn der Moment zwischen uns gerade auch nicht kalt gelassen hatte.

Unruhig blickte ich zurück auf Mandy, die gerade lachend einen Arm um Alex' Schulter schlang. Ihre Schuhe klapperten geräuschvoll auf den dunklen Dielenboden, während sie sich immer schneller zu der Musik bewegten.

Vanessa tauchte neben mir auf und stieß mir gut gelaunt gegen den Arm. „Das machen sie toll, oder?" Sie klatschte im Takt und beobachtete die beiden mit glänzenden Augen.

Ich nickte mechanisch und begann ebenfalls zu klatschen. Das sehnsüchtige Ziehen in meinem Inneren blieb.

Kapitel 21

„Mein Bauch ist so voll", stöhnte Vanessa eine Stunde später. Mittlerweile war es stockdunkel und nur der Mond schien silbern durch die Baumkronen.

„Also, ich hab schon wieder Hunger." Ich grinste, als Vanessa die Augen verdrehte.

„Du hast immer Hunger."

Lachend betraten wir Grandmas Haus und schlüpften aus unseren Schuhen. Die anderen polterten hinter uns über die Veranda hinein.

„So, meine Lieben." Grandma drehte sich im Wohnzimmer zu uns um. „Um den Abend abzurunden, haben wir noch eine Überraschung für Vanessa."

„Eine Überraschung?" Vanessa riss die Augen auf. „Aber ihr habt doch heute schon so viel für mich gemacht."

„Eine Sache gibt es noch." Verschwörerisch griff Grandma nach ihrem Arm. „Jess und ich haben uns wirklich schwergetan, das Geheimnis so lange zu wahren."

„Ihr macht es aber spannend." Vanessa warf mir einen anerkennenden Blick über die Schulter zu, während Grandma sie zur Terrassentür zog.

Vor der Tür blieb sie stehen und sah meine Schwester feierlich an.

„Du warst so traurig, als dieser Gegenstand kaputt gegangen ist. Du hast es früher sehr genossen, ihn zu benutzen."

Auf Vanessas Stirn erschienen grüblerische Furchen.

„Nach all den Jahren habe ich mich endlich aufgerafft und es mit Johns Hilfe repariert." Grandma öffnete die Terrassentür und ließ kalte Luft herein. „Hiermit möchte ich euch offiziell unseren neuen Jacuzzi vorstellen."

„Waas?!" Vanessa schlug die Hände vor dem Gesicht zusammen. Mit einem Kreischen lief sie durch die Tür in den Garten und entdeckte den Whirlpool. Er lag auf einer kleinen Anhöhe, wodurch man einen gigantischen Blick durch die Bäume auf den Long Lake hatte.

„Du hast ihn wirklich repariert." Vanessa hüpfte auf und ab. „Du bist die Beste, Grandma. Jetzt muss ich dich wohl öfter besuchen, als dir lieb ist." Sie schlang ihre Arme um unsere kleine Grandma und drückte sie an sich.

„Ich würde mich freuen."

Vanessa drückte ihr einen Kuss auf die Wange. „Dürfen wir ihn gleich benutzen?"

„Na klar, dafür hat John ihn heute hergerichtet."

Plötzlich stieß sie einen Fluch aus. „Ich habe gar keine Badesachen dabei."

Grandma wandte sich an Mom und Dad. „Würdet ihr …?"

„Kommt sofort." Dad grinste und lief durch das Haus.

Verwirrt blickte Vanessa von einem zum anderen.

„Ich habe deine Eltern eingeweiht", erklärte Grandma. „Sie haben Badesachen mitgebracht."

„Wie konntet ihr so dichthalten?" Vanessa stieß Mom gegen den Arm. „Ihr Geheimniskrämer."

Mom schmunzelte. „Es war schwer, aber da wir wussten, wie groß deine Freude sein würde, haben wir es geschafft."

„O Mann, ich kann es kaum erwarten." Meine Schwester rannte durch den Garten den kleinen Hügel hinauf.

Penny, Xenia und ich folgten ihr und blieben vor dem Jacuzzi stehen. Ein paar blaue Lichter strahlten durch das Wasser. John hatte wirklich alles dafür getan, dass der Whirlpool noch hübscher aussah als zuvor. Es gab Platz für etwa fünf Personen und eine holzverkleidete Wand umrahmte das Becken. In der Mitte gingen in diesem Augenblick die Düsen an und das Wasser begann zu blubbern.

Ein paar Dampfwolken stiegen auf und machten deutlich, wie heiß das Wasser sein musste. Seit ich vor über sechs Jahren das letzte Mal in Grandmas Jacuzzi gewesen war, bevor er den Geist aufgegeben hatte, hatte ich nie wieder die Gelegenheit gehabt, in einem wie diesem zu entspannen. Ich streckte einen Finger aus und tauchte ihn vorsichtig ins Wasser. Sofort breitete sich Gänsehaut auf meinem Arm aus, als die heißen Blubberblasen meine Haut berührten.

„Hier, bitteschön."

Ich drehte mich um und sah, wie Dad Vanessa eine Tasche hinhielt.

„Ich hoffe, wir haben den richtigen Bikini für dich erwischt."

Vanessa stieß ein Jauchzen aus und fiel ihm um den Hals. „Danke, dass ihr diese Überraschung für mich bereitgehalten habt."

„Danke deiner Grandma. Sie hat alles in die Wege geleitet." Dad lächelte und drückte sie an sich.

„Habt ihr auch Badezeug dabei?" Vanessa sah zu ihren beiden Freundinnen.

Xenia nickte. „Deine Eltern haben uns kurz vor der Abfahrt Bescheid gesagt."

„Gott sei Dank." Vanessa legte ihre Arme um ihre Freundinnen und marschierte zurück zur Terrasse.

„Dann lassen wir die junge Generation mal ran an den Jacuzzi", sagte Grandma, die sichtlich erfreut im Türrahmen lehnte.

„Nathan, geh du auch mit." John klopfte ihm auf die Schulter. „Du musst meinen Jacuzzi unbedingt testen und mir verraten, ob alles ist, wie es sein soll."

„Ich habe doch gar kein ...", fing Nathan an.

„Doch, ich habe deine Badehose ins Auto geschmissen."

„Aber, Grandpa …“

„Nichts aber. Ich hole sie. Kleinen Moment.“ John wandte sich ab und lief durch das Haus.

Mein Herz klopfte bis zum Hals, als ich an Nathan vorbeiging. Seit unserem Tanz hatten wir kein Wort mehr miteinander gewechselt. Irgendwie war ich viel zu angespannt und nervös.

Ich lief ins Bad, um mich umzuziehen. Kurze Zeit später kam ich in meinem schwarzen Bikini in die Küche und schnappte mir die M&M Packung, die Nathan mir geschenkt hatte. Ich öffnete sie und schüttete etwas in eine Schüssel. Kühle Luft empfing mich, als ich daraufhin in den Garten trat.

„Verdammt, ist das kalt.“ Xenia neben mir hüpfte von einem Bein aufs andere.

Vanessa warf die Arme in die Luft und sprintete auf den Whirlpool zu. „Wer zuerst im Wasser ist.“

Amüsiert beobachtete ich, wie sie über den Rand kletterte und in das Becken stieg.

„Schnell, bevor ihr euch noch den Tod holt.“ Grandma berührte mich sanft an der Schulter.

Ich wandte den Kopf. „Wo ist eigentlich Penny?“

Im selben Moment streckte Penny ihren Kopf zur Terrasse heraus. „Ich passe heute.“ Sie schnitt eine Grimasse. „Ich habe meine Tage.“

Ich verzog mitfühlend das Gesicht. „Wenn du irgendetwas brauchst, rührst du dich, ja?“

Sie nickte dankbar.

Eisiger Wind fegte über meine nackte Haut hinweg. Augenblicklich begannen meine Zähne aufeinander zu klappern. Die Luft roch kalt und es wurde von Tag zu Tag spürbarer, dass der Winter nahte. Mit nackten Füßen lief ich über den Rasen und trat dabei auf einige raue Blätter, die von den Bäumen gefallen waren.

Mein ganzer Körper war von einer Gänsehaut überzogen, als ich endlich am Jacuzzi ankam, die Schüssel mit den M&Ms auf das kleine Holztischlein daneben stellte und meine Hand auf den weißen Rand legte. Vorsichtig hob ich ein Bein und tauchte meinen Fuß ins Wasser. Sofort begann sich die Hitze prickelnd auf meiner Haut auszubreiten und bis in mein Innerstes zu dringen.

Xenia tauchte neben mir bis zum Hals ins Wasser und stöhnte genießerisch. „Wow, ist das angenehm." Sie schloss die Augen und lehnte sich zurück.

Vanessa hatte ebenfalls die Augen geschlossen und ihren Kopf auf den Rand des Whirpools gelegt. Ihre schwarzen Haare waren zu einem schnellen Dutt zusammengebunden, aus dem einige Strähnen abstanden.

Ich zog mich hoch und stieg mit meinem zweiten Bein hinein. Langsam ließ ich mich in das Wasser gleiten und unterdrückte ein wohliges Seufzen. In diesem heißen, blubbernden Becken zu sitzen, war jetzt genau das Richtige.

„Deine Grandma lebt hier wirklich im Paradies", seufzte Xenia, was Vanessa mit einem zustimmenden Murmeln kommentierte.

Ich tat es ihnen gleich und schloss meine Augen, während ich mich in einer Ecke zurücklehnte. Nichts als das monotone Brummen der Düsen drang an mein Ohr. Es hatte etwas Beruhigendes an sich und ließ zusätzlich zu dem heißen Wasser meine angespannten Rückenmuskeln etwas entspannen.

Grandma hatte mir erst vor kurzem von ihrem Plan, den Jacuzzi wieder herzurichten, berichtet. Das Becken hatte lange leer und nutzlos im Garten gestanden, seit die Düsen kaputt gegangen waren. Grandpa hatte es damals reparieren wollen. Erst hatte er es eine Weile vor sich hergeschoben ... und dann war es zu spät gewesen.

Ich schluckte. Die Gedanken an meinen liebevollen Grandpa schmerzten noch immer. Er wäre glücklich, wenn er wüsste, dass sein Whirlpool wieder sprudelte. Und dass Vanessa und ich ihn noch genauso genossen wie früher.

Ich öffnete blinzelnd die Augen und starrte in den dunklen Nachthimmel. Ein paar Sterne funkelten über uns. Die Mondsichel verschwand gerade hinter einer dicken Wolke.

Ein Luftzug neben mir ließ meinen Blick herumfahren.

Nathan war vor dem Jacuzzi aufgetaucht. In einer dunkelblauen Badehose. Ohne mein Zutun wanderten meine Augen zu seinem Oberkörper. Zu seinem straffen, muskulösen Oberkörper. Seine Haut war gebräunt und zog sich glatt über seine Brustmuskeln.

Nathans Arm spannte sich an, als er sich am Rand festhielt und in einer geschmeidigen Bewegung in den Whirlpool stieg.

Mir wurde plötzlich noch heißer. Meine Wangen, mein ganzes Gesicht, meine Arme, mein Bauch … Alles schien zu glühen. Und das lag sicher nicht nur an dem achtunddreißig Grad warmen Wasser, in dem ich saß.

Unwillkürlich rutschte ich ein Stück zur Seite, als Nathan zwischen Xenia und mir ins Wasser glitt.

Nathan hob den Kopf und unsere Augen trafen sich.

Ich wollte schon ertappt weggucken und instinktiv meine Arme um meinen Körper legen, um die ein oder andere fülligere Stelle zu verdecken. Doch etwas in seinem Blick ließ mich so verharren wie ich war. Er betrachtete mich, als würde ihm gefallen, was er sah.

„Hi, du bist ja auch da." Vanessa hatte ihre Augen geöffnet. „Willkommen."

Nathan legte seine Arme links und rechts auf den Rand des Whirlpools.

„Das Wasser ist herrlich, oder?" Xenia seufzte.

Nathan nickte. „Da hat mein Grandpa gute Arbeit geleistet."

„Und wie." Vanessas Gesicht verschwamm für einen Moment zwischen den dichten Dampfschaden.

Ich bewegte mich ein Stück und streifte dabei aus Versehen Nathans Oberschenkel. Sofort schoss ein Stromschlag durch meinen Körper.

Auch wenn noch eine Person mehr in diesem Becken Platz gehabt hätte, so saßen wir doch auf engem Raum. Und diese Nähe war mir mehr als bewusst.

Nathan drehte seinen Kopf und sah zu den M&Ms hinüber.

„Möchtest du auch?", fragte ich und beugte mich vor, um mir eine Handvoll aus der Schüssel zu fischen.

„Ich esse dir dein Geschenk doch nicht weg."

„Hör auf und nimm." Ich hielt ihm die Schüssel unter die Nase.

„Wenn du das sagst …" Er griff grinsend hinein und schob sich ein paar M&Ms in den Mund.

Es knackte leise, als ich auf meine M&Ms biss und sich der Geschmack der Erdnussbutter auf meiner Zunge ausbreitete.

„Sag mal, Nathan, was machst du eigentlich so?" Xenia musterte ihn freundlich. „Studierst du?"

Er schüttelte den Kopf. „Ich arbeite in der Werkstatt meines Großvaters."

„Oh, cool. Ist die Werkstatt in Coldriver?"

„Ja genau. Am anderen Ende der Stadt."

„Stadt." Xenia kicherte. Dann biss sie sich auf die Lippen und sah uns schuldbewusst an. „Entschuldigt, aber Coldriver als Stadt zu bezeichnen finde ich ziemlich witzig."

Vanessa grinste. „Dürfen sie sich mit sechshundert Einwohnern nicht als Stadt bezeichnen?"

„Sechshundert?" Xenias Mund klappte auf. „Das ist ja noch weniger, als ich dachte. Ist dir das nicht manchmal zu klein, Nathan?"

Er zuckte mit den Schultern. „Für mich kommt das gerade recht."

„Wieso das?"

„Ich mag es, dass man sich hier kennt und es nicht so viele Menschen gibt."

„Aber das ist doch auf Dauer echt langweilig, oder?" Sie verzog das Gesicht. „Ist es nicht nervig, jeden Tag dieselben Menschen zu treffen? Oder manchmal sogar gar niemanden?"

Er schüttelte den Kopf. „Ganz und gar nicht."

„Naja, für mich wäre diese Einöde nichts." Xenia zuckte mit den Schultern.

„Da spricht die eingefleischte Großstädterin aus dir", meinte Vanessa neckend.

„Ich dachte auch lange, dass Coldriver auf Dauer nichts für mich wäre", sagte ich. „Aber ich habe mich in den letzten Wochen so daran gewöhnt, dass ich gar nicht weiß, wie es mir in der Hektik von New York gehen würde."

Xenia sah mich dann neugierig an. „Wann kommst du denn wieder zurück nach New York?"

Ich krallte meine Finger ineinander. „Keine Ahnung."

„Musst du nicht studieren, oder so?"

Ich senkte den Blick und spürte die allbekannte Unruhe in mir aufwallen.

„Ich bin noch auf der Suche nach einem neuen Studiengang." Meine Stimme klang ruhiger, als ich mich fühlte. Ich wollte ihr von meinen Plänen noch nichts erzählen, solange noch nichts in Stein gemeißelt war.

„Ach ja stimmt, Vanessa hat mir erzählt, dass du Jura abgebrochen hast."

„Ich hab Jura nicht abgebrochen." In meinem Bauch begann sich ein dicker Knoten zu bilden. „Ich wurde nicht angenommen, deshalb orientiere ich mich jetzt um."

„Verstehe." Xenia sah mich mitleidig an. „Das ist bestimmt nicht leicht für dich. So viele Jahre umsonst."

„Es ist nie etwas umsonst. Außerdem dient ein Studium ja auch seiner eigenen Bildung."

„Naja, wenn du mit deinem Studium jetzt nichts anfängst, war es schon ein bisschen umsonst. Was sagen denn deine Eltern dazu, ich meine, wegen der hohen Studiengebühren?“

„Es ist *niemals* irgendetwas umsonst.“ Die Worte schossen schärfer aus meinem Mund, als beabsichtigt. „Ich habe einiges aus meinem Studium für mich mitgenommen und bin daran gewachsen. Und währenddessen habe ich übrigens ununterbrochen in einem Café gearbeitet.“

„Ach so.“ Xenia seufzte. „Trotzdem hast du ganz schön viel Geld verschwendet. Wenn ich mir vorstelle, ich hätte so viel Energie in ein Studium gesteckt, um mich dann nochmal umzuorientieren … Das wäre schrecklich.“

Ich krallte meine Finger fester in meine Handfläche, bis sich ein heißer Schmerz meldete. Das Brodeln in meinem Inneren wurde immer stärker und es kostete mich meine ganze Kraft, Xenia nicht anzubrüllen.

Meine Eltern waren zum Glück immer auf meiner Seite und unterstützten mich, wo es ging. Dennoch pochte schon lange ein heftiges schlechtes Gewissen in meinem Kopf, wenn ich daran dachte, dass sie mir finanziell schon so viele Jahre ausgeholfen hatten. Das musste mir Xenia nicht auch noch unter die Nase reiben. Ich wusste zwar, dass meinen Eltern das nichts ausmachte und sie betonten immer wieder, dass sie das mit dem Geld schon regelten und es ihnen wichtiger war, dass ich in meinem Beruf glücklich würde. Egal, wie lange ich brauchte, bis ich das Richtige gefunden hatte. Aber dennoch fraß es mich innerlich auf. Und jetzt auch noch von jemandem solche Sachen zu hören, half nicht gerade.

„Hast du dann schon eine Idee, in welche Richtung es gehen könnte?“ Xenias blaue Augen musterten mich neugierig.

Ich presste die Backenzähne aufeinander. Warum musste sie dieses Fass gerade jetzt aufmachen?

„Jess ist noch auf der Suche. Das hat sie doch eben gesagt", hörte ich Nathan neben mir.

Ich hob den Kopf und bemerkte seinen angespannten Kiefer.

„Sorry, ich wollte ja nur mal nachfragen."

„Nur mal nachfragen ist etwas anderes." Nathans Stimme klang gefährlich leise und es schwang ein Unterton mit, der deutlich machte, wie verärgert er war.

„Sorry", murmelte Xenia und lehnte sich zurück.

Der Knoten in meinem Bauch begann sich aufzulösen, als Nathan zu mir sah. Er wusste, wie sensibel dieses Thema für mich war. Er hatte meine abwehrende Haltung gespürt und gemerkt, dass ich nicht darüber sprechen wollte.

Tiefe Dankbarkeit für diesen Mann wallte in mir auf. Er hatte so feine Antennen für alles, was ich sagte und tat.

„Ich glaube, ich gehe raus", sagte Xenia und setzte sich auf. Wasser perlte von ihrem Körper, während sie sich über den Rand nach draußen schwang.

Vanessa öffnete blinzelnd die Augen. Ihr Blick fiel auf Nathan und mich. Ein paar Sekunden passierte nichts, doch ich konnte sehen, wie es hinter ihrer Stirn arbeitete.

„Ich komme mit." Sie stieg ebenfalls aus dem dampfenden Wasser und lief in Richtung Terrasse, wo Grandma sie mit einem flauschigen Bademantel erwartete.

Gedämpfte Stimmen hallten über den Garten, als Vanessa und Xenia gemeinsam mit Grandma im Haus verschwanden. Dann war alles still und nur noch das Brummen der Düsen war zu hören.

„Danke, dass du eben eingesprungen bist." Ich wandte mich Nathan zu.

Ein Muskel an seinem Kiefer zuckte. „Sie war echt unsensibel."

„Ist schon okay."

„Nein, das ist nicht okay. Sie hat dich unter Druck gesetzt." Er nahm seine Arme vom Rand des Whirpools und ließ sie neben sich ins Wasser gleiten.

„Irgendwann muss ich mich sowieso mit dem Thema auseinandersetzen." Ich seufzte.

„Aber dann, wenn *du* willst." Nathan suchte meinen Blick. „Nicht, wenn jemand anderes dich dazu drängt und ständig Nachfragen stellt, obwohl du bereits deutlich gemacht hast, dass du nicht darüber sprechen willst."

„Direkt gesagt habe ich es ja nicht", wandte ich ein.

„Aber deine ganze Körperhaltung hat das ausgestrahlt." Er sah mich unverwandt an. Das Wasser sprudelte um seinen Bauch. Nur der oberste Teil seiner Brust, an der feine Wasserperlen herabrannen, ragte aus dem Becken. Ein Ziehen breitete sich in meinem Herzen aus. Ich wollte ihn so dringend berühren, dass mir schwindelig wurde.

„Es ist wohl nicht jeder so aufmerksam wie du", sagte ich leise. „Das ist mir schon oft aufgefallen. Wie aufmerksam du bist."

Etwas in seinen Augen regte sich. Mit klopfendem Herzen bemerkte ich, wie er den Abstand zwischen uns verringerte. Unsere Knie stießen unter Wasser gegeneinander.

„Weißt du, was mir an *dir* aufgefallen ist?" Seine Stimme klang rau.

Ich betrachtete die tanzenden Schatten in seinem Gesicht, die das bläuliche, dämmrige Licht des Jacuzzis auf ihn warf.

„Was denn?", flüsterte ich.

Nathan schob sich noch ein Stück näher an mich heran, bis uns nur noch wenige Zentimeter trennten. „Dass du in den kleinen Dingen dein Glück finden kannst."

Seine Finger berührten meine Hand. Ganz langsam verschränkte er unsere Finger unter Wasser und ich spürte seine raue Haut an meiner.

„Allein der Anblick der Natur macht dich glücklich. Der Anblick deines Kaffees mit dieser ekelhaften Menge an Kakao."

Einer seiner Mundwinkel hob sich nach oben. „Der Anblick eines Vogels, der über den Waldboden hüpft. Der Anblick deiner Grandma. Der Anblick des Kaminfeuers in eurem Wohnzimmer. Der Anblick eines guten Burgers. Ja, ich hab dich in Edgars *Food Bar* gesehen."

Ich grinste. „Hab ich meinen Burger wirklich so angeschmachtet?"

„Du hast ihn angesehen, als wäre es das Beste, was dir an diesem Tag passiert ist." Mit seinem Daumen strich er über meinen Handrücken und sandte ein Prickeln durch mich hindurch. „Du bist für so viele kleine Dinge dankbar und schätzt auch das vermeintlich Unscheinbare im Leben. Weißt du, wie anziehend das ist?"

Mein Herz stolperte. Nathans Stimme klang noch tiefer als sonst, als er diese Worte aussprach.

„Du hast mich aber schon oft beobachtet", krächzte ich, um den Moment zu überspielen.

„Du weißt gar nicht wie oft."

„Klingt ein bisschen wie ein Stalker. Muss ich mir Sorgen machen?"

Er lachte leise.

Mein ganzer Körper wurde erschüttert durch meinen hämmernden Herzschlag. Nathans Nähe, seine Hand auf meiner und seine dunklen Augen auf mir, brachten mich komplett aus dem Konzept.

Er löste seine Hand und strich sanft über meinen Unterarm. Gänsehaut lief über meinen Rücken, als er meinen Arm nach oben wanderte und sanft meine Haare hinter das Ohr schob. Seine Augen fuhren über mein Gesicht und nahmen jedes Detail in sich auf. Ich erwiderte seinen Blick und verlor mich vollkommen.

Ich spürte, wie er noch näher an mich heranrückte, bis sein Atem meinen Hals berührte.

„Ich würde dich jetzt gerne küssen." Der raue Klang seiner Stimme vibrierte in meiner Brust und ich wollte in dieser Sekunde nichts lieber, als ihn an mich heranzuziehen. „Wenn das ok für dich ist."

In diesen Worten lag plötzlich etwas Zaghaftes. Ich strich mit meiner Hand über seine kühle Wange. Wasser begann von meiner Haut zu perlen und rann über seinen Kiefer.

„Mehr als das", wisperte ich.

Alles in mir drehte sich, als Nathan sich langsam auf mich zubewegte. Sein Blick flackerte zu meinen Lippen. Ich ließ meine Hand von seiner Wange in seinen kühlen Nacken gleiten.

Nathans Lippen öffneten sich leicht. Dann nahm er mein Gesicht in beide Hände. Ich erschauderte bei der Berührung seiner warmen, nassen Haut an meiner Wange.

Er zog mich näher an sich heran und wie von selbst schloss ich meine Augen. Federleicht strichen seine Lippen über meine. Abwartend und rücksichtsvoll. Ich schlang beide Arme um seinen Nacken und zog ihn an mich heran. Als sein warmer Atem über meine Lippen fuhr, schloss ich endlich die Lücke zwischen uns und presste meinen Mund auf seinen.

Langsam und unendlich zärtlich begann Nathan mich zu küssen. Ein allumfassendes Kribbeln schoss in meine Brust. Sanft bewegte er seine Lippen auf meinen und meine Beine wurden weich. Er schmeckte süß und salzig. Nach *Peanutbutter M&Ms*. Und ganz nach … ihm.

Ich stöhnte leise auf. Als Antwort zog Nathan mich noch fester an sich und küsste mich tiefer. Ich ließ meine Hände von seinem Hals zu seinen kräftigen Schultern gleiten. Himmel, seine Küsse fühlten sich so viel besser an, als ich es mir jemals hätte ausmalen können. Und ich durfte ihn endlich berühren. Und er berührte mich. Gänsehaut wanderte über meinen Körper, während er seine Fingerspitzen über meinen Hals zu meinen Schultern gleiten ließ.

Alles war so sanft und behutsam, dass ich innerlich beinahe zersprang.

Nathans raue Hände glitten unter Wasser und fuhren meine Taille entlang. Ich keuchte leise.

Für einen kurzen Moment lösten wir uns voneinander. Nathans Augen glänzten und seine Brust hob und senkte sich ebenso atemlos wie meine. Ich strich mit meinen Händen von seinen Schultern zu seinen festen Brustmuskeln. Seine Haut fühlte sich glatt und feucht an, durch den heißen Wasserdampf des Jacuzzis. Er war mir so nahe, dass ich sein Gesicht nur noch verschwommen sah.

Meine Mundwinkel hoben sich und ich konnte gerade so ein Kichern unterdrücken. Nathan schien das Beben in meinem Körper dennoch zu bemerken, denn ich sah, wie seine Lippen ebenfalls ein Lächeln umspielte. „Hm?"

„Ich habe nur gerade daran gedacht, wie kitschig das hier ist." Grinsend biss ich mir auf die Unterlippe. „Hier im heißen Wasser, alleine, mit dem Sternenhimmel über uns …"

Nathan streichelte sanft über meinen Rücken. „Kitschig gut oder kitschig schlecht?"

Ich tat, als müsste ich überlegen.

Er beugte sich vor und drückte mir einen Kuss auf die Lippen.

„Kitschig gut." Ich lächelte und küsste ihn zurück.

Nathan schlang seine Arme um mich. Als er mich für eine feste Umarmung an seine harte Brust zog, dehnte sich die Wärme in mir nur noch mehr aus. Ich schmiegte mein Gesicht an seine Schulter und ließ mich völlig fallen, während das monotone Brummen der Düsen und das leise Rascheln der Bäume im Wind an unser Ohr drang.

Kapitel 22

„Da bist du ja", flüsterte Vanessa vom Bett aus.

Auf Zehenspitzen schlüpfte ich in unser Schlafzimmer und drückte geräuschlos die Tür hinter mir zu. Penny und Xenia teilten sich eins der Gästezimmer, genau wie Mom und Dad, und Vanessa schlief heute Nacht in meinem Bett.

„Hey", wisperte ich und tapste durch die Dunkelheit.

„Ich dachte schon, du bist ins Klo gefallen." Durch das schwache Mondlicht, das durch das Fenster schien, konnte ich Vanessas Grinsen sehen.

Die Matratze senkte sich unter meinem Gewicht, als ich mich aufs Bett setzte und zu Vanessa unter die Decke rutschte.

Sie drehte sich zu mir. Selbst in der Dämmerung sah ich das Funkeln in ihren Augen. „Ihr wart heute ganz schön lange im Whirlpool."

Meine Wangen wurden heiß.

„Bist du deswegen gegangen?" Ich kuschelte mich tiefer in mein flauschiges Kopfkissen.

„Vielleicht." Unschuldig sah sie mich an. „Die Gelegenheit, euch zwei alleine zu lassen, war einfach zu günstig."

Ich schüttelte schmunzelnd den Kopf.

„Und, ist etwas zwischen euch gelaufen?" Sie holte einen Arm unter der Decke hervor und legte ihn auf meine Hüfte.

„Vielleicht", ahmte ich sie verschmitzt nach.

Vanessa kicherte.

In meiner Brust kribbelte es nach wie vor. Nathan und ich hatten noch lange Arm in Arm im Wasser gelegen und in den

Nachthimmel geschaut. Am liebsten wäre ich die ganze Nacht dort geblieben. Meine Lippen prickelten bei dem Gedanken an seine sanften Küsse. Er war so unglaublich behutsam gewesen.

„Wow, ihr habt euch geküsst, oder?"

Ich hob die Schultern, während mich ein warmer Schauer durchlief. Diese Worte ausgesprochen zu hören, war irgendwie unwirklich.

„Ich wusste es." Sie klang zufrieden. „Habt ihr euch beim Abschied auch nochmal geküsst?"

Ich schüttelte den Kopf. „John saß noch auf der Veranda. Wir haben uns nur umarmt."

Aber das sehnsüchtige Schimmern in Nathans Augen war der Spiegel meiner eigenen Seele gewesen. So sehr ich seine festen, warmen Umarmungen liebte, so sehr sehnte ich mich jetzt schon wieder nach seinen sanften Küssen.

„*Caaaan you feel the loooove tonight*", begann Vanessa zu trällern. „*It is where we aaaare.*"

„Schh." Ich presste eine Hand auf ihren Mund.

Unbeeindruckt sang sie weiter, jetzt absichtlich etwas lauter.

„Hör auf mit deinem König der Löwen-Geträller. Du weckst noch das ganze Haus auf."

Sie lachte. „Ich weiß auch nicht, warum mir dieses Lied gerade in den Sinn gekommen ist. Oh, warte, ich weiß es doch. Nathan und du." Sie wackelte mit den Augenbrauen. „Jetzt erzähl. Ich will Details. Wie war es? Ist er ein guter Küsser? Also, so, wie er aussieht, ist er bestimmt ein guter Küsser. War es heiß?"

Bilder schossen vor meinem inneren Auge vorbei. Bilder von Nathans warmen Blick. Seinen Händen auf meiner Hüfte. Seine weichen Lippen, die sich auf meine senkten.

„Gott, ja, es war schön", stieß ich hervor.

„Dachte ich mir. So wie du strahlst."

Ich seufzte tief. In meinem Innern kribbelte alles so heftig, wie ich es noch nie erlebt hatte.

„Ich kann verstehen, was du an ihm findest", sagte Vanessa.

Ich wandte meinen Kopf. „Ja?"

Sie nickte. „Nathan hat so eine angenehme, gelassene Ausstrahlung, dass man sich ihm sofort anvertrauen möchte."

Meine Mundwinkel wanderten wie von selbst nach oben.

„Ich habe gesehen, wie ihr heute in der *Food Bar* die ganze Zeit gekichert habt." Sie stupste mich sanft an. „Und ihr habt auch schon Insider, wie ich gehört habe. Wie das mit dieser … Eistruhe."

Ich lachte, als ich ihre Verwirrung sah.

„Ich finde das toll, dass ihr so eine Vertrauensbasis habt", sagte sie. „Aus Freundschaften entstehen doch die besten Beziehungen, oder?"

Bei ihren Worten stieg ein warmes Gefühl in mir auf. So hatte ich das noch gar nicht betrachtet.

„Soll ich dir mal etwas sagen?" Vanessa wurde ernst.

„Nur zu."

„Von Josh hatte ich noch nie den positivsten Eindruck. Er hatte immer so eine kühle, ernste Ausstrahlung. Irgendwie hatte ich manchmal ein bisschen Angst vor ihm."

„Was?" Erschrocken sah ich sie an. „Warum hast du mir das nie gesagt?"

Sie zuckte mit den Schultern. „Er war dein erster Freund. Ich wollte nichts kaputt machen. Und ich dachte, dass wir einfach einen unterschiedlichen Männergeschmack haben. Wer dir gefällt, muss mir ja nicht gefallen."

„Aber dann hattest du ein besseres Gespür für Josh als ich."

„Vielleicht habe ich ein Arschloch-Radar."

„Und dieses Radar ist bei Nathan nicht angesprungen?"

„Ganz und gar nicht." Sie wackelte mit dem Finger verneinend durch die Luft. „Wenn ich die beiden vergleiche, dann ist das wie Minus und Plus. Feuer und Eis. Josh hat dir dein Leuchten genommen, aber Nathan hat es dir in den letzten Wochen zurückgebracht. Und das macht mich glücklich."

In meiner Kehle wurde es eng, sodass ich keinen Ton hervorbrachte. Ich umarmte meine Schwester fest und wurde von einer solchen Liebe für sie überrollt, dass Tränen in meine Augen traten.

„Ich hoffe, du hattest heute einen schönen Geburtstag", wisperte ich nach einer Weile.

Vanessa drückte mich an sich. „Den hatte ich. Ich habe Grandmas Haus, den Long Lake und Coldriver echt vermisst."

„Es war eine gute Idee, hier zu feiern."

„Finde ich auch." Ich hörte das Lächeln aus ihrer Stimme.

„Ich wünschte, du könntest bleiben."

„Ich auch." Sie seufzte leise.

„Und ich wünschte, ich könnte für immer in dieser Bubble hier bei Grandma leben. Einen Tag nach dem anderen. Kannst du dir vorstellen, dass ich hier nur noch sporadisch To-do Listen geschrieben habe?"

Vanessa schnappte nach Luft. „Das ich das jemals erleben darf. Jess Tilbury schreibt keine To-do Listen mehr. Was ist denn da passiert?"

Ich wischte die Tränen an meinen Wangen fort. „Ja, stell dir vor. Unglaublich, oder?"

„Aber für meinen Geburtstag hast du schon eine Liste gemacht, oder?"

„Ja, die liegt noch da drüben." Ich deutete auf den Schreibtisch, der in silbriges Mondlicht getaucht wurde.

Vanessa lachte. „Dafür liebe ich dich."

Kapitel 23

„Es war so schön bei euch. Danke für alles." Vanessa schlang ihre Arme fest um mich. Ihre Nähe trieb mir beinahe die Tränen in die Augen. Irgendetwas in mir wollte nicht, dass meine Familie heute wieder abreiste. Wir hatten drei wirklich schöne Tage miteinander verbracht, doch jetzt war es Zeit, sich zu verabschieden.

„Kommt bald mal wieder", sagte Grandma und nahm meine Schwester, Mom und Dad der Reihe nach in die Arme.

„Machen wir." Dad strich ihr liebevoll über den Rücken.

Mom trat mit einem Lächeln auf mich zu und umarmte mich fest. Ihr vertrauter Duft stieg in meine Nase und ihre schulterlangen Haare kitzelten mich an der Wange, als ich sie an mich drückte.

„Ich vermisse euch jetzt schon", murmelte ich.

Sie löste sich sanft von mir und sah mich mit warmen Augen an. „Wir dich auch." Liebevoll schob sie mir eine Haarsträhne hinters Ohr. „Weißt du schon, wie lange du noch bei Grandma bleibst?"

In ihren Worten schwang keinerlei Vorwurf oder irgendeine Art von Drängen mit.

„Ich weiß es noch nicht", gestand ich leise.

Mom nickte, als hätte sie es sich schon gedacht. „Es ist ok, wenn du deine Zeit brauchst."

Ein Kloß bildete sich in meinem Hals. „Danke, Mom."

Sie drückte meine Hand. „Hast du dir schon ein bisschen Gedanken gemacht, wie du weiter machen willst?"

„Es ist noch nichts wirklich ausgereift", sagte ich, ohne lange nachzudenken. Sofort runzelte ich verwundert über mich selbst die Stirn.

Direkt ausgereift war tatsächlich noch nichts. Aber ich hatte mir doch Gedanken über ein Literaturstudium gemacht und einiges dazu recherchiert. Dieses Studium in New York war das, was ich machen wollte, wenn ich zurückging.

Weshalb erzählte ich Mom also nicht einfach davon?

In meinem Bauch verknotete sich etwas. Ich konnte es mir nicht erklären, aber irgendetwas hielt mich davon ab, Mom an meinen Überlegungen teilhaben zu lassen. Vielleicht war das derselbe Grund, der mich bisher davon abgehalten hatte, mich näher mit den Bewerbungsunterlagen für das College zu beschäftigen. Irgendetwas in meinem Inneren blockierte mich. Aber ich konnte nicht sagen, was es war, und weshalb ich mich so fühlte.

„Okay." Mom lächelte ermutigend. „Wenn du Gesprächsbedarf hast oder dir bei einer Entscheidung unsicher bist, dann ruf uns jederzeit an, ja?"

„Mach ich." Ich erwiderte ihr Lächeln dankbar. Sie wusste gar nicht, wie viel es mir bedeutete, dass sie mir meinen Raum gab und mir vertraute, dass ich mich zeitnah um meine Zukunft kümmern würde.

Ich wollte mich gerade an Dad wenden, als sie noch einmal nach meinem Arm griff und mich ein Stück zur Seite nahm.

„Ach ja, noch was." Eine besorgte Falte erschien auf ihrer Stirn. Für ein paar Sekunden sah sie mich schweigend an. „Pass bitte auf, wem du dein Herz schenkst."

Ihre Worte kamen erst mit einiger Verzögerung in meinem Gehirn an.

Ich öffnete den Mund, nur um ihn kurz darauf wieder zu schließen.

Moms Gesichtszüge waren ernst. „Ich möchte nur, dass es dir gut geht. Versprich mir, dass du auf dich aufpasst."

Ich schluckte und nickte. „Ich passe auf mich auf."

Sie nickte ebenfalls, doch ihre besorgte Miene blieb. Ich wusste, dass sie Angst hatte, dass ich wieder an so einen aggressiven Typen geriet wie Josh. Sie war aus allen Wolken gefallen, als ich ihr von seinem Verhalten erzählt hatte. Ich verstand, dass sie mich beschützen wollte.

„Mach es gut, meine Große." Dad nahm mich in die Arme und umarmte mich fest. „Wir melden uns, wenn wir zuhause angekommen sind."

Ich verabschiedete mich von meiner Familie und von Vanessas Freundinnen, bevor sie auf das Taxi zuliefen, das sie zum Flughafen bringen würde.

„Bis bald, ihr Lieben." Grandma winkte ihnen so lange nach, bis das Auto zwischen den Bäumen verschwunden war und das Brummen des Motors immer leiser wurde.

Dann wurde es still und Grandma stieß einen leisen Seufzer aus. „Da waren es nur noch zwei."

Ich nahm sie in die Arme. „Danke, dass du Vanessa so einen schönen Geburtstag bereitet hast."

Grandma lachte und drückte mich an sich. „Da hast du aber auch dazu beigetragen."

Arm in Arm liefen wir über die Veranda zurück ins warme Haus und schlossen die Tür hinter uns.

Wir legten eine Elvis Presley Platte auf und begannen mit der Begleitung seiner markanten Stimme das Haus aufzuräumen. Immer wieder unterbrachen wir uns selbst und legten ein kleines Tänzchen ein, sodass es schlussendlich etwas länger dauerte, bis alles wieder pikobello war.

Atemlos ließen wir uns einige Stunden später aufs Sofa fallen und legten die Füße hoch. Das Feuer im Kamin knisterte und warf einen gemütlichen Schein in den Raum.

„Ich freue mich für dich", sagte Grandma.

„Hm?"

„Deine Großmutter ist nicht blind."

Was …?

Oh.

Erst meine Mutter und jetzt sie.

Sah man es mir so an, dass zwischen Nathan und mir etwas vorgefallen war? Ich hatte gedacht, dass wir sehr diskret gewesen waren. Aber anscheinend nicht diskret genug für die Antennen von Müttern.

Pass auf, wem du dein Herz schenkst, hallte Moms Stimme in mir nach.

„Ihr passt gut zusammen." Grandma tätschelte mein Bein und sah weitaus weniger besorgt aus als Mom.

Nathan und ich hatten noch nicht darüber gesprochen, wie es jetzt zwischen uns weitergehen würde. Oder was das zwischen uns war. Aber ich wusste, dass ich ihn so bald wie möglich wieder sehen wollte. Und dass Moms Worte viel zu spät kamen. Denn ich musste nicht mehr aufpassen, wem ich mein Herz schenkte. Nathan hatte meins bereits.

Kapitel 24

„Das war ein sehr schöner Nachmittag. Vielen, vielen Dank." Die brüchige Stimme von Mrs. Cameron erfüllte die Küche.

„Freut mich, dass ich für Sie da sein konnte." Ich lächelte die ältere Dame an. Ihre weißen Haare lockten sich in einer schicken Kurzhaarfrisur.

„Ich bin sehr froh, dass ich den Aushang bei Eddy entdeckt habe", sagte sie.

In den letzten Tagen hatten sich immer wieder ältere Leute bei mir gemeldet und ich war so glücklich, dass ich ihnen ein bisschen Arbeit abnehmen oder ihnen Gesellschaft leisten konnte.

„Wenn Sie mal wieder Lust auf *Mensch ärgere dich nicht* haben, dann rufen Sie einfach an, ja?"

Mrs. Cameron nickte dankbar. „Das werde ich machen."

„Sehr schön." Ich trocknete unsere Teetassen ab und räumte sie in den Schrank.

Ich verabschiedete mich von Mrs. Cameron und trat nach draußen an die frische Luft. Sie war für ihr Alter wirklich fit und bekam Vieles noch allein hin. Aber man spürte, dass sie die Einsamkeit bedrückte. Einmal in der Woche traf sie sich mit ihren Freundinnen in der *Food Bar* zum Essen, doch wenn das die einzige Abwechslung war, konnten die anderen Tage ganz schön lang werden. Ihre Tochter war nach Los Angeles gezogen und sie hatte lange überlegt, ob sie mitziehen sollte. Doch sie hatte mir erzählt, dass ihr Herz viel zu sehr an Coldriver hing und sie sich nicht vorstellen konnte, in ihrem Alter noch eine so große Veränderung in Kauf zu nehmen. Umso mehr freute es mich, dass ich ihr ein bisschen ihrer Einsamkeit nehmen konnte, indem ich Zeit mit ihr verbracht hatte.

Die Arbeit mit den Menschen erfüllte mich von Tag zu Tag mehr.

Als ich durch eine Gasse zur Hauptstraße lief, ließ ich meinen Blick über die Hausfassaden wandern. Die einzelnen Gebäude und die bunten Bäume, die dazwischen in den Himmel ragten, waren mir schon so vertraut, dass ich mich regelrecht heimisch fühlte. Ich mochte es, durch die Gassen zu spazieren und den typischen Geruch unserer Stadt einzuatmen.

Moment.

Unserer Stadt?

Seit wann dachte ich so, als wäre ich ein Teil dieser Stadt?

Ich biss mir auf die Lippen und bog in die Hauptstraße ein. Ein seltsames Gefühl beschlich mich. Ich dachte mittlerweile nicht nur so. Ich *fühlte* mich, als wäre ich ein Teil von Coldriver. Nicht nur durch mein soziales Projekt, das mich einigen Einwohnern näherbrachte, fühlte ich mich immer mehr eingebunden. Es waren auch die gemeinsamen Einkäufe mit Grandma. Die netten Gespräche mit Edgar und Suzie. Die stillen Momente, wenn ich am See saß und das tiefblaue Wasser in mich aufnahm. Alles fühlte sich so vertraut an, sodass ich, wenn ich daran dachte, nach New York zurückzukehren, plötzlich ein wehmütiges Ziehen in meinem Inneren spürte.

Wann war das passiert?

Das Klingeln meines Handys riss mich aus meinen verwirrenden Gedanken.

Sofort begann ich zu lächeln, als ich den Jimi Hendrix Song hörte.

„Hey." Ich presste mir das Telefon ans Ohr.

„Störe ich?" Seine tiefe Stimme erklang.

„Nein, ich habe mich gerade von Mrs. Cameron verabschiedet." Ich wickelte meinen Schal fester um mich, als ein eisiger Windstoß über mich hinwegfegte. Der Himmel war wolkenverhangen und man konnte den nahenden Winter fast schon schmecken.

„Hat sich ansonsten jemand für heute bei dir angemeldet?"

„Nein, bisher nicht." Ich blieb an einer Kreuzung stehen und beobachtete ein heranbrausendes Auto. Als es auf meiner Höhe stehen blieb, erhaschte ich einen Blick ins Innere und entdeckte Carl, der mir freundlich zuwinkte. Ich holte eine Hand aus meiner Manteltasche und winkte zurück.

„Dann … könnte ich ja um einen Slot bitten?"

Lachend überquerte ich die Straße. „Du musst bei mir keinen Termin machen, Nathan."

„Nicht? Aber ich habe da so einen Aushang in der *Food Bar* gesehen …"

„Brauchst du meine Hilfe?"

„Ja, also, es ist so … Ich bräuchte da eine Entscheidungshilfe, welchen Donut ich kaufen soll."

„Ach so ist das. Welche stehen denn zur Auswahl?"

„Da müsste ich erst in Joey's Café schauen, was er heute anbietet."

„Hm, und da müsste ich also mitkommen, oder?"

„Das wäre wirklich, wirklich toll." Nathans Stimme nahm einen zuckersüßen Klang an.

Ich lachte. „Na gut, da helfe ich dir doch gerne."

„Perfekt. Bist du noch in der Stadt?"

„Ja."

„Treffen wir uns vor Joey's Café? Ich bin in fünf Minuten da."

Bevor ich zustimmen konnte, hatte er schon aufgelegt.

Zufrieden schob ich das Handy zurück in meine Jackentasche.

Seit Samstag dachte ich ununterbrochen an Nathan und es verging kaum eine Minute, in der ich nicht sein Gesicht vor Augen hatte. Ich freute mich riesig, ihn heute endlich wieder persönlich treffen zu können.

Ich lief über die Hauptstraße und blieb vor Joey's Café stehen, das für seine Milchshakes und gefüllten Donuts bekannt war. Joey war der Sohn des vorherigen Besitzers und hatte den Laden erst vor etwa zwei Jahren übernommen. Sein Vater hieß ebenfalls Joey, genau wie sein Großvater. Daher auch der Name für das Café, das schon seit Generationen in Besitz der Familie war.

„Hi."

Beim Klang der tiefen Stimme wirbelte ich herum. Ohne mein Zutun breitete sich ein riesiges Lächeln auf meinem Gesicht aus, als ich Nathan vor mir stehen sah.

„Hi", murmelte ich. Kurz darauf lagen seine Lippen schon auf meinen. Ich schlang meine Arme um seinen Oberkörper und küsste ihn zurück. Gott, hatte ich das vermisst.

Nathan umfasste meine Taille und zog mich dichter an sich. Ein Schauer jagte über meinen Rücken.

„Darauf habe ich seit Samstag gewartet", raunte er.

Sein Mund auf meinem und seine warmen Hände an meiner Taille brachten meinen ganzen Körper in Aufruhr.

„Ich auch." Sanft drückte ich ihm einen letzten Kuss auf die Lippen, bevor ich mich von ihm löste. „Also, nach welchem Donut steht dir heute der Sinn?"

„Entweder Schoko oder Vanille. Da musst du mir helfen." Er zwinkerte mir zu. Wie selbstverständlich griff er nach meiner Hand und verschränkte seine Finger mit meinen.

Hand in Hand betraten wir das Café. Einige runde Tische waren besetzt, an denen fröhlich plaudernde Menschen saßen und einen Milchshake tranken. Wir steuerten eine Vitrine an, in der sich uns eine ausladende Menge an Gebäck präsentierte. Süßer Duft lag in der Luft.

Nathans Daumen strich über meinen Handrücken, während er seinen Blick über die Donuts schweifen ließ.

„Hi, ihr zwei." Ein junger Mann mit einem Afro tauchte hinter dem Tresen auf.

„Hi, Joey." Ich lächelte ihn an.

„Was darf es bei euch sein?" Mit schief gelegtem Kopf wartete er die Antwort nicht ab. „Diese gefüllten Schokodonuts haben wir gerade frisch gebacken." Er deutete vor sich.

Sofort lief mir das Wasser im Mund zusammen.

„Da nehme ich einen", sagte ich spontan. „Und du?" Ich sah zu Nathan auf, der unschlüssig seine Augen hin und her wandern ließ. Dann nickte er langsam.

„Für mich bitte auch einen."

„Gute Wahl." Der Café Besitzer überreichte uns kurz darauf eine weiße Box, gefüllt mit den beiden Donuts. „Lasst sie euch schmecken."

„Danke, Joey."

Wir bezahlten und verließen das Café.

„Sollen wir an den See fahren und dort picknicken? Ich habe eine Decke im Auto", schlug ich vor.

Nathan blieb stehen und beugte sich zu mir herunter, um mich zu küssen.

„Das klingt perfekt", murmelte er an meinen Lippen.

Ich lächelte in unseren Kuss hinein. Wann würde ich mich an das Gefühl gewöhnen, seine Lippen auf meinen zu spüren?

Da ich mein Auto nicht weit entfernt geparkt hatte, dauerte es nicht lange, bis wir es erreicht hatten.

„Hast du Lust, dass ich dir meine Lieblingsstelle am See zeige?", fragte Nathan. „Da wären wir in fünf Minuten."

„Ja, gerne."

Nathan navigierte mich nach kurzer Zeit auf der Hauptstraße in einen Seitenweg, den ich von selbst niemals mit meinem Wagen befahren hätte. Doch der schmale, unebene Pfad öffnete sich nach einigen Minuten in eine große Lichtung und der Long Lake tauchte vor uns auf.

„Woah", entfuhr es mir.

„Spektakulär, oder? Ich habe eine Weile gebraucht, bis ich diesen geheimen Platz entdeckt habe."

„Kein Wunder. Den Weg sieht man ja von der Straße aus kaum." Ich blieb am Rand der Lichtung stehen und zog die Handbremse an.

Das sanfte Rascheln der Bäume erklang, als wir aus dem Wagen stiegen. Ich sperrte das Auto ab und lief mit großen Augen durch die Lichtung. Wir befanden uns auf einer kleinen Anhöhe. Der See lag glatt und still vor uns und nur die Bäume ringsherum spiegelten sich auf der Oberfläche. In der Ferne entdeckte ich ein paar Kajakfahrer. Der Anblick war so idyllisch, dass ich für einen Moment beinahe die Donuts vergaß.

Zwei warme Hände umschlangen mich von hinten und ein harter Körper drückte sich kurz darauf gegen meinen Rücken.

„Ich liebe es, wie du die Natur betrachtest", murmelte Nathan an mein Ohr. Sein warmer Atem hinterließ eine Gänsehaut auf meinem Nacken.

Ich legte meine Hände auf seine, die er um meinen Bauch geschlungen hatte, und schmiegte mich an ihn.

„Danke, dass du mir diesen Ort zeigst", sagte ich leise.

Weiche Lippen berührten die Stelle unterhalb meines Ohrläppchens, als Nathan mich dort küsste. „Mit dir ist es hier noch schöner."

In meiner Brust flatterte es, doch diesmal vor Glück. Die Nervosität, die ich anfangs verspürt hatte, verflog mit jeder Sekunde, die ich mit Nathan verbrachte.

Ich drehte mich um und nahm Nathans Gesicht in meine Hände. Seine dunklen Bartstoppeln drückten rau gegen meine Haut, als ich ihn langsam zu mir herunterzog und ihm einen Kuss gab.

„Wollen wir unsere Donuts holen?", fragte ich.

„Gerne. Wobei ich das hier fast noch besser finde als Essen." Er küsste mich und strich mit seiner Nasenspitze sanft über meine. Diese federleichte Berührung ließ einen Schauer über meinen Rücken rieseln.

Ich stupste ihn schmunzelnd an, bevor ich zu meinem Wagen lief. Aus dem Kofferraum holte ich die Picknickdecke und breitete sie auf der Anhöhe aus. Nathan öffnete währenddessen die Box.

Wir setzten uns gegenüber und er reichte mir meinen Donut.

„Der ist aber schwer." Mit großen Augen wog ich das Gebäck in meiner Hand.

„Joeys gefüllte Donuts sind die besten." Feine Lachfältchen bildeten sich um seine Augen. Er sah so schön aus. Sein schwarzer Pulli schien das Blaugrau seiner Iris noch mehr strahlen zu lassen. Wie konnte es sein, dass Männer in einem einfachen Kapuzenpulli nicht gammlig, sondern einfach nur umwerfend aussahen?

Ich griff nach meinem Donut und biss ein Stück ab. Voller Genuss verdrehte ich die Augen, als die sahnige Schokolade meinen Mund erfüllte. Himmel, war das gut.

„War heute viel los in der Werkstatt?" Ich tupfte mit der Serviette meinen Mundwinkel ab, an dem Schokoreste hängen geblieben waren.

Nathan nickte kauend. „Aber wir konnten zum Glück alle Aufträge abarbeiten." Er schluckte. „Heute war so ein schönes Auto bei uns zur Reparatur."

„Welches denn?"

„Ein nagelneuer Porsche", meinte er sehnsüchtig. „Dieses Auto zu fahren muss ein Traum sein."

Ich wischte meine Finger mit der Serviette ab. „Ich muss ja zugeben, dass ich früher echt gerne mit Autos gespielt habe, aber ansonsten überhaupt keine Ahnung davon habe. Die einzigen Automarken, die ich kenne, sind … Chrysler … und Truck …" Nachdenklich verstummte ich.

„Truck ist keine Automarke."

„Oh." Ich schlug mir vor den Mund. „Peinlich."

Nathan grinste.

Ein Windstoß zerwühlte Nathans Haare und sofort breitete sich in mir ein sehnsüchtiges Verlangen aus, meine Finger in seinen Haaren zu vergraben.

„Ich finde es so schön, wie deine Augen jedes Mal leuchten, wenn du von der Werkstatt erzählst. Es ist wirklich toll, wenn jemand eine Leidenschaft für etwas hat." Ein flaues Gefühl breitete sich in meinem Magen aus. „Ich hatte lange keine."

Nathan betrachtete mich nachdenklich. „Hast du früher ein Instrument gespielt? Oder eine Sportart betrieben?"

„Den einzigen Sport, den ich mache, ist vom Sofa zum Kühlschrank zu gehen und wieder zurück."

Er schmunzelte.

„Naja, also früher an der Highschool war ich mal für ein Jahr in einem Zumba Kurs, aber ich habe bald gemerkt, dass mir das doch nicht so viel Spaß macht. Dann habe ich es wieder aufgegeben. Für ein paar Jahre hatte ich außerdem Blockflötenunterricht, aber ich sag dir, du willst mich nicht spielen hören. Mir tun meine Eltern immer noch leid, dass sie sich mein Gequietsche anhören mussten." Ich schüttelte den Kopf. „Und auf dem College habe ich gelernt, gelernt, gelernt und gekellnert. Ich hatte mir zwar vorgenommen, einen Sprachkurs zu belegen, aber das ist dann doch nie was geworden." Ich hielt inne. „Eigentlich echt traurig, wenn ich so darüber nachdenke, dass ich gar nichts habe, wofür ich so stark brenne wie du."

„Das ist ok", sagte Nathan. „Vielleicht musst du deine Leidenschaft erst noch finden."

„Ich bin einundzwanzig. Wann kommt denn bitte die große Erleuchtung?"

„Du bist *erst* einundzwanzig." Er sah mich eindringlich ein. „Ich sage immer, jeder kann etwas. Und jeder wird irgendetwas finden, womit er glücklich wird. Egal, wie lange es dauert. Manche finden ihre Leidenschaften eben erst später als andere. Daran ist nichts verkehrt. Und außerdem hast du mit einundzwanzig noch so viel von deinem Leben vor dir, es muss noch lange nichts entschieden sein."

Ich zog zweifelnd meine Augenbrauen zusammen.

„Einer meiner Cousins ist Mitte dreißig und studiert immer noch. Er hat vier Mal seinen Studiengang gewechselt und hat erst jetzt nach vielen Jahren das Richtige für sich gefunden. Und das ist ok."

Nachdenklich schob ich mir den Rest meines Donuts in den Mund.

„Manchmal dauert es eben eine Weile. Das Leben muss nicht schon in den Zwanzigern entschieden werden. Du kannst auch noch mit dreißig, vierzig, fünfzig oder sechzig Jahren etwas Neues entdecken und beginnen. Da gibt es keine Grenze. Also mach dir da bloß keinen Stress."

Ich schluckte den süßen Teig herunter, während ich seine Worte in mich aufnahm. Es klang logisch, was er sagte. Und doch verspürte ich die Notwendigkeit, mich endlich für meinen künftigen Berufsweg zu entscheiden, den ich dann mein ganzes Leben lang auch nicht mehr verlassen würde. Aber er hatte recht. Genauso wie Shannon. Wer sagte denn, dass man sich so früh schon festlegen musste? Das Leben war lang. Man hatte genügend Zeit sich umzuorientieren. Auch wenn das in unserer Gesellschaft nicht unbedingt vorgesehen war.

„Für einen Planungsmensch wie mich ist das ziemlich bedrohlich", sagte ich.

„Das glaube ich." Nathan sah mich warm an. „Aber es wird sich alles fügen."

Ich stopfte die benutzte Serviette in die Box und schob sie an den Rand unserer Picknickdecke. Dann krabbelte ich auf allen Vieren zu Nathan und küsste ihn. Er schmeckte süß und schokoladig.

Ich rutschte auf der Decke herum, bis ich zwischen seinen Beinen saß, die er links und rechts von mir ausstreckte. Mit dem Rücken lehnte ich mich gegen seinen Oberkörper und genoss die Aussicht auf den blauen See vor mir. Nathan schloss seine Arme um mich und stützte sein Kinn auf meinem Kopf auf, während wir eng umschlungen die unendliche Weite des Sees in uns aufnahmen. Seine Körperwärme umhüllte mich, sodass ich den kühlen Wind kaum mehr spürte.

„Das hier ist ein Moment für meine Dankbarkeitsliste", sagte ich.

„Du führst eine Liste?" Seine tiefe Stimme so nah an meinem Ohr zu hören, bescherte mir immer noch Gänsehaut.

Ich nickte. „Seit ich hier bei Grandma bin, habe ich es mir angewöhnt, so oft wie möglich eine Liste mit Dingen, für die ich dankbar bin, aufzuschreiben. Heute würde ich notieren, dass ich dankbar dafür bin, dass ich diese frische Luft in mich aufsaugen kann. Ich bin dankbar für die schöne, unberührte Natur um mich herum. Ich bin dankbar für das gute Essen, das ich auch heute wieder bekam." Ich hielt kurz inne. „Und ich bin dankbar, dass ich dich getroffen habe."

Nathan zog mich enger an sich. „Dafür bin ich auch dankbar."

Ich drehte meinen Kopf und begegnete seinem Blick. Er sah mich mit einer Zärtlichkeit an, die mich nach wie vor schwindelig machte. Dann beugte er sich vor und küsste mich sanft. Er legte eine Hand auf meine Wange und fuhr mit seinem Daumen über meinen Wangenknochen. Ich war erfüllt von seiner Nähe. Seinen Berührungen. Es beflügelte mich und ließ mein Herz heftig pochen.

Ich genoss Nathans Gegenwart so sehr, wie ich es anfangs niemals für möglich gehalten hätte. Ich drehte mich herum und drückte Nathan rücklings auf die Decke.

„Jess …" Seine Stimme klang kratzig.

Ich spürte seinen harten Oberkörper unter mir, als er mich küsste. Zärtlich und lang. Seine Hände wanderten weiter über meinen Rücken und ich konnte ihn überall fühlen. Sein wild pochendes Herz. Sein Atem an meinen Lippen. Ich löste mich von ihm und strich ihm über die Wange.

„Du bist so schön", murmelte er und ließ seine Augen quälend langsam über mein Gesicht wandern.

Dann reckte er sich mir entgegen und küsste mich wieder. Diesmal mit etwas mehr Druck und ich erwiderte ihn mit derselben Intensität. Meine Finger glitten seinen Pulli hinunter und strichen vorsichtig am unteren Saum entlang.

Gerade, als ich sein Sweater etwas hochschieben wollte, löste Nathan sich von mir.

„Jess …" Er räusperte sich.

Ich zog meine Hände zurück und sah ihn an.

Er griff nach meinen Fingern und fuhr behutsam über meine Haut. Kleine Blitze jagten über die Stellen, an denen er mich berührte.

„Ich möchte das mit dir nicht überstürzen."

Ich betrachtete seine Augen, die mich so voller Sanftheit und gleichzeitig Unsicherheit ansahen.

„Bist du dir sicher, dass du das willst?", fragte er.

„Was denn?"

„Das mit mir?"

Ich rollte von ihm herunter und setzte mich neben ihn auf die Picknickdecke. „Natürlich will ich das."

Nathan stützte sich mit seinen Unterarmen hinter sich ab und sah mich lange an. „Ich meine nur … wegen deiner letzten Beziehung. Du wolltest hier in Wisconsin doch von allem Abstand nehmen."

Es rührte mich, dass er sich darüber sorgte.

„Mach dir keinen Kopf", sagte ich. „Dass ich dir begegnet bin, ist ein Geschenk für mich und macht meine Zeit nur noch viel wertvoller. Ich bin bereit."

Der Zweifel stand ihm auf der Stirn geschrieben. „Sicher?"

„Sicher. Meine Schwester hat vor kurzem ganz weise Worte gesagt. Gefühle kennen keinen Zeitplan. Und mich hat niemand gefragt, ob ich dich anziehend finden möchte. Es ist passiert und ich genieße unsere gemeinsame Zeit sehr."

Er nickte langsam. „Mir geht es nämlich genauso. Ich möchte dich nur nicht überrumpeln."

„Das tust du nicht." Ich strich ihm sanft über die Wange.

Es war so süß, dass er Angst hatte, mich zu bedrängen. Es zeugte wieder von seinem guten Herz, dass er niemals etwas tun würde, was mir nicht gefallen könnte. Dabei machte er alles richtig. Er hatte mich noch nie zu irgendetwas gedrängt.

Ich schlang einen Arm um ihn und drückte mich an seinen warmen Körper. „Bei dir geht es mir so gut, wie lange nicht mehr."

Ein erleichtertes Beben ging durch seinen Körper. Er drückte mir einen Kuss auf die Stirn und schlang ebenfalls seine Arme um mich. Ich schloss die Augen und kuschelte mich an ihn. In diesem Augenblick wollte ich nirgendwo lieber sein als in Nathans Armen.

Kapitel 25

Da Grandma die Nacht bei John verbrachte, hatten Nathan und ich sturmfrei, sodass wir kurzentschlossen zu mir nach Hause fuhren. Bevor wir uns auf den Weg machten, holten wir uns chinesisches Essen, das während der Fahrt seinen köstlichen Duft im ganzen Auto verströmte.

Bei Grandmas Blockhaus angekommen, machten wir es uns am Wohnzimmertisch gemütlich.

„O Mann, das schmeckt so gut." Ich kratzte den restlichen Reis in meiner Schüssel zusammen und schob ihn mir in den Mund. Nathan schluckte ebenfalls den letzten Bissen herunter und griff nach meiner leeren Schüssel, um das Geschirr in die Küche zu tragen.

Mit einem wohligen, schweren Gefühl ließ ich mich zurück in die weichen Sofakissen sinken. Mein Bauch war gefüllt und ich war satt und zufrieden. In meinem Inneren war alles ruhig und so voller Glück, dass ich für einen kurzen Augenblick innehielt, um das Gefühl ganz bewusst zu spüren und zu genießen.

Da ertönte plötzlich ein sanfter Gitarrenklang.

Ich riss die Augen auf.

Nathan kam um die Ecke und ließ sich auf den Sessel fallen. Er stützte eine große, braune Akustikgitarre auf seinem Oberschenkel ab und legte seine Finger auf das Griffbrett.

Begeistert setzte ich mich auf. Die Gitarre gehörte Grandma und Nathan bespielte sie ab und zu, wenn er zu Besuch war.

Er zwinkerte mir zu und richtete dann seinen Blick auf die Gitarre. Ganz sanft strich er über die Saiten und ein voller Klang erfüllte die Luft.

Ein Miauen mischte sich plötzlich zwischen die Töne. Kurz darauf hüpfte der Kater auf das Sofa und tapste zu mir.

„Elvis ist auch schon ganz gespannt." Grinsend streckte ich meine Beine aus, damit die Fellnase es sich auf mir gemütlich machen konnte. Er schnupperte kurz an meinen Fingern, bevor er sich schnurrend einrollte.

„Jetzt muss ich mich besonders ins Zeug legen. Hast du einen Songwunsch, Elvis?"

Elvis drehte den Kopf und starrte Nathan mit großen Augen an. *„Miau."*

„Alles klar. Dein Wunsch ist mir Befehl." Nathan tippte sich gegen die Stirn. Er legte seine Finger an die Saiten und begann ein Muster zu zupfen, das mir sofort bekannt vorkam.

Ich unterdrückte ein Lachen.

Er zupfte die Abfolge erneut und begann zu singen: *„Wise men say … only fools rush in."*

Augenblicklich bekam ich Gänsehaut. Seine tiefe Stimme erfüllte den gesamten Raum. Ich konnte meine Augen kaum von ihm lösen, während er geschickt die Gitarrensaiten zupfte und konzentriert auf seine Finger sah.

Ich war so gebannt von seiner klangvollen Stimme und den sanften Gitarrentönen, dass meine Hand auf Elvis' Rücken verharrte. Wenn Nathan redete, klang das schon schön, aber dies hier … Wow.

„But I can't help … falling in love with you." Nathans Augen ruhten auf mir, als er diese Textzeile sang und etwas blitzte in ihnen auf, das bis in mein Herz drang.

Er hatte seinen Hoodie ausgezogen und trug nun ein dünnes weißes Langarmshirt, das er bis zu den Ellenbogen hochgeschoben hatte, sodass ich seine entblößten Unterarme sehen konnte. Seine Armmuskeln bewegten sich unter den

Zupfbewegungen. Zwischen seinen dunklen Brauen hatte sich eine Falte gebildete. Er sang so gefühlvoll und echt, dass sich meine Nackenhärchen aufstellten. Ich wagte kaum zu atmen, während ich ihn betrachtete und seiner Stimme lauschte.

„*Some things are meant to be*", sang Nathan und ein Schauer lief durch meinen ganzen Körper. „*Take my hand, take my whole life too. For I can't help falling in love with you.*"

Seine Stimme ging besonders bei dem Wort „for" so in die Tiefe, dass alles in meiner Brust vibrierte und mein Herz drohte herauszuspringen.

Kurz darauf beendete er den Song, indem er mit den Fingern einmal quer über die Saiten strich. Dann herrschte Stille, abgesehen vielleicht von meinem Herzen, das in meiner Brust galoppierte.

Warum hatte Nathan ausgerechnet diesen Song gewählt? Elvis Presley hatte so viele schöne Lieder. Wollte er mir mit dem Text etwas … ich wagte den Gedanken kaum zu Ende zu denken.

„*Miau*." Der Kater räkelte sich auf meinem Schoß und unterbrach meine durcheinanderwirbelnden Gedanken.

„Ich übersetze mal", sagte ich und überspielte meine Verlegenheit. „*Das hat mir sehr gut gefallen*. Hab ich das richtig verstanden, Elvis?"

Er begann zu schnurren und strich mit seinem weichen Köpfchen gegen meinen Bauch. Ich schmunzelte und hob den Blick. Nathan hatte seine Augen keine Sekunde von mir genommen.

Mir wurde heiß.

„Du hast dir einen guten Song von deinem Namensvetter ausgesucht, Elvis." Ich kraulte den Kater sanft am Kinn. Nathans Stimme und der Song hallten als Ohrwurm in meinem Kopf und ich wusste nicht, was ich sagen sollte.

Nathan räusperte sich. „Jetzt ist die Lady dran. Ist das ok für dich, Elvis?" Der Kater schnurrte und zuckte gönnerhaft mit seinem Schwanz.

Ich lachte. „Ok, lass mich überlegen. Kannst du etwas von den Beatles spielen?"

„Klar." Nathan griff einen neuen Akkord und schlug ihn an. „Das Riff von *Day Tripper* war eins der ersten Dinge, die ich auf der Gitarre gelernt habe."

Prompt stimmte er es an und ließ seine Finger flüssig über das Griffbrett huschen. Ich nickte im Rhythmus des Intros mit, trommelte mit meinen Händen auf das Sofa und begann mit meinem ganzen Körper mit zu grooven.

Nach einer Weile wurde es Elvis auf meinem Schoß zu bunt, denn er sah mich aus zusammengekniffenen Augen an, bevor er mit einem Satz vom Sofa sprang und aus dem Wohnzimmer verschwand.

„Das muss toll sein, wenn man Gitarre spielen kann, oder?" Ich betrachtete Nathan, der seine Finger auf die Saiten legte und sie zum Verstummen brachte.

Er nickte. „Ein Traum wäre es, wie Jimi Hendrix oder Eddie van Halen spielen zu können, aber das ist natürlich utopisch."

„Ich wünschte, ich könnte überhaupt spielen. Du hast es echt drauf."

Ein verlegenes Lächeln erschien auf seinem Gesicht.

Er klimperte ein wenig auf der Gitarre herum und lehnte sich dabei etwas in seinem Sessel zurück, sodass die Gitarre auf seinem Oberkörper auflag. Irgendwas an dieser Position hatte etwas unheimlich Lässiges und am liebsten hätte ich Nathan die Gitarre entrissen, um ihn zu küssen.

Doch da begann er zu singen.

„*When I find myself in times of trouble, Mother Mary comes to me. Speaking words of wisdom, let it be.*" Er senkte den Blick auf seine Hände und sang. Leise und sanft, aber mit einer solchen Intensität, dass ich am ganzen Körper eine

Gänsehaut bekam. Ich lehnte meinen Kopf gegen die Sofalehne und gab mich komplett der Musik hin. Dieser Song war einer meiner liebsten von den Beatles und er löste noch immer dieses besondere Gefühl in mir aus, egal wie oft ich ihn schon gehört hatte.

Nathan sang so eindringlich und sanft, dass mich ein Sturm an Gefühlen überwältigte. Das war das Wunderbare an Musik, das mich immer wieder faszinierte. Welche Gefühle ein einfacher Song, ein paar aneinandergereihte Töne und eine Stimme ausmachen konnten.

Das Ende des Liedes sang ich leise mit und wartete dann, bis der letzte Ton verklungen war.

Ich war wie erstarrt und überwältigt von den Gefühlen, die durch mich hindurchliefen. Langsam stand ich auf und tapste über den dunklen Dielenboden zu Nathan. Sein dunkler Blick begegnete meinem, als ich mich zu ihm hinunterbeugte und meine Hände an seine Wangen legte. Ich senkte meine Lippen auf seine und küsste ihn. Sanft und so voller Gefühl, wie er eben für mich gesungen hatte.

Die Gitarre zwischen uns drückte hart gegen meinen Bauch, doch das war mir egal. Ich küsste Nathan und strich ihm über die rauen Bartstoppeln. Als ich mich von ihm löste, begegnete ich seinem glänzenden Blick.

„Das war wunderschön", flüsterte ich. „Deine Stimme ... Dieses Lied ... Wusstest du, dass es eins meiner liebsten von den Beatles ist? Du konntest mich fast noch mehr berühren als die Beatles selbst."

Er lachte leise. „So ein Unsinn."

„Kein Unsinn." Ich fuhr mit meinem Daumen über seinen Wangenknochen. „Ich hab immer noch Gänsehaut."

In Nathans Augen lag ein dunkler Ausdruck, ein Feuer, das ich so noch nie bei ihm gesehen hatte. Er schob die Gitarre von sich und legte sie vorsichtig auf den Boden. Dann packte er mich bei den Hüften und zog mich auf seinen Schoß.

Gleich darauf lagen seine Lippen auf meinen. Dieser Kuss war anders als die bisherigen. Verlangender, drängender.

Ich presste mich an ihn und fasste mit meinen Fingern in sein Haar.

Ein kehliger Laut entwich Nathan, als ich den Kuss vertiefte und an seiner Unterlippe saugte. Er strich mit seinen Händen von meiner Taille zu meinem Rücken und zog mich so dicht an sich, dass kein Millimeter mehr zwischen uns frei war.

Sein herber Duft hüllte mich ein und seine weichen Lippen auf meinen brachten mich um den Verstand.

„Sollen wir …", fragte ich, bevor sein Mund wieder auf meinem lag. „Nach oben …?"

Nathan packte mich als Zustimmung fester.

Ohne uns voneinander zu lösen, erhoben wir uns von dem Sessel und taumelten durch das Wohnzimmer.

So schnell uns unsere Beine trugen, stolperten wir die Treppe nach oben und schoben uns gegenseitig Richtung Bett in meinem Schlafzimmer. Die Tür fiel hinter uns krachend ins Schloss. Dann war alles still.

Ich legte meine Arme um Nathan, während unsere Lippen sich im Einklang bewegten. Sein Gewicht drückte mich in die Matratze. Ein Keuchen entfuhr ihm, als ich meine Beine um ihn schlang und ihn an mich zog. Er stützte seine Hände links und rechts von mir ab und hauchte eine heiße Kussspur an meinem Hals entlang. Alles in mir glühte. Ich nahm das Geräusch seiner rauen Bartstoppeln wahr, die über meine Haut kratzten, und ich spürte seinen Körper warm und fest über mir.

Nathan atmete scharf ein, als ich meine Hände unter sein Shirt gleiten ließ und über seine harten Bauchmuskeln fuhr. Seine Haut fühlte sich heiß unter meinen Fingern an.

Nathan war alles, was ich in diesem Augenblick wollte. Ich wollte seine Nähe, seine Berührungen und mich bei ihm fallen lassen.

Für einen kurzen Moment öffnete ich die Augen. Nathan schien meinen Blick zu spüren, denn er sah auf. Seine Pupillen waren geweitet und seine vollen Lippen leicht gerötet. Sanft hoben sich seine Mundwinkel zu dem niedlichsten Lächeln, das ich jemals gesehen hatte. Mit meinen Fingerspitzen fuhr ich behutsam die kleinen Fältchen um seinen Mund nach.

„Ich fühle mich so wohl bei dir", flüsterte er.

„Und ich mich bei dir." In diesem Moment war das Kribbeln in meinem Brustkorb so allumfassend, dass ich das Gefühl hatte, jeden Augenblick zu platzen.

Er sah mich lange und zärtlich an. „Du bist wunderschön, Jess."

Ich zog ihn zu mir herunter und drückte ihm einen Kuss auf den Mund.

Ungeduldig zerrte ich an seinem Shirt, das er in einem Ruck über seinen Kopf zog und zu Boden warf. Meine Finger berührten seine nackte Brust und alles in mir elektrisierte sich. Ich würde mich nie an diesen Anblick gewöhnen. Hauchzart fuhr ich mit meinen Fingerspitzen über seine Bauchmuskeln und bemerkte, wie sie sich unter meiner Berührung anspannten. Auf seinen Armen erschien eine Gänsehaut.

Sanft hob er meinen Oberkörper an und zog mir nun ebenfalls den Pullover aus. Quälend langsam glitten seine Augen über meinen Körper, bevor er sich wieder zu mir beugte und mich küsste. Nathan legte in jeden seiner Blicke und jede seiner Berührungen unendlich viel Respekt und Behutsamkeit. Ich konnte mich nicht erinnern, mich jemals so gefühlt zu haben.

Als seine Hände sich mit meinen verschränkten und er mich tiefer in die Matratze drückte, gab ich mich ganz den Gefühlen hin, die mich überschwemmten.

Kapitel 26

Ein süßer Geruch weckte mich am nächsten Morgen. Ich streckte die Arme über den Kopf und machte mich bis zu den Zehen lang, bis ein kleines Knacksen ertönte.

In der letzten Nacht hatte ich so tief geschlafen wie lange nicht. Ein zufriedenes Gefühl erfüllte mich. Mein Körper fühlte sich schwer und träge an. Ich rollte mich zur Seite und öffnete blinzelnd die Augen. Helle Sonnenstrahlen fielen durch das Fenster und kündigten einen freundlichen Tag an. Als ich das zerknitterte Bettlaken neben mir sah, überrollten mich Erinnerungen an den letzten Abend. Nathans warme Hände, seine Küsse … Es hatte sich so gut angefühlt. Sein Geruch hing noch in meinem Kissen und am liebsten hätte ich mich darin vergraben.

Apropos Nathan. Backte er gerade etwas?

Ich rieb mir über die Augen, als von unten ein Scheppern erklang.

Ich schlug die warme Decke beiseite und rutschte aus dem Bett. Schnell warf ich mir ein oversized T-Shirt und eine Leggings über und tapste nach unten in die Küche. Der Duft nach frisch Gebackenem wurde immer intensiver. Neugierig lief ich über den Gang und trat durch die Tür. Nathan stand mit dem Rücken zu mir am Herd. Irgendetwas brutzelte in der Pfanne, die er mit einer geübten Bewegung hin und her schwang.

Meine Augenbrauen schossen nach oben, als ich die Schüssel mit dem hellen Teig entdeckte. „Machst du Pancakes?"

Nathan zuckte zusammen. Erschrocken drehte er sich um.

„Du sollst doch noch schlafen", sagte er und kam auf mich zu. O Gott, diese Stimme. Sie war in der Früh noch tiefer und kratziger als sonst.

„Ich schlafe aber nicht mehr." Mit einem Lächeln lugte ich an ihm vorbei. In der Pfanne schwammen zwei runde Pancakes im Fett und brutzelten duftend vor sich hin. Mir lief schlagartig das Wasser im Mund zusammen. „Das sind ja wirklich Pan-"

„Stopp, nicht schauen. Du sollst doch noch schlafen." Nathan griff nach meinen Schultern und schob mich aus der Küche.

„Ich schlafe aber nicht mehr", wiederholte ich und wollte mich umdrehen, doch Nathan dirigierte mich sanft zur Treppe nach oben in mein Schlafzimmer.

„So geht der Plan nicht", sagte er und drückte mich aufs Bett.

„Welcher Plan?"

„Du musst schlafen und erst aufwachen, wenn du die Pancakes riechst, die ich dir ans Bett gebracht habe. Dann musst du sagen-" Seine Stimme rutschte drei Oktaven höher. „Oh, du hast Pancakes gemacht? Frühstücken wir im Bett? Das ist ja eine Überraschung."

Ich lachte und beugte mich vor, um gegen seinen Arm zu stupsen. „Als ob ich mich so anhöre."

Nathan grinste verschmitzt. „Also, leg dich wieder hin und wach erst auf, wenn ich wieder da bin, ok? Vergiss alles, was du bisher gesehen hast."

„Was habe ich gesehen?" Gespielt verwundert blickte ich ihn an.

„Perfekt." Nathan nickte zufrieden und verschwand durch die Tür.

Kopfschüttelnd, aber mit einem warmen Gefühl im Bauch rutschte ich unter die Decke und lehnte mich zurück in das Kissen. Nathan schaffte es immer wieder, mich zum Lachen zu bringen und dieses unendliche Glück durch meine Adern pulsieren zu lassen.

Es vergingen ein paar Minuten, dann hörte ich Schritte auf der Treppe und Nathan schlüpfte zur Tür herein. Ich schloss meine Augen und tat, als würde ich schlafen. Ein Luftzug streifte mich und ich spürte, wie sich neben mir die Matratze senkte, als Nathan etwas darauf abstellte.

„Darf ich jetzt die Augen aufmachen?"

„Ja."

Ich öffnete die Augen und erblickte das Tablett mit den goldbraunen Pancakes, die Nathan feinsäuberlich auf einem Teller drapiert hatte.

„Oh, was für eine Überraschung."

Nathan zog die Augenbrauen zusammen. „Mit ein bisschen mehr Enthusiasmus vielleicht."

Ich riss die Augen auf. „Oh! *Das* ist ja eine Überraschung! Damit hätte ich ja *niemals* gerechnet!" Ich presste die Hände an meine Wangen.

„Naja, übertreiben musst du es jetzt auch nicht."

Unser Lachen vermischte sich und füllte das Schlafzimmer.

Nathan rutschte neben mich aufs Bett und schob das Tablett vor uns.

„Nein, jetzt mal ehrlich." Ich wandte den Blick zu Nathan und legte eine Hand an sein Kinn. „Das ist wirklich lieb."

Beinahe gleichzeitig beugten wir uns nach vorne und küssten uns, sanft und süß.

„Danke, Nathan." Ich verschränkte meine Hände hinter seinem Nacken.

„Ich hoffe du magst Pancakes." Sein Atem streifte mein Gesicht.

„Die Frage ist, wer mag sie nicht?" Ich begegnete seinem warmen Lächeln und ein wohliger Schauer durchlief mich.

Nathan drückte seine weichen Lippen auf meine. Sofort überkam mich das Verlangen, ihn in die Matratze zu drücken und dort weiterzumachen, wo wir gestern Nacht aufgehört hatten.

„Vorsicht, die Pancakes", murmelte Nathan an meinen Lippen.

„Ups." Ich löste mich von ihm und schob das Tablett zurecht.

„Ich wusste nicht, ob du lieber Sirup oder Zimt und Zucker magst." Er verteilte die Pancakes auf zwei Tellern, bevor er mir einen vor die Nase schob. „Meine Schwester ist der Meinung, dass man Pancakes nur mit Sirup essen sollte."

„Da kann ich deiner Schwester nur zustimmen." Ich griff nach dem Sirup und goss großzügig etwas von der klebrigen Flüssigkeit über meine Pancakes. „Ist sie jünger als du?"

Nathan nickte. „Sie wird an Weihnachten neunzehn."

„Oh, ein echtes Christkind."

Er zuckte mit den Schultern. „Sie ist nicht so begeistert, weil es dann immer heißt: Diese Geschenke sind für Weihnachten und Geburtstag zusammen. Wir hoffen, das ist okay für dich." Er deutete auf das Tablett. „Ich hab uns übrigens auch Kaffee gemacht. Hoffentlich mit genügend Kakaopulver für dich."

„Soll ich mal testen?" Ich griff nach der heißen Tasse und nippte daran. Sofort breitete sich der schokoladige Geschmack des Kakaos zusammen mit dem bitteren Kaffee in meinem Mund aus. Nur mit Mühe unterdrückte ich ein wohliges Seufzen.

„Ein bisschen mehr Kakao hätte es ruhig sein dürfen."

Nathan hob die Augenbrauen. „Soll ich dir sagen, wie viele Löffel ich darin versenkt habe? Das war fast die halbe Kakaopackung."

Ich versteckte mein Grinsen hinter der Tasse. „War nur ein Scherz. Der Kaffee ist perfekt."

Erneut fragte ich mich, wie ein einziger Mann nur so rührend sein konnte.

Zufrieden nahm Nathan einen Schluck aus seiner eigenen Kaffeetasse. Seine dunklen Haare hingen ihm zerwühlt in die Stirn und am liebsten wäre ich mit meinen Fingern hindurch gefahren.

Ich schnitt ein Stück meines Pancakes ab und schob es mir in den Mund.

„Perfekt", murmelte ich. Und es stimmte. Sie waren wirklich schön fluffig und zergingen auf der Zunge.

Während Nathan mir von seiner Familie und seiner Schwester in Eau Claire erzählte, zu der er offenbar ein sehr gutes Verhältnis hatte, und ich ihm von meinem Leben in New York berichtete, genossen wir unser Pancake Frühstück.

Irgendwann war von dem Pancake Turm kein einziges Stück mehr übrig.

Ich legte meine Hand auf Nathans Arm und spürte die Wärme, die von seiner Haut ausging. Mein Blick fiel auf sein Tattoo, das unter dem hochgekrempelten Ärmel seines Shirts verschwand. Zwischen den einzelnen Kurven erkannte ich, etwa auf der Höhe seines Ellenbogens, den Notenschlüssel.

„Hat der eine besondere Bedeutung?", fragte ich und deutete auf sein Tattoo.

Nathan blickte auf seinen Arm und nickte langsam. „Ich wollte mir auf meiner Haut verewigen lassen, dass Musik mir durch die schwere Schulzeit geholfen hat."

Ich wusste, dass seine Mitschüler aufgrund seines Stotterns nicht besonders nett zu ihm gewesen waren. Aber was damals genau vorgefallen war, hatte er mir nie erzählt. Sollte ich nachfragen, was während seiner Schulzeit passiert war?

Ich rang kurz mit mir.

Nein, das konnte er mir ein anderes Mal erzählen. Ich wollte ihn nicht zu irgendetwas drängen.

„Er ist schön", sagte ich. „Und die Linien?" Ich legte meine Fingerspitzen leicht auf sein Handgelenk. Ganz sacht fuhr ich die schwarzen Kurven nach, die über seinen Unterarm zu seinem Oberarm führten. Ich spürte, wie sich seine Härchen unter meiner Berührung aufstellten.

Ein undefinierbarer Ausdruck huschte über Nathans Gesicht. Er schluckte und ein bedrückendes Schweigen breitete sich zwischen uns aus.

„Keine Bedeutung", murmelte er schließlich knapp.

Ich runzelte die Stirn. Irgendetwas sagte mir, dass seine Worte nicht ganz der Wahrheit entsprachen. Dass seine Tattoos schon eine Bedeutung hatten. Ich hätte sofort meinen schwarzen Lieblingsnagellack hergeben, wenn ich dafür erfahren hätte, was in seinem Kopf vorging.

Erneut rang ich mit mir. Ich setzte an etwas zu sagen, doch dann entschied ich mich dagegen. Nathan würde von sich aus zu mir kommen, wenn er mit mir darüber sprechen wollte.

Kurzentschlossen rutschte ich näher an Nathan heran und kuschelte mich an ihn. Er legte seine Arme um mich. Sanft streichelte er über meinen Rücken, während wir uns gegenseitig hielten. Seine Körperwärme umhüllte mich und wieder einmal wurde mir bewusst, dass das Gefühl in seinen starken Armen zu liegen mit nichts zu vergleichen war. Sein Herzschlag drang gleichmäßig an mein Ohr.

„Ich bin froh, dass du da bist", murmelte er und drückte mir einen Kuss auf die Stirn. „Ich habe lange nicht mehr so gut geschlafen wie an deiner Seite."

Kapitel 27

„Elvis hat gestern wieder eine Maus angeschleppt", sagte ich und drückte mein Handy fester ans Ohr.

Ich hörte Mom durch den Hörer lachen. „Das wird sich nie ändern, oder? Ich kann mich noch genau daran erinnern, wie Vanessa und du als Kinder die angeschleppten Mäuse genau untersucht habt."

„O Gott, ich weiß bis heute nicht, was da in uns gefahren ist." Kopfschüttelnd kuschelte ich mich tiefer in die Kissen. „Bei euch ist alles klar zuhause?"

„Ja, es läuft alles soweit." Es raschelte in der Leitung, als würde Mom es sich ebenfalls bequemer auf dem Sofa machen. „Und bei euch? Wie vertreibst du dir deine Zeit?"

Ich starrte in das knisternde Kaminfeuer vor mir. „Seit ich hier bin, fühlt sich mein Leben total entschleunigt an. Ich verbringe viel Zeit mit Grandma, was sehr schön ist."

Für ein paar Sekunden herrschte Stille. Dann hörte ich, wie Mom leise Luft holte.

„Und ... triffst du dich noch mit diesem Jungen? Nathan?" Ihre Stimme hatte einen betont gleichgültigen Klang angenommen, den ich ihr nicht ganz abkaufte.

Ich runzelte die Stirn. „Ja, wir unternehmen ab und zu etwas." Abwartend lauschte ich, ob Mom etwas erwiderte. Es wunderte mich nicht, dass sie sich nach Nathan erkundigte. Was mich jedoch irritierte, war ihr Tonfall. Ich kannte sie gut genug, um zu wissen, dass etwas im Busch war.

„Hm, okay." Moms Stimme klang nun nicht mehr ganz so gleichgültig, stattdessen meinte ich, so etwas wie Sorge darin wahrzunehmen.

„Wieso fragst du?"

„Ach, nur so", wiegelte sie ab. „Aber … Ist er nett zu dir?"

Irritiert stopfte ich ein Kissen unter meinem Rücken zurecht. „Er ist unglaublich lieb und total aufmerksam. Du hast ihn ja an Vanessas Geburtstag kennengelernt."

Wieder herrschte ein paar Sekunden Stille.

„Er war also … noch nie irgendwie komisch zu dir?"

„Mom." Ich setzte mich aufrechter hin. „Warum fragst du so etwas?"

„Beantworte bitte meine Frage, Jess."

Bei ihrem scharfen Tonfall beschleunigte sich mein Herzschlag unwillkürlich.

„Nein, er war noch nie komisch zu mir."

„Okay. Das ist gut … schätze ich."

„Weshalb sollte er komisch zu mir sein?"

Ich hörte ihr Atmen durch den Hörer. Erst mit kurzer Verspätung antwortete sie: „Ach, das ist nur die übertriebene Sorge einer Mutter. Du kennst mich ja." Sie lachte, doch es klang ein wenig gekünstelt.

Ich verstand die Welt nicht mehr. „Mom, Nathan ist wirklich toll. Ich fühle mich in seiner Nähe total wohl."

„Das freut mich zu hören. Hoffentlich bleibt es so."

„Wieso sollte es nicht so bleiben?"

„Nein, natürlich. Wieso sollte es nicht so bleiben? Wahrscheinlich stimmt das Gerücht, das ich letztens in Coldriver aufgeschnappt habe, sowieso nicht."

Gerücht?

„Welches Gerücht?" Ich presste eine Hand gegen meinen Brustkorb, in dem mein Herz heftig pochte. „Du machst mir gerade ein bisschen Angst."

„Ich möchte dich nicht beunruhigen, Jessy. Es ist nur … Pass bitte auf dich auf, ja?"

Ich sprang vom Sofa auf und tigerte aufgewühlt im Wohnzimmer auf und ab. „Was ist das für ein Gerücht, das du über ihn gehört hast?"

„Du bist eine erwachsene Frau", sagte Mom. „Ich kann dir nicht verbieten, dich mit jemandem zu treffen. Aber bitte, versprich mir, dass du aufmerksam bist. Und sollte dir etwas komisch an Nathan vorkommen, dann sprich sofort mit jemandem. Okay?" Sie atmete tief aus. „Ich möchte dir nicht unnötig Sorgen machen. Wahrscheinlich ist alles gut. Ich übertreibe mal wieder, tut mir leid."

In meinem Kopf drehte sich alles. Dieses Telefonat verwirrte mich mit jeder Minute mehr.

„Es ist auch alles gut. Mach dir bitte keine Sorgen." Ich wusste, dass sie Vanessa und mich mit allem was sie hatte beschützen wollte und deshalb oft irrationale Sorgen in sich trug. Hoffentlich war ihre Sorge um Nathan ebenso unbegründet.

„Na dann wünsche ich dir noch einen schönen Abend. Dein Dad hat gerade gekocht und deckt schon den Tisch." Es raschelte in der Leitung. „Melde dich bald mal wieder, ja?"

Ich blieb mitten im Raum stehen und rieb mir über die Stirn. „Mache ich. Guten Appetit euch."

Ein Kussgeräusch drang durch mein Handy, dann beendete Mom das Telefonat. Und ließ mich vollkommen verwirrt zurück.

Ich schob das Handy auf den Wohnzimmertisch und ließ mich zurück auf das Sofa fallen.

Moms Stimme hallte in meinem Kopf nach.

Versprich mir, dass du aufmerksam bist. Und sollte dir etwas komisch an Nathan vorkommen, dann sprich sofort mit jemandem.

Weshalb war sie der festen Überzeugung, dass Nathan sich komisch verhalten könnte? Verbarg er wirklich etwas?

Oder hatte das einfach mit der Überfürsorge einer Mutter zu tun?

Ich schloss die Augen und lehnte meinen schweren Kopf gegen ein Kissen. In meinem Inneren herrschte eine Unruhe, die ich nicht in Worte fassen konnte. Hoffentlich war Moms Sorge unbegründet.

Kapitel 28

„Der Film ist einfach immer wieder schön." Grandma schaltete seufzend den Fernseher auf stumm, während der Abspann lief.

„O ja."

Grandma und ich hatten heute seit langem mal wieder einen Großmutter-Enkelin-Abend eingelegt und uns ihren Lieblingsfilm *Pretty Woman* angesehen.

Ich schob mir das letzte buttrige Popcorn in den Mund, bevor ich die leere Schüssel auf den Wohnzimmertisch stellte. Das Feuer im Kamin knisterte leise vor sich hin.

„Gehst du morgen zur Bonfire Night?" Grandma zupfte das Kissen unter ihrem Rücken zurecht.

Ich nickte. „Nathan und ich wollen hingehen."

In ihren Augen begann es zu leuchten. „Das ist eine gute Idee."

„Ich glaube, ich habe eure Bonfire Night erst einmal erlebt, oder?" Nachdenklich runzelte ich die Stirn. „Als ich zehn war, haben wir dich mal über Halloween besucht."

Die Bonfire Night war eine legendäre Tradition in Coldriver, die ein Bürgermeister vor einigen Jahrzehnten eingeführt hatte. Seitdem war dieses riesige Lagerfeuer im Stadtzentrum typisch für Halloween in Coldriver.

Grandma nickte. „Normalerweise wart ihr an Halloween immer zu Hause."

„Verteilt Suzie immer noch ihre Süßigkeiten unter den Kindern, die zum Lagerfeuer kommen?"

Sie schmunzelte und nickte. „Dieses Jahr näht übrigens Shannon die kleinen Säckchen, in die Suzie die Süßigkeiten füllt.“

„Oh, wie cool! Ich wünschte, so eine Tradition hätten wir bei uns zuhause auch gehabt.“

Grandma betrachtete mich mit einem liebevollen Blick. „Dein Dad hat die Bonfire Night als Kind sehr geliebt.“

In ihrer Stimme schwang kein Vorwurf mit, aber ich spürte, dass es ihr immer noch schwerfiel, dass ihr einziger Sohn für die Arbeit nach New York gezogen war. Dad hatte seine Heimat Coldriver geliebt, aber die Großstadt bot natürlich andere Vorzüge und nun zogen ihn keine zehn Pferde mehr zurück.

„Und du?“, fragte ich. „Gehst du mit John hin?“

Ein kleines Lächeln erschien auf ihrem Gesicht. „Ja.“

„Verkleidet ihr euch?“

Grandma lachte und schüttelte den Kopf. „Wir werden nach dem Lagerfeuer kurz in die *Food Bar* schauen und uns dort verköstigen lassen, aber das Verkleiden überlassen wir lieber den jungen Leuten.“

Ich hatte mit Nathan noch gar nicht darüber gesprochen, ob er sich verkleiden würde. Eigentlich hatte ich gar kein Kostüm zu Hause und auf die Schnelle war es sicher schwer, noch etwas aufzutreiben. Wäre es blöd, wenn wir in unseren normalen Klamotten dort aufkreuzten?

Grandma gähnte. „Ich glaube, ich gehe jetzt ins Bett. Damit ich für die Bonfire Night morgen fit bin.“ Sie beugte sich vor und rieb mir über die Wange. „Schlaf gut, Liebes.“

***

Es war schon dunkel, als Grandma und ich uns am nächsten Tag auf den Weg ins Stadtzentrum machten.

Ich steuerte den Wagen über die Hauptstraße. In meinem Inneren begann es vorfreudig zu kribbeln. Grandma hatte mir alte Fotos von den letzten Bonfire Nights gezeigt und das große Lagerfeuer hatte absolut magisch ausgesehen. Ich konnte den Hype um dieses Event definitiv nachvollziehen.

„Eigentlich kommt jeder, der in Coldriver wohnt, zur Bonfire Night", sagte Grandma und faltete die Hände in ihrem Schoß. „Das ist wie eine große Zusammenkunft. Man trifft sich, kommt ins Gespräch und spürt die Freude."

„Nach dem Lagerfeuer gehen die meisten in die *Food Bar* zum Feiern, oder?" Ich drehte das Autoradio etwas leiser, aus dem ein entspannter Countrysong dudelte.

„Ja, genau. Joey steuert dieses Jahr seine legendären blutigen Finger bei."

„Seine Finger?"

Grandma lachte. „Er backt aus Marzipan und Mandeln ein Gebäck, das aussieht wie blutige Finger. Und Edgar macht wie jedes Jahr seinen Cocktail, in dem blutunterlaufene Augen schwimmen."

„Uh, klingt spooky."

Vor uns tauchten die ersten Gebäude der Stadt auf. Zahlreiche Menschen tummelten sich auf den Gehwegen. Ich entdeckte Geister, Vampire und andere gruselige Wesen. So voll wie heute hatte ich Coldriver noch nie erlebt. Die Bonfire Night war wirklich *das* Highlight schlechthin in diesem verschlafenen Örtchen.

Es dauerte eine Weile, bis wir eine freie Parklücke gefunden hatten. Kühle Luft schlug uns entgegen, als wir aus dem Auto ausstiegen. Aus der Ferne sahen wir schon die ersten Rauchschwaden, die in den Nachthimmel aufstiegen.

„John hat mir vorhin am Telefon gesagt, dass sie schon am Lagerfeuer sind", sagte Grandma.

Voller Vorfreude hakte ich mich bei ihr ein, während wir die Gasse hinunter zum Hauptplatz liefen, an dem das jährliche Bonfire stattfand. Aufgeregte Stimmen und Kinderlachen war um uns herum zu hören.

Wir bogen um eine Ecke und schon sahen wir die Flammen des Lagerfeuers gelb und orange lodern. Mit großen Augen betrachtete ich das Spektakel, das seine Funken bis in den Himmel spie. Der Platz rund herum war von Menschen gefüllt, die sich in kleinen Grüppchen unterhielten, oder ebenso fasziniert in die Flammen starrten wie ich.

„Da sind sie." Grandam deutete nach vorne und beschleunigte ihre Schritte.

John und Nathan erkannten uns aus der Ferne und kamen uns winkend entgegen. Vorfreudig löste ich mich von Grandma und lief auf Nathan zu. Seine Haare hingen ihm zerwühlt in die Stirn und auf seinen Lippen lag das warme Nathan-Lächeln, das ich in den letzten Wochen so liebgewonnen hatte.

„Hey." Nathan nahm mein Gesicht in beide Hände und küsste mich.

Sofort wurden meine Knie weich. Ich schlang meine Arme um ihn und zog ihn noch näher an mich heran. Seine Lippen bewegten sich auf meinen und ich wurde nach wie vor überwältigt von den Gefühlen, die er in mir auslöste.

„Hey", murmelte ich zwischen zwei Küssen.

Er zog mich an sich, bis ich seinen warmen Körper der Länge nach an meinem spürte.

„Du bist auch nicht verkleidet." Nathan lehnte seine Stirn gegen meine und grinste.

Ich grinste zurück. „Wir sind schon zwei Langweiler."

„Ich bin gerne langweilig." Er drückte mir einen Kuss auf die Lippen. „Außerdem war ich noch nie der Fan von Kostümzwang."

Ich lächelte in mich hinein. Da hatten sich zwei gefunden. Vanessa würde jetzt über uns den Kopf schütteln, die Feste wie Halloween über alles liebte und voll auskostete. Doch ich war froh, dass Nathan in diesem Fall genau tickte wie ich.

Für einen kurzen Moment zogen Moms kryptische Worte von unserem letzten Telefonat durch meine Gedanken. Ihre Sorge, dass ich in Nathans Nähe vorsichtig sein sollte.

Mit einem mulmigen Gefühl im Bauch blickte ich zu Nathan, doch als ich seine entspannte Miene sah, löste sich der Knoten sofort wieder auf. Nathan war auch heute so lieb zu mir wie immer. Wir tickten so ähnlich und ich fühlte mich ruhig und ausgeglichen neben ihm. Ich müsste doch spüren, wenn etwas falsch wäre, oder?

Was auch immer Mom mit ihren Worten gemeint hatte … es musste sich um ein Missverständnis handeln.

Hoffentlich.

Mit aller Macht schob ich die Zweifel beiseite und konzentrierte mich aufs Hier und Jetzt.

„Das Lagerfeuer ist gigantisch." Ich schlang einen Arm um Nathan und wandte mich den Flammen zu. Ein paar Feuerwehrleute häuften dicke Holzscheite nach. Es strahlte eine angenehme Wärme ab, sodass ich beinahe versucht war, meine Mütze abzusetzen und meine Jacke zu öffnen.

„Das ist echt eine coole Tradition." Nathans Hand ruhte auf meiner Hüfte, während er ebenfalls in das Feuer schaute.

Ein paar aufgeregte Kinder in weißem Geistergewand hüpften an uns vorbei und deuteten auf die Flammen.

Ein Junge mit einer Zahnlücke blieb vor uns stehen und sah neugierig zu uns auf. Sein zierlicher Körper steckte in einem selbstgenähten Dinosaurieranzug, dessen Kapuze aus einem geöffneten Maul mit weißen Zähnen bestand.

„Als was bist du verkleidet?" Der Junge beäugte mich interessiert.

Ich sah an meinem Mantel hinunter zu meinen Stiefeln. „Ich bin heute als Jess verkleidet."

„Jess", wiederholte er. „Ist das aus einem Film?" Er wartete meine Antwort gar nicht ab, sondern drehte sich vor uns im Kreis. „Ich bin ein Dinosaurier. Ein Saurer Rex."

Ich unterdrückte ein Grinsen. „Das sieht richtig toll aus.“

„Nein, das sieht gruselig aus.“ Der Junge hob seine Hände und stieß einen hohen Ton aus, der wohl ein gruseliges Dinosauriergrollen sein sollte.

„Mike, wo läufst du denn hin?“ Eine gehetzte Suzie erschien neben uns und legte ihre Hände auf die Schultern des Jungen. Entschuldigend sah sie uns an. „Ich hoffe, er hat euch nicht sein ganzes Lexikonwissen über den Tyrannosaurus Rex ausgebreitet.“

„Er hat uns nur sein Kostüm gezeigt.“ Nathan zwinkerte ihr zu.

„Okay.“ Suzie lachte. Dann beugte sie sich zu ihrem kleinen Sohn. „Willst du mir helfen, die Süßigkeiten an die Kinder zu verteilen?“

Mike wackelte zustimmend mit dem Kopf.

Suzie nickte uns kurz zu, bevor sie mit ihrem Sohn in der Menschenmenge verschwand.

„So ein Süßer.“ Ich sah grinsend zu Nathan.

Er zog mich enger an sich. „Schade, dass wir keine Kinder mehr sind und keine Süßigkeitensäckchen bekommen.“

„Dann müssen wir uns stattdessen später Joeys blutige Finger holen.“

Nathan hob die Augenbrauen. „Ich frag besser nicht näher nach, was du damit meinst.“

Lachend knuffte ich ihn gegen den Bauch.

Grandma tauchte vor uns auf. „John und ich setzen uns dort drüben auf die Bank. Falls wir uns heute nicht mehr sehen sollten, wünsche ich euch einen schönen Abend.“

„Danke, den wünschen wir euch auch.“ Ich winkte ihr zu, bevor sie mit John verschwand.

Nathan und ich liefen ebenfalls ein Stück um das Lagerfeuer herum und ließen uns auf einer Picknickdecke nieder, die auf dem Boden verstreut auslagen und benutzt werden konnten.

Ich kuschelte mich an ihn und starrte in die Flammen. Orange und gelb züngelten sie in den Himmel und gaben ein Knistern von sich. Es roch nach Holz und Feuer. Kurzentschlossen zückte ich mein Handy und filmte ein paar Sekunden mit, bevor ich das Video in unsere Familiengruppe stellte. Vielleicht konnte ich bei Dad ein paar nostalgische Gefühle wecken.

„Darf ich Vanessa ein Foto von uns schicken?" Fragend sah ich zu Nathan auf.

„Klar." Er lächelte und lehnte seinen Kopf zu mir, während ich in den Selfiemodus meines Handys wechselte und ein Foto schoss.

Unser erstes gemeinsames Foto, wie mir in diesem Moment auffiel.

Ich tippte auf meinem Bildschirm herum und schickte Vanessa das Foto in unseren privaten Chat. Kurz betrachtete ich das Bild, auf dem sowohl Nathan als auch ich einen entspannten Gesichtsausdruck hatten. In unseren Augen lag ein Glanz und meine Wangen waren gerötet. Wir sahen glücklich aus zusammen. Ich wollte gerade das Handy wegstecken, als eine Antwort von Vanessa aufpoppte.

Wer ist denn dieser Cutie im Hintergrund?

Ich runzelte die Stirn. Welcher Cutie im Hintergrund? Schnell tippte ich zurück.

Ja, genau, ich habe dir das Foto wegen des Hintergrunds geschickt. Der Vordergrund ist völlig unwichtig.

Haha, ihr zwei seid natürlich auch ansehnlich. Der Kerl im Hintergrund mit dem schönen Lachen und der Mütze ist mir natürlich NICHT als erstes aufgefallen.

Welcher Kerl mit Mütze? Ich zoomte das Foto näher heran und entdeckte tatsächlich den Kopf eines jungen Mannes hinter uns, der gerade herzlich über etwas lachte. Ich verengte die Augen und betrachtete ihn genauer. Seine Gesichtszüge sahen denen von Mike und Suzie unglaublich ähnlich.

Ich glaube, das ist der älteste Sohn von Suzie.

Oh, là, là, richte ihr aus, was für eine heiße Schnitte ihr Sohn ist. Du hast nicht zufällig seine Nummer? Vielleicht sollte ich doch nach Coldriver ziehen.

Ich verneinte lachend und schrieb noch ein paar Mal mit ihr hin und her, bevor ich das Handy zurück in meine Jackentasche schob.

„Vanessa hat ein Auge auf Suzies Sohn geworfen", erklärte ich Nathan und lehnte meinen Kopf gegen seine Schulter.

„Den Dinosaurier-Jungen? Ich wusste gar nicht, dass Vanessa ..."

„Nicht den kleinen." Ich boxte ihn spielerisch in die Seite. „Sie hat noch einen älteren Sohn. Der müsste ungefähr in unserem Alter sein. Vanessa meinte, vielleicht sollte sie nach Coldriver ziehen." Ich lehnte mich zurück und blickte Nathan an. Seine markanten Gesichtszüge wurden durch das flackernde Licht des Lagerfeuers erhellt. „Kann ich tatsächlich nur empfehlen. In Coldriver laufen sehr attraktive Männer herum."

Nathans Mundwinkel hoben sich. „Ist das so?"

„Mhm." Ich strich über seine Wange.

Er beugte sich zu mir und küsste mich. Ein wohliger Schauer rann über meinen Rücken. Auf meiner Zunge kribbelten Wörter, die sich in letzter Zeit in meinem Herzen geregt hatten, ohne dass ich es bewusst gemerkt hatte.

„Ich weiß nicht, ob ich zurück nach New York möchte.“ Ich biss mir auf die Unterlippe. Diese Worte hatte ich noch nie ausgesprochen. Ich konnte nicht bewusst sagen, wann ich es das erste Mal gefühlt hatte. Ganz unbemerkt hatte sich dieser Gedanke in meinen Kopf geschlichen und erst jetzt wurde er so richtig präsent.

Es war erstmal nur eine Überlegung. Keine Entscheidung. Aber irgendetwas in mir hatte das Bedürfnis verspürt, diese Überlegung mit jemandem zu teilen.

Für einen kurzen Moment herrschte Stille zwischen uns.

„Heißt das, du würdest lieber hierbleiben?“ Ein ernster Ausdruck legte sich über Nathans Gesicht.

Ja.

Nein.

Ja.

„Mir fehlen meine Eltern und meine Schwester sehr.“ Langsam strich ich über seine Jacke. „Aber … ich habe mich lange nicht so angekommen gefühlt wie in den letzten Wochen. Hier in Coldriver.“

Ich hatte es in den letzten Wochen nie wahrhaben wollen und mich immer an dem Gedanken festgeklammert, dass ich zurück nach New York ging. Doch eigentlich hatte sich mein Herz in letzter Zeit ganz von alleine für etwas anderes entschieden. Für Coldriver. Für die Stadt. Für die Natur. Für die Einwohner. Ich liebte es hier und mittlerweile zweifelte ich daran, ob eine Rückkehr nach New York überhaupt das Richtige für mich war.

Ein paar Sekunden sagte keiner etwas.

„Jess“, fing er an und legte seine Hände auf meine Oberschenkel. „Bin ich der Grund, dass du hierbleiben willst?“

Mein Mund klappte auf, doch bevor ich antworten konnte, sprach Nathan weiter.

„Ich sollte nicht deine erste Priorität sein.“ Er tippte gegen meine Brust. „*Du* solltest deine erste Priorität sein. Deine Arbeit, die Uni … deine Ziele. Nicht ich.“

Ich schluckte. Tiefe Ernsthaftigkeit lag in seinen Augen.

„Ich möchte bei jedem Schritt auf deiner Reise dabei sein und dich anfeuern. Aber bitte triff deine Entscheidungen ganz für dich alleine.“

Seine Worte hingen zwischen uns in der Luft. Für einen Moment wusste ich nicht, was ich sagen sollte. „Nathan, ich …“ Ich blickte in seine Augen. „Es ist mein tiefer Wunsch. Unabhängig von dir. Ich weiß zwar noch nicht, was ich beruflich machen will und ob das überhaupt möglich ist. Aber … ich fühle mich in dieser Stadt wirklich wohl.“

„Ja?“

„Ja.“

Nathan zog mich auf der Picknickdecke zu sich heran. Dann senkte er seine Lippen auf meine. Ich schloss die Augen und legte meine Hände auf seinen Rücken.

„Ich meine das ernst, was ich gesagt habe“, sagte Nathan und löste sich kurz von mir. „Ich will nicht, dass du dir deinen Traum von einem Studium in New York oder so verbaust, nur weil du bei mir bleiben willst. Lass dir ruhig Zeit mit deiner Entscheidung.“

Rührung pochte in meinem Herzen. Womit hatte ich so einen rücksichtsvollen Mann wie Nathan verdient?

„Danke.“ Ich küsste ihn.

Nathans Duft umhüllte mich, als wir uns fest in den Arm nahmen. In meiner Brust weitete sich etwas und Wärme erfüllte meinen ganzen Körper. Die Gefühle, die ich für Nathan empfand, konnte ich mit keinem Wort der Welt beschreiben.

„Hey, ihr zwei“, erklang eine fröhliche Stimme über uns.

Nathan und ich fuhren auseinander. Ich blickte auf und entdeckte eine Vampirfrau, die sich mit einem breiten Lächeln auf die Picknickdecke neben mir fallen ließ. Zwei spitze Zähne ragten aus ihrem Mund.

„Hi, Mandy. Machst du gerade Pause?“

Ihre pinken Haare fielen in einem hohen Pferdeschwanz auf ihren Rücken. Sie hatte ihre Augenlider dunkel geschminkt und an ihrem Mundwinkel lief rotes Kunstblut hinunter.

„Ja, mein Onkel hat mich für ein paar Minuten aus der *Food Bar* gescheucht." Sie grinste und strich über ihr rotes Kleid.

„Du siehst richtig cool aus." Anerkennend nickte ich ihr zu. Ich wünschte, ich wäre so einfallsreich, wenn es um Kostüme ging. Vampir war zwar nichts Neues, aber dieses Kleid, ihre Strümpfe und ihr Make-Up sahen Eins-A aus und verliehen ihr einen individuellen Touch. Und man sah selbst noch in dem Kostüm, wie unglaublich hübsch sie war.

„Und ihr genießt das Lagerfeuer heute einfach so?" Mit einem warmen Blick sah sie uns an. Weder verurteilend noch abschätzig. Das mochte ich an ihr. Sie gab einem nie das Gefühl, dass man irgendetwas falsch machte oder komisch war. Sie schaffte es, dass man sich in ihrer Nähe geschätzt fühlte. Mit dieser Ausstrahlung hatte sie als Kellnerin schon viele Gäste an die *Food Bar* binden können.

„Genau." Ich kuschelte mich an Nathan, der einen Arm um meine Hüfte geschlungen hatte.

„Vampir war mein Go-to Kostüm als Kind", sagte er und legte sein Kinn auf meiner Schulter ab.

„Meins auch. Das ist bis heute mein liebstes geblieben." Mandy lächelte. „Einmal bin ich jedoch aus meinem Schema ausgebrochen, als ich noch mit meiner Exfreundin zusammen war. In dem Jahr war ich als Spinne verkleidet und sie als Spinnennetz."

Ich lachte. „So eine Partnerverkleidung ist ja cool."

Apropos Partner. Da fiel mir direkt noch etwas anderes ein. „Als was geht Alex eigentlich?"

Kaum hatte ich seinen Namen ausgesprochen, färbten sich Mandys Wangen rot. Das Lagerfeuer warf flackerndes Licht auf ihr Gesicht.

„Er ist ein Skelett." Sie biss sich auf die Unterlippe und ich konnte ihr ansehen, dass sie sich sein Kostüm gerade sehr bildlich vor Augen rief. „Mit einem hautengen Anzug", schob sie hinterher und lachte. „Damit will er sicher nur neue Kundschaft anlocken."

Ich grinste. „Bist du dir da sicher?"

„Klar, wen will er denn sonst mit seiner Figur und seinem … ihr wisst schon was … beeindrucken?" Sie zuckte mit den Schultern.

„Dich vielleicht?" Ich spürte, wie Nathan mir sanft gegen den Rücken stieß. Ich drehte meinen Kopf und formte ein lautloses *Was denn?* Ich musste doch langsam mal wissen, was zwischen den beiden lief.

Mandys glockenklares Lachen erklang. „Das glaube ich nicht. Wir sind beste Freunde. Da bin ich sicher nicht seine Zielgruppe."

Entweder ich bildete es mir nur ein, oder da schwang etwas Bitterkeit in ihrer Stimme mit.

„Naja, ich muss dann wieder los, sonst bereut Onkel Edgar es noch, dass er mich zur Pause verdonnert hat." Sie erhob sich und zupfte ihr Kleid zurecht. „War schön, euch zu sehen." Ein Vampirzahn blitzte hervor, als sie uns ein letztes Lächeln schenkte. Dann wandte sie sich um und lief davon, während ihr langer Pferdeschwanz hinter ihr hin und her schwang.

„Ich befürchte, das mit den beiden wird noch länger dauern als gedacht." Ich drehte mich zu Nathan, auf dessen Lippen ein Schmunzeln lag.

„Du warst gerade ja sehr subtil." Er stupste sanft gegen meine Nase.

„Naja, ich muss ja mal ausloten, wie die aktuelle Situation ist."

Alex und Mandy wären wirklich ein süßes Paar. Aber Liebe auf beiden Seiten konnte man nicht erzwingen.

Die nächste Stunde saßen wir schweigend auf unserer Decke, kuschelten uns aneinander und betrachteten die lodernden Flammen vor uns. Es herrschte eine angenehme Ruhe zwischen uns. Ich genoss es, einfach nur in seinen Armen zu liegen und an nichts zu denken. Seine Anwesenheit machte mein erstes richtiges Bonfire Night Erlebnis definitiv noch schöner.

Kapitel 20

„Hallo, ihr beiden." John tauchte mit Grandma vor uns auf. Er hielt sein Handy in der Hand und wirkte aufgewühlt. „Es ist gerade ein Notfall reingekommen. Eine Autopanne auf der Evergreen Road, da muss ich hin."

Durch Nathans Körper ging ein Ruck. „Soll ich mitfahren?" Er löste seine Arme von mir und wollte sich gerade aufsetzen, als John den Kopf schüttelte.

„Bleib ruhig hier und genieße die Bonfire Night. Ich denke, dass ich alleine klarkomme." Er nickte uns zu und nahm Grandma kurz in die Arme, bevor er mit schnellen Schritten verschwand.

Nathan stieß ein Seufzen aus. Ich konnte es förmlich hinter seiner Stirn arbeiten hören; ganz sicher wäre er John am liebsten hinterhergelaufen.

„Möchtest du dich zu uns setzen, Nana?" Ich sah Grandma an, doch diese winkte ab.

„Danke, Liebes, aber ich gehe jetzt besser. Carl hat angeboten, dass er mich nach Hause fährt, dann hast du das Auto noch hier." Sie lächelte, auch wenn ich einen kleinen, enttäuschten Schatten um ihre Augen wahrnahm. Sie hätte diesen Abend bestimmt lieber noch länger mit John verbracht.

„Bist du sicher?"

Sie nickte und legte sanft eine Hand auf meine Schulter. „Macht es euch noch gemütlich und genießt den Abend."

Ich fühlte mich immer noch nicht ganz wohl dabei, sie einfach gehen zu lassen. Doch Grandma konnte stur wie ein

Esel sein und ich wusste, dass sie nicht wollte, dass ich wegen ihr früher heimging.

„Mach's gut." Ich stand auf und umarmte sie.

„Das ist der Nachteil an unserem Job", murmelte Nathan, als wir wieder alleine waren.

„Dass ihr immer erreichbar sein müsst?"

Ich spürte sein Nicken an meiner Schulter.

„Wir sind für Notfälle natürlich gerne da. Aber manchmal verflucht man sie auch." Er drückte mir einen Kuss auf die Wange und ein warmer Schauer lief über meinen Rücken.

Eine Weile saßen wir nur schweigend nebeneinander und hingen unseren Gedanken nach.

Irgendwann bemerkte ich, wie das Lagerfeuer immer kleiner wurde und mehr und mehr Leute das Fest verließen.

Mit dem langsam ausglimmenden Feuer wurde es zunehmend kühler und ich spürte, wie die Kälte des Abends allmählich in meine Glieder kroch.

„Frierst du?", fragte Nathan und strich über meine Arme.

„Ein bisschen." Ich drehte mich zu ihm.

„Sollen wir auch gehen?"

Ich nickte und warf einen letzten Blick in das funkelnde Lagerfeuer. Dann verschränkte ich meine Hand mit Nathans und lief mit ihm zur Hauptstraße.

Als wir zu Edgars *Food Bar* kamen, drang das Wummern eines Basses nach draußen. Eine Gruppe Jugendlicher rannte grölend an uns vorbei und drückte die Tür zum Diner auf. Laute Popmusik schallte nach draußen, bevor die Tür wieder zufiel. Edgar hatte um den Eingang herum liebevoll geschnitzte Kürbisse aufgestellt und Spinnennetze an den Holzbalken befestigt.

Unschlüssig blieb ich vor der *Food Bar* stehen. Ob Nathan noch feiern wollte? Ich sah zu ihm auf. Mir würden in diesem Augenblick hundert andere Dinge einfallen, die ich lieber tun würde …

„Willst du noch da rein?" Ich deutete auf das Diner.

„Wenn du möchtest, gerne. Aber ich hätte da eine noch bessere Idee ..." Er beugte sich herunter und drückte mir einen Kuss auf den Mund. „Die Werkstatt ist nämlich nicht weit entfernt."

Ein Kribbeln durchlief mich.

Wieder einmal zeigte sich, wie gleich wir tickten.

„Na, das ist ja ein Zufall", murmelte ich. „Das müssten wir fast ausnutzen, was meinst du?"

„Ich bin froh, dass du das sagst." Nathan löste sich sanft von mir. „Soll ich uns davor noch Joeys blutige Finger holen?"

„Gute Idee." Ich strich ihm lächelnd über den Arm, bevor er die Tür zur *Food Bar* aufdrückte. Stickige Luft und ausgelassenes Johlen drangen zu mir heraus. Ich erhaschte einen Blick ins Innere und sah, dass Edgar alle Tische zur Seite geschoben hatte, sodass in der Mitte eine riesige Tanzfläche entstanden war, auf der sich lachende Menschen tummelten. Warmes Glück pulsierte durch meine Adern, als ich daran dachte, dass ich gleich mit Nathan die Marzipanfinger essen und zu ihm nach Hause schlendern würde.

Ich wandte mich ab und ließ meinen Blick über die Menschen um mich herum schweifen. Die Atmosphäre in der Bonfire Night war wirklich magisch und mit nichts zu vergleichen.

„... ist zum Glück repariert. John sei Dank läuft mein Auto seit ein paar Wochen wieder", drang plötzlich eine Frauenstimme zu mir.

Ich wandte den Kopf und sah zwei Frauen, die sich dem Eingang der *Food Bar* näherten und davor stehen blieben. Ein verschwörerischer Ausdruck lag auf den Gesichtern der beiden.

Da ich nicht bewusst lauschen wollte, wandte ich meinen Blick wieder ab und ging einen Schritt zur Seite. Die beiden sprachen jedoch so laut, dass ich nicht umhin konnte, als ihr Gespräch mitzubekommen.

„John macht seine Arbeit wirklich großartig“, erwiderte die andere Frau. „Und sein Enkel bisher tatsächlich auch.“

Bei dem Wort *Enkel* wurden meine Ohren automatisch größer.

„Ja, da hast du recht.“ Die erste Frau seufzte. „Ich war mir ja erst nicht sicher, ob es so eine gute Idee war, dass John ihn bei sich aufgenommen hat.“

„Ja das stimmt. Nach allem, was geschehen ist.“

„Ja, nicht wahr? Was man so hört, kann er ja wohl echt brutal werden.“

Ich erstarrte.

„Kein Wunder, dass die Verhandlungen so lange gedauert haben.“ Eine der Frauen senkte ihre Stimme. „Ich habe ja gehört, dass er diesen Typen echt heftig zusammengeschlagen hat.“

„Ja, das habe ich auch gehört. Ich hätte ihm sowas ja niemals zugetraut.“

„Ich auch nicht. Nathan wirkt immer so gefasst und lieb.“

„Ja, nicht wahr? Ich bekomme gar nicht mehr aus dem Kopf, dass er diesen Typen so schwer verletzt hat, dass er ins Krankenhaus musste.“

„Wenn man ihn so sieht, würde man nicht denken, dass er schon mal vor Gericht war.“

Eine der Frauen stieß ein nachdenkliches Brummen aus. „Weißt du eigentlich, ob die Verhandlungen schon ganz rum ums Eck sind oder ob da noch was nachkommt? Ist Nathan aktuell eigentlich auf Bewährung?“

Die folgenden Worte gingen im Rauschen des Blutes in meinen Ohren unter.

Meine Beine begannen zu zittern. Schnell legte ich eine Hand auf die Hauswand der *Food Bar*, um mich abzustützen.

Was hatte ich da gerade gehört? Das konnte unmöglich wahr sein.

Die Gedanken rotierten in meinem Kopf.

Schwer verletzt.

Heftig zusammengeschlagen.

Gericht.

Das musste ein Missverständnis sein. Entweder die Frauen hatten ein falsches Gerücht aufgeschnappt oder ich hatte ihr Gespräch gerade falsch verstanden.

Das musste es sein. Oder?

Verwirrt spürte ich, wie mir schwindlig wurde.

Ich hätte ihm sowas ja niemals zugetraut.

Die Worte der Frauen spulten sich wie ein unangenehmer Ohrwurm in meinem Kopf ab.

Die beiden mussten etwas missverstanden haben. Keine Ahnung, woher sie dieses Gerücht hatten. Aber … Ich kannte Nathan. Seine sanfte, respektvolle Art. Er konnte niemals …

Die Tür zur Food Bar schwang auf und Nathan kam heraus. Beide Hände voller Marzipanfinger.

Mir stiegen beinahe die Tränen in die Augen, als ich sein freundliches Lächeln sah. Er sah so aus wie immer. Und doch war nichts mehr wie immer, nach dem, was ich gerade gehört hatte.

Das Zittern meines Körpers wurde heftiger.

„Ist es wahr?" Meine Stimme zerschnitt die kühle Luft zwischen uns.

Nathan streckte eine Hand aus, um mir ein paar Marzipanfinger zu reichen, doch ich wich zurück und drückte mich enger an die Hauswand.

Fragend sah er mich an. „Was ist wahr?"

Die nächsten Worte brachte ich nur mit Mühe über meine Lippen. Es kam mir so absurd vor. „Dass du vor Gericht warst?"

Meine Frage hing schwer zwischen uns in der Luft.

Einige Sekunden sagte niemand etwas.

Ich wartete darauf, dass Nathan mich fragte, woher ich denn diesen Unsinn hätte. Dass er zu lachen anfing, den Kopf schüttelte und alles aufklärte. Dass ich mich verhört hätte. Dass die Frauen falsch lagen.

Doch nichts davon geschah.

Das Lächeln auf seinem Gesicht verschwand.

„Woher …“ Er brach ab und senkte den Blick. „Natürlich“, murmelte er. „Die Gerüchteküche von Coldriver.“

„Also stimmt es?“

Zwischen Nathans Augenbraune entstand eine Falte. Als er seinen Kopf hob und mich ansah, traf mich die Reue in seiner Miene unvorbereitet.

„Wofür wurdest du angeklagt?“, flüsterte ich. Zu mehr war meine Stimme nicht mehr in der Lage. Ich musste es aus seinem Mund hören, um es zu glauben.

Nathans Kiefermuskeln spannten sich an.

Er holte tief Luft, bevor er antwortete. „Wegen schwerer Körperverletzung.“

„Schwere Körperverletzung?“, würgte ich hervor. Der letzte Rest Hoffnung auf ein Missverständnis schwand dahin.

O Gott.

Hatte ich mich so in ihm getäuscht? War seine Sanftheit nur Fassade?

Wussten die alten Damen, denen er immer half, darüber Bescheid? Dass er wegen *schwerer Körperverletzung* angeklagt worden war?

Eisige Stille breitete sich zwischen uns aus. Mein Gehirn versuchte zu begreifen, was ich gerade erfahren hatte.

Hatte Mom davon gewusst? War Nathans Anklage das Gerücht gewesen, das sie aufgeschnappt hatte und vor dem sie mich bei unserem Telefonat warnen wollte? O Gott, das war bestimmt das, was sie gehört hatte.

Es durfte nicht wahr sein, dass sich die Geschichte mit Josh wiederholte. Dass ich schon wieder an einen Mann geriet, der zu Beginn nett und harmlos wirkte und sich dann als gewalttätig herausstellte. Was hatte ich an mir, dass ich solche Typen anzog?

In meinem Brustkorb wurde es schmerzhaft eng, als mich Erinnerungen an Josh durchfluteten.

„Es tut mir leid", krächzte ich. „Ich brauche kurz Abstand." Ich wandte mich ab und stolperte von Nathan fort. Vielleicht war es irrational, jetzt einfach abzuhauen, aber ich brauchte einen Moment für mich. Um mich zu sortieren. Um mit den Gefühlen klarzukommen, die mich plötzlich wieder überrollten. Ich hatte gedacht, dass ich mit Josh abgeschlossen hatte. Aber anscheinend hatte ich unsere Beziehung doch noch nicht ganz verarbeitet. Außerdem wollte ich mit Grandma sprechen und sie fragen, ob sie von Nathans Anklage wusste.

Mom hatte ja gesagt, ich sollte sofort mit jemandem reden, wenn etwas mit Nathan vorgefallen war.

„Jess ..." Nathans Stimme erklang hinter meinem Rücken, doch ich achtete nicht auf ihn und quetschte mich blindlings durch die Menschen. Meine Schritte wurden immer schneller, als ich zu Grandmas Wagen hastete.

Kapitel 30

Alles in mir drehte sich, als ich wie in Trance zu meinem Auto stolperte und mich hinters Steuer setzte.

Wie konnte es sein, dass Nathan, den ich bisher als so zuvorkommend, höflich und rücksichtsvoll erlebt hatte, wegen *Körperverletzung* angeklagt worden war?

Hatte ich Nathan so falsch eingeschätzt?

O Gott.

Der Schock fraß sich in eisiger Kälte durch meine Glieder.

Irgendwie hatte es ja so kommen müssen. Irgendwo hatte es ja einen Haken geben müssen, so schön wie meine Zeit hier bisher verlaufen war.

Aber ich brachte den Nathan, den ich kennengelernt hatte, einfach nicht mit der Information, die ich gerade erhalten hatte, in Einklang. Ich hatte genug True Crime Podcasts gehört, um zu wissen, welche Art von Typen vor Gericht kamen. Und Nathan sollte jemanden körperlich schwer verletzt haben?

Ich spürte den Stich in meinem Herzen.

Ich hatte ihm vertraut. Mich geöffnet. Mich bei ihm fallen gelassen und ihm mein Herz geschenkt.

O Gott, ich war so ein Idiot. Ich dachte, ich wäre mittlerweile schlauer und weitsichtiger, um solche Typen wie Josh zu erkennen. Doch anscheinend war das nicht der Fall.

Erinnerungen strömten auf mich ein und ich musste mich konzentrieren, den Wagen sicher auf der Straße zu halten. Bilder von Josh, der mit stoischer Miene auf den Esstisch eindrosch, zuckten an mir vorbei. Seine Schreie. Seine geballten Fäuste. Erinnerungen an einen Abend, an dem ich ihn in einer Bar aufgegabelt hatte, als er sich mit einem anderen Typen geprügelt hatte. Erinnerungen an seine Hände, die mich grob an den Schultern gepackt hatten, sodass ich am Tag danach noch Schmerzen an den Stellen gehabt hatte.

Alles kam zurück, von dem ich gedacht hatte, dass ich es endlich hinter mir gelassen hatte. Ich spürte wieder die Angst, die mich bei meinem letzten Gespräch mit Josh überfallen hatte. Die Angst, dass er mir ebenfalls etwas antun würde.

Ich fühlte mich wie betäubt. Mein Gehirn versuchte zu begreifen, was ich bei Nathan übersehen hatte. Wieso ich nicht erkannt hatte, dass er Josh doch ähnlicher war als gedacht. Wie hatte ich mich in ihn verlieben können?

Die Erkenntnis traf mich mit voller Wucht. Ich hatte mich in Nathan verliebt. Ich hatte ihm mein Herz geschenkt.

Tränen verschleierten meine Sicht.

Ich war so, so dumm.

Nathan hatte mir zwar bisher nichts getan. Doch das hatte Josh zu Beginn unserer Beziehung auch nicht. Bei ihm hätte ich auch nie erwartet, was sich unter seiner Fassade verbarg.

Hinter meiner Stirn pochte es, während ich den Wagen zu Grandmas Blockhaus steuerte und davor parkte.

Hatte Grandma von Nathans Anklage gewusst?

Ich konnte es mir kaum vorstellen, denn sonst hätte sie ihn doch niemals so vertrauensvoll zu sich eingeladen, oder?

Ich wusste gar nicht mehr, was ich denken sollte.

„Grandma?" Ich rannte ins Haus und streckte meinen Kopf ins Wohnzimmer. Sie war nirgends zu sehen. Hoffentlich schlief sie nicht schon.

Ich lief nach oben und sah, dass die Tür zu ihrem Schlafzimmer noch offen stand. Als ich vorsichtig meinen Kopf hineinstreckte, entdeckte ich ihr ordentlich gemachtes Bett. Dann schien sie also doch noch wach zu sein.

Wahrscheinlich saß sie gerade unten am See in ihrem Liegestuhl.

Ich rannte die Treppe wieder nach unten und stürmte aus dem Haus nach draußen. Frische Luft empfing mich. Mit raschen Schritten näherte ich mich der Steintreppe, die nach unten an den Steg führte.

In meinem Kopf drehten sich noch immer die Gedanken, als ich meine Hand auf das Treppengeländer legte. Wo war Grandma? Etwas erschien mir falsch. So magisch der Abend angefangen hatte, so erschütternd endete er.

Ich ließ meinen Blick über die Bäume um mich herum schweifen und blickte die Stufen nach unten.

Dann entdeckte ich sie.

Die regungslose Gestalt.

Nein.

Nein, nein.

Bitterkalte Angst brach über mich herein.

Grandma lag unten auf dem Steg und bewegte sich nicht.

Mir wurde übel.

„Grandma!" Mit schnellen Schritten stürzte ich nach unten. Ich fiel auf die Knie und schlitterte über die harten Steinstufen, sodass meine Hose an den Knien zerriss.

Grandmas Gesicht war leichenblass.

Alles um mich herum verschwamm, als ich mich über ihren bewegungslosen Körper beugte und die dunkelrote Blutspur entdeckte, die über ihre Stirn lief.

Eine eiskalte Schockwelle raste durch mich hindurch.

O mein Gott, o mein Gott, o mein Gott.

Sie war doch nicht …

Sie durfte nicht …

Ich schnappte nach Luft. Meine Lunge schrie nach Sauerstoff, doch ich konnte nicht atmen. Alles drehte sich. Ich wollte um Hilfe schreien, doch es brach einzig und allein ein Wimmern aus meinem Mund.

Mit zitternden Fingern beugte ich mich über Grandma und legte meine Finger an ihren Hals.

Ein, zwei, drei, vier Sekunden vergingen.

Dann spürte ich ihn.

Schwach, aber der Puls war da.

Ein Schluchzen brach aus mir heraus. Ich griff unter ihren Kopf und hob ihn auf meinen Schoß. Sie fühlte sich eiskalt an. Aber sie lebte. Meine Kehle war wie zugeschnürt.

Wie lange lag sie hier schon?

Wie hatte ich nur so unbeschwert vor dem Lagerfeuer sitzen können, wenn sie schon weiß Gott wie lange bewusstlos hier lag? Hätte ich nicht irgendwie spüren müssen, dass etwas nicht stimmte?

„Bitte bleib bei mir", wisperte ich erstickt und griff nach hinten zu meiner Hosentasche. Erst beim dritten Versuch schaffte ich es, mein Handy herauszuziehen.

Gott, wir waren hier im Nirgendwo. Hoffentlich kam der Krankenwagen rechtzeitig. Konnte ich währenddessen irgendetwas tun? Oder sollte ich sie selbst zum Arzt fahren? Durfte ich sie überhaupt bewegen? Scheiße, mein Erstehilfekurs war schon viel zu lange her.

Die Panik vernebelte mein Gehirn. Mit jeder Sekunde, die verstrich, wuchs die bleierne Kälte in mir. Mit zitternden Fingern wählte ich den Notruf und erzählte in abgehakten Worten, was passiert war.

Grandma, bitte, bleib bei mir.

Die Gedanken drehten sich in meinem Kopf, während ein Panikstoß nach dem nächsten durch meinen Körper raste.

Dieser blöde Steg. Meine Eltern hatten sich schon öfter besorgt darüber geäußert, dass im Herbst und Winter das

Laub dort so rutschig war, doch Grandma hatte jedes Mal lachend abgewunken.

Ich wiegte Grandma in meinen Armen sanft hin und her, während mich ein Schluchzen nach dem nächsten durchschüttelte und ich Stoßgebete zum Himmel sandte, dass sie bei mir bleiben würde.

Später konnte ich mich nicht mehr daran erinnern, wann der Notarzt gekommen war. Ich wusste nicht mehr, was danach passiert war. Die Erinnerungen setzten erst wieder ein, als ich mich schluchzend in einem Krankenhaus wiederfand. Mit vor Angst hämmerndem Herzen.

Mir war eiskalt.

Erst langsam realisierte ich, was gerade passiert war. Grandma war ausgerutscht und hatte sich den Kopf angeschlagen. Sie war bewusstlos geworden. Ich wusste nicht, wie man so etwas in ihrem Alter verkraftete.

Stechender Schmerz fuhr durch meine Brust. Meine Grandma. Der Anblick ihres verdrehten Körpers hatte sich tief in meinen Kopf eingebrannt und flammte immer wieder vor meinem inneren Auge auf. Es war so furchtbar, dass ich nicht atmen konnte. Immer wieder sah ich ihren blutenden Kopf vor mir. Ihre blassen Wangen. Immer wieder ließ ich Revue passieren, was geschehen war. Hätte ich anders reagieren sollen? Was, wenn sie es nicht schaffte, weil ich keine Erste Hilfe geleistet hatte?

Ein unkontrolliertes Zittern lief durch meinen Körper.

Langsam hob ich meinen tränenverschleierten Blick vom Boden und sah mich um. Ich saß in einem Wartebereich mit kargen weißen Wänden und abgewetzten Lederstühlen. Es roch nach stechendem Desinfektionsmittel und Krankheit. Ich erschauderte.

Die Ärztin hatte gemeint, dass sie mir in den nächsten Stunden Bescheid geben würde, wenn sie etwas Genaueres wussten.

Kurz nachdem ich das *Long Lake Hospital* erreicht hatte – es war das nächste Krankenhaus in der Umgebung –, hatte ich Mom und Dad angerufen, die sofort ein Last Minute Ticket gebucht hatten und mittlerweile zusammen mit Vanessa im Flugzeug sitzen mussten.

Der hohle Schmerz in meiner Brust ließ nicht nach.

Die Ungewissheit war das, was mich am meisten mitnahm. Wie ging es Grandma? War sie mittlerweile wieder bei Bewusstsein? Wurde sie eventuell operiert?

Ich wusste, dass ich in diesem Moment nichts tun konnte. Außer warten und das Beste hoffen.

Mein Kopf fühlte sich tonnenschwer an, als ich ihn zurück gegen die Wand lehnte.

Mein erster Impuls war es gewesen, Nathan anzurufen. Damit ich nicht alleine sein musste. Damit er mir etwas von meiner Angst nahm und an meiner Seite war. Doch nach allem, was ich heute erfahren hatte, konnte ich es nicht. Ich wollte nicht mit ihm sprechen. Er hatte eine Seite vor mir versteckt, die ich nur zu gut kannte und in meinem Leben nicht mehr ertrug. Ich fasste es immer noch nicht, was er mir heute eröffnet hatte.

Mit beiden Händen fuhr ich mir über das Gesicht.

Gott, wie konnte es sein, dass sich mein Leben innerhalb weniger Minuten so verändert hatte? Wollte das Schicksal mich veräppeln?

Ich atmete tief durch und verdrängte jeden Gedanken an Nathan.

Gab es sonst jemanden, den ich anrufen konnte?

John konnte ich nicht kontaktieren, da er gerade bei seinem Notfall unterwegs war. Edgar hatte genug in seiner *Food Bar* zu tun und Suzie musste sich sicherlich um ihre Kinder kümmern. Außerdem war es schon spät.

Mandy kam mir in den Sinn. Wir verstanden uns gut und hatten sogar unsere Nummern ausgetauscht, damit wir mal einen Kaffee zusammen trinken gehen konnten. Doch ich scheute mich irgendwie davor, sie anzurufen. Sie hatte ja noch bei Edgar zu tun.

Ich schloss die Augen, während heiße Tränen aus meinen Augen quollen. Ich wollte niemandem zur Last fallen. Mit dieser Einstellung hatte ich mich schon oft alleine durch Probleme gekämpft. Doch manchmal brauchte man jemanden an seiner Seite. Manchmal war es in Ordnung und wichtig, Hilfe anzunehmen. Und so wie ich Mandy und ihre liebe Art kannte, würde sie ohne zu zögern zu mir ins Krankenhaus fahren.

Ich griff nach einem Taschentuch, um mich zu schnäuzen. Dann gab ich mir einen Ruck, suchte nach Mandys Nummer in meinem Handy und rief sie an.

Kapitel 31

„Ich habe heute Vormittag noch mit ihr zu Elvis getanzt.“

Mit angezogenen Beinen saß ich auf dem Stuhl im Wartezimmer und lehnte mich gegen Mandys Schulter. Als ich ihr am Telefon erzählt hatte, dass Grandma einen Unfall gehabt hatte und ich im Krankenhaus saß, hatte sie mich gar nicht ausreden lassen, sondern war sofort hergekommen.

Meine Augen juckten von all den Tränen, die ich vergossen hatte, und die Haut an meinen Wangen spannte.

Im Wartezimmer herrschte Stille und nur ab und zu erklangen Schritte, bei denen ich jedes Mal hoffte, dass unsere Ärztin erschien.

„Tut mir leid, dass du mich so verheult ertragen musst, Mandy. Wenn du zurück zur Arbeit musst, kannst du jederzeit fahren.“

„Hey, hör auf, Jess.“ Mandy sah mich eindringlich an. „Mach dir über meinen Job bitte keinen Kopf. Du solltest in so einer Situation nicht allein sein. Ich bin froh, dass du mich angerufen hast. Du kannst dich in Zukunft immer bei mir melden, wenn du mich brauchst. Okay?“

Hinter meinen Augen brannte es. Mandy war wirklich zu gut für diese Welt.

Sie trug nicht mehr ihr Vampirkostüm, sondern hatte sich in gemütlichere Klamotten geworfen, weil sie schon dabei gewesen waren, die *Food Bar* nach den Feierlichkeiten aufzuräumen.

„Danke“, wisperte ich. „Du weißt gar nicht, wie viel mir das bedeutet.“

Mandy drückte mitfühlend meinen Arm. „Hast du Nathan schon kontaktiert?"

Bei seinem Namen zog sich unwillkürlich mein Magen zusammen.

„Nathan ..." Ich räusperte mich. „Es ist gerade etwas kompliziert."

Mandy musterte mich einen Moment, dann schien sie zu spüren, dass ich nicht ausführlicher über Nathan sprechen wollte und hakte nicht nach.

„Zu welchem Song habt ihr heute Vormittag getanzt?", nahm sie das Thema von vorhin wieder auf.

Jailhouse Rock." Ich rief mir Grandmas Lachen in Erinnerung. Ihre Freude, die sie ausgestrahlt hatte, als ich die Elvis-Platte aufgelegt hatte und die ersten Töne des Rock'n'Roll Songs erklungen waren.

Sie hatte es früher geliebt zu tanzen und zu singen und tat es auch heute noch gerne, auch wenn ihre Bewegungen etwas steifer wirkten. Mit einem Lachen im Gesicht hatte sie sich heute Vormittag um die eigene Achse gedreht und einen Fuß vor den anderen gesetzt. Mein Herz war angeschwollen bei ihrem Anblick und ich hatte in diesem Moment so viel Liebe für sie empfunden, dass ich gar nicht wusste, wo ich hinsehen sollte.

Irgendwann hatte ich mich von dem Flow des Songs mitreißen lassen und mich selbst dazu bewegt.

Grandma hatte mich bei den Händen genommen und sich zusammen mit mir im Takt hin und her gewiegt.

„Ihre Locken haben dabei so auf und ab gewippt", sagte ich mit erstickter Stimme. „Und sie hat so gestrahlt."

„Sprich nicht so, als wäre sie schon nicht mehr da." Mandys Stimme klang sanft.

Die Enge in meiner Kehle nahm zu.

„Ich weiß." Mit schmerzendem Brustkorb senkte ich den Blick zu Boden. „Wie kann es sein, dass sie am Vormittag noch so fröhlich mit mir getanzt hat und dann später ..." Ich brachte es nicht über die Lippen. Ein eisiger Schauer rann über meinen Rücken. „Diese scheiß Blätter, die von den Bäumen gefallen sind. Und dieser scheiß Regen, der alles nass gemacht hat, sodass sie ausgerutscht ist." Irrationale Wut erfüllte plötzlich meinen Bauch. „Warum fallen Blätter überhaupt von den Bäumen? Das ist doch nur gefährlich." Ich spuckte die Worte förmlich aus, während das Brodeln in mir zunahm. „Und dieser Steg, warum wird der auch so rutschig? Ich ..."

„Ms. Tilbury?"

Eine klangvolle Frauenstimme riss mich aus meinem Redeschwall und ließ mich aufblicken. Beim Anblick der Ärztin schoss mein Puls sofort nach oben.

„Ja?" Ich setzte mich aufrechter hin.

Hatte sie Neuigkeiten?

Wie ging es Grandma?

War sie wach?

Lebte sie?

Die Ärztin faltete die Hände vor ihrem weißen Kittel. „Sie dürfen zu ihr. Aber seien Sie vorsichtig, Ihre Großmutter ist noch ziemlich schwach."

Meine Knie wurden weich. Hieß das, Grandma war bei Bewusstsein?

„Darf meine Freundin mitkommen?"

„Natürlich." Sie nickte. Mein Blick flog auf ihr Namensschild. In all der Unruhe hatte ich mir ihren Namen nicht gemerkt, als Grandma eingeliefert wurde.

Dr. Amy Sheridan.

„Danke, Dr. Sheridan."

Sie nickte lächelnd. Ihr Gesicht hatte etwas Freundliches an sich, das mich seltsamerweise bestärkte, auch wenn ich nicht wusste, ob das überhaupt angebracht war. Sie war noch relativ jung, strahlte aber Kompetenz und Selbstsicherheit aus.

„Folgen Sie mir bitte." Dr. Sheridan winkte mit ihrer Hand.

Mandy und ich erhoben uns und liefen hinter ihr durch die Tür in den Gang. Meine Glieder fühlten sich steif an nach dem langen Sitzen.

Mein Herz schlug mir bis zum Hals, als wir den langen Flur hinunterliefen, um mehrere Ecken bogen, bis ich irgendwann die Orientierung verlor und wir schließlich vor einer Tür stehen blieben.

„Bitteschön." Dr. Sheridan drückte die Tür auf und deutete hinein.

Ich nickte ihr dankbar zu und schob mich zusammen mit Mandy in den Raum.

Grandma lag in einem Bett und hatte die Augen geschlossen. Sie war immer noch blass im Gesicht, doch das Blut auf ihrem Kopf war verschwunden. Stattdessen trug sie einen dicken Verband um die Stirn.

„Hey, Nana", flüsterte ich und trat an das Bett heran.

Sie regte sich unter der weißen Bettdecke und öffnete blinzelnd die Augen.

Die Woge der Erleichterung, die mich überkam, zwang mich beinahe in die Knie. Ich sah, wie Grandma langsam ihre Mundwinkel hob.

„Hallo, Liebes." Ihre Stimme klang heiser.

Ich presste meine Lippen fest aufeinander, um ein Schluchzen zu unterdrücken.

„Du hast mir vielleicht einen Schrecken eingejagt." Ich ging noch näher an ihre Bettkante heran und musterte sie. Unter ihren Augen lagen dunkle Schatten und ihr Lippenstift war in die kleinen Fältchen um ihren Mund herum hineingelaufen.

„Das tut mir leid." Grandma hustete.

„Sie hat eine leichte Gehirnerschütterung", meldete sich Dr. Sheridan hinter mir zu Wort.

Grandma stieß einen brummenden Laut aus.

Ich legte meine Hand auf ihren Arm und strich vorsichtig darüber.

„Hat sie sonst irgendwelche Verletzungen?“ Mit einem flauen Gefühl warf ich einen Blick über die Schulter.

Dr. Sheridan hielt ein Klemmbrett in der Hand und nickte. „Sie hat sich ein paar Blutergüsse und Prellungen am Rücken zugezogen.“

„Sie haben mich geröntgt.“ Grandma tastete mit ihrer Hand nach meiner. „Kannst du dir das vorstellen?“

Mit aller Kraft zwang ich mich, mein Zittern zu unterdrücken. Ich nahm ihre Hand zwischen meine und hielt sie.

„Ich wurde das letzte Mal 1977 geröntgt. Damals hatte ich einen Glückskeks verschluckt.“

Ich hob die Augenbrauen, während Grandma ein heiseres Lachen ausstieß.

„Glückskekse kann man doch essen, oder nicht?“ Verwirrung machte sich in mir breit.

„Ich habe den Zettel, der drin war, mitgeschluckt und wollte wissen, was draufstand. Deshalb habe ich deinen Grandpa angefleht, mit mir zum Röntgen zu fahren.“ Grandmas Druck war erstaunlich fest, als sie meine Hand umfasste.

Wenn sie ihren Humor noch nicht verloren hatte, dann konnte es ihr gar nicht so schlecht gehen, oder?

„Du bist irre“, flüsterte ich und drückte einen Kuss auf ihren rauen Handrücken.

„Wir werden Sie gleich zum MRT bringen.“ Dr. Sheridan war an die andere Seite des Bettes getreten und blickte auf Grandma herunter.

„Wofür brauchen Sie das?“ Mit pochendem Herzen sah ich zu der Ärztin.

„Damit können wir sehen, ob es innere Blutungen gibt.“

„Innere Blutungen?“ Meine Stimme klang viel zu schrill.

„Nach einem Sturz können sich erst nach einigen Stunden Hirnblutungen zeigen, deshalb machen wir zur Sicherheit ein MRT.“

O Gott, o Gott. Es war noch nicht vorbei.

„Kein Grund zur Beunruhigung", sagte die Ärztin, die meinen panischen Blick bemerkte. „In ein paar Stunden wissen wir mehr."

Ich nickte krampfhaft und richtete meine Augen wieder auf Grandma. Eine Welle der Liebe und des Schmerzes überrollten mich. Sie war die einzige meiner Großeltern, die noch lebte. Während meiner Zeit hier in Coldriver war unser Verhältnis noch so viel enger geworden, dass ich mir ein Leben ohne sie nicht mehr vorstellen konnte. Nicht vorstellen wollte.

„Ich bin stolz auf dich, Jessy." Grandma sah mich liebevoll an und drückte meine Hand. „Unglaublich stolz."

Tränen traten in meine Augen. Ich schüttelte vehement den Kopf. Wenn sie jetzt so mit mir sprach, als wären es ihre letzten Worte, würde ich nie wieder von ihrer Seite weichen.

„Du bist eine Bereicherung für alle in deinem Leben und wer das nicht erkennt, ist ein Depp." Sie hob die Mundwinkel, doch ich sah, wie ihre eigenen Augen schimmerten. „Du kannst alles schaffen, was du willst. Du bist eine starke, mutige Frau. Ich liebe dich, mein Kind."

Tränen liefen mir über die Wangen und mein Sichtfeld verschwamm. „Ich liebe dich auch."

Meine Stimme schwankte.

Der hohle Schmerz in meiner Brust kehrte zurück und bohrte sich mit einer Intensität in mich hinein, dass es mir den Atem nahm.

„Ms Tilbury, ich muss Sie jetzt leider bitten zu gehen. Das Team vom MR wartet." Dr. Sheridans sanfte Stimme drang kaum zu mir durch.

Ich wollte Grandma nicht allein lassen. Ich wollte sie nicht loslassen.

„Ich muss bei ihr bleiben", brach es panisch aus mir hervor.

„Jess." Mandy legte behutsam eine Hand auf meine Schulter.

„Nein." Tränen verschleierten meinen Blick, als sie mich sanft von Grandmas Bett wegzog.

Wie durch einen Nebel nahm ich wahr, wie zwei Krankenpfleger kamen und Grandmas Bett aus dem Raum schoben. Unkontrollierte Schluchzer brachen aus mir heraus. Mandy drückte mich fest an sich und hielt mich fest, während mich erneut ein Panikanfall erfasste.

Kapitel 32

„Jess!"

Laute Schritte klackerten über den Gang.

„Mom!" Ich sprang auf und lief auf sie zu. Dicht hinter ihr kamen Dad und Vanessa angerannt.

Mom schloss mich fest in ihre Arme. „Wir sind so schnell gekommen, wie wir konnten."

Ich drückte sie an mich und sog ihren vertrauten Duft tief ein. Am liebsten hätte ich sofort wieder losgeheult. Ich war so dankbar, dass sie endlich da war, meine Familie.

„Hey, Jessy." Dad umarmte mich ebenfalls fest. Auf seiner Stirn stand eine steile Sorgenfalte.

„Wie konnte das passieren?" Vanessa legte einen Arm um meinen Hals. „Wie geht es Grandma? Wie geht es *dir*?"

Ich rieb mir über meine brennenden Augen. „Sie ist wohl auf den nassen Blättern am Steg ausgerutscht. Es … es war so schrecklich, sie da zu sehen." Ein dicker Kloß schwoll in meinem Hals an. Ich hatte mich in den letzten Stunden von meiner Panik soweit erholt und meine Tränen waren versiegt. Doch die drückende Unruhe in meinem Inneren war nach wie vor da. Ich hatte völlig das Zeitgefühl verloren, doch da meine Familie nun hier war, musste es schon tief in der Nacht sein.

„Oh, Jessy." Mom rieb mir über den Rücken.

„Ich weiß nicht, wie es ihr jetzt geht. Die Ärztin wollte ein MRT machen und mich dann benachrichtigen, wenn sie etwas weiß. Bisher habe ich noch nichts gehört." Ich holte zitternd Luft. „Ich komme um vor Sorge."

„Uns geht es nicht anders." In Dads Gesicht spiegelte sich dieselbe Verzweiflung, die ich selbst spürte. Er hatte die Hände in seine Hüften gestützt und tigerte unruhig hin und her. „Hast du schon mal bei den Ärzten nachgefragt?"

„Ja, aber die können mir nichts sagen. Hier ist so viel los, das Personal kommt mit der Arbeit kaum hinterher. Als ich Grandma das letzte Mal gesehen habe, ging es ihr den Umständen entsprechend gut. Die Ärztin meinte nur, dass eventuell eine spätere Blutung auftritt." Ich wunderte mich selbst, wie ich diese Worte über die Lippen brachte, ohne wieder loszuschluchzen. Vielleicht wollte ich instinktiv stark sein für Dad, der noch aufgewühlter schien als ich. Immerhin ging es um seine Mutter.

Er fuhr sich nervös durch die grauen Haare, bis sie in alle Richtungen abstanden. Tiefe Sorge zeichnete sein Gesicht, sodass er in diesem Moment älter wirkte als sonst. In meinem Herzen zog sich etwas schmerzhaft zusammen. Ich ging auf ihn zu und nahm ihn fest in die Arme.

Er umarmte mich zurück und murmelte: „Es tut mir so leid, dass du das allein erleben musstest."

Ich schüttelte den Kopf und löste mich sanft von ihm. „Ganz allein war ich gar nicht."

Just in diesem Moment bog Mandy um die Ecke mit zwei dampfenden Kaffeebechern in der Hand.

Als sie meine Familie sah, blieb sie unwillkürlich stehen.

„Mandy war bei mir", erklärte ich und deutete auf sie.

„Hallo, Mr. Tilbury. Mrs. Tilbury." Mandy sah zwischen meinen Eltern hin und her. „Möchten Sie auch einen Kaffee?" Unschlüssig blickte sie auf die zwei Pappbecher in ihrer Hand.

Dad schüttelte den Kopf. „Wir haben uns schon am Flughafen mit Kaffee aus dem Automaten versorgt."

„Danke, Mandy, dass du für Jess da warst." Mom schenkte ihr ein warmes Lächeln.

„Jederzeit", erwiderte Mandy gleichmütig.

Ich trat auf sie zu und nahm dankbar den Kaffee entgegen. Er schmeckte fahl und wässrig, doch das Koffein brachte meinen müden Geist in Schwung.

„Sind Sie die Angehörigen von Donna Tilbury?"

Ich erkannte die Stimme von Dr. Sheridan. Sofort schlug mein Herz schneller und ich wirbelte herum. Die Ärztin sah uns mit ernstem Gesichtsausdruck an.

„Ja, ich bin der Sohn und das ist meine Frau und meine jüngste Tochter." Dad trat an die Ärztin heran. „Wie geht es meiner Mutter?"

Angespannt zupfte ich an meinem Nagelbett herum, während ich versuchte, irgendetwas aus der Mimik der Ärztin herauszulesen.

„Das MRT hat keine Blutungen ergeben. Ihre Mutter ist stabil."

Mein Dad nickte und fuhr sich aufgewühlt über seinen Hinterkopf. „Das ist gut. Vielen Dank, Dr. ..."

„Sheridan."

„Dr. Sheridan. Vielen Dank, dass Sie sich um sie gekümmert haben."

Dr. Sherdian nickte. „Bitte entschuldigen Sie vielmals, dass es so lange gedauert hat."

„Wann dürfen wir zu ihr?" Vanessa legte einen Arm um Dad.

Die Ärztin faltete ihre Hände vor der Brust. „Wenn Sie möchten, können Sie direkt zu ihr. Aber überfallen Sie sie nicht, sie ist noch etwas schwach. Folgen Sie mir bitte." Dr. Sheridan wandte sich ab und lief durch den Gang.

Ich wollte meiner Familie gerade nachlaufen, als Mandy mich am Arm berührte.

„Ich glaube, ich fahre lieber." Sie drückte einmal kurz meine Hand. „Das ist jetzt eine Familienangelegenheit. Schreib mir, wenn es Neuigkeiten gibt, okay?"

Ich nickte. „Danke, dass du hier warst. Das war ... ich ..." Ich brach ab, weil mir die Worte fehlten. „Du hast auf jeden

Fall was gut bei mir. Wenn ich dir irgendetwas zurückgeben kann …“

„Jess, du musst mir nichts zurückgeben.“ Mandy berührte sanft meinen Arm. „Ich bin gerne für dich da.“

Neue Tränen stiegen in meine Augen, gerührt von ihrer liebevollen Art.

„Danke“, sagte ich noch einmal und umarmte sie. Ihr langer Pferdeschwanz streifte dabei meine Wange.

„Sag deiner Grandma alles Gute von mir, ja?“ Mandy löste sich von mir.

„Mach ich.“ Ich blickte ihr nach, bis sie um die Ecke verschwunden war. Dann wandte ich mich ab und rannte durch den Gang zu meiner Familie, die gerade vor einer Tür stehen blieben.

„Hier entlang.“ Dr. Sheridan deutete in den Raum hinein.

Mit pochendem Herzen betrat ich hinter meiner Familie das Zimmer. Es roch nach Desinfektionsmittel.

„Mom, ich bin’s.“ Dad näherte sich ihrem Bett.

Zaghaft blickte ich an ihm vorbei zu Grandma. Sie wirkte schwach und war etwas blass um die Nase.

„Rob“, krächzte Grandma. Sie räusperte sich und streckte ihren Arm aus. Dad trat an sie heran und ergriff ihre Hand.

„Wie fühlst du dich?“ Die Sorge war deutlich aus seiner Stimme herauszuhören.

„Wird schon wieder.“ Ihre Augen wanderten zu Mom, Vanessa und mir. „Hallo, ihr drei.“

„Ich bin so froh, dass es dir soweit gut geht, Nana.“ Meine Schwester trat ebenfalls näher an ihr Bett heran und legte sanft eine Hand auf die Bettdecke.

„Was machst du nur für Sachen?“, flüsterte Dad.

Grandma versuchte ein zaghaftes Grinsen. „Manchmal gewinnt die Schwerkraft.“

Er drückte ihre Hand. „Die Ärzte sagen, dass du soweit stabil bist. Wenn du irgendwelche Schmerzen hast oder dir irgendwas komisch vorkommt, dann sag ihnen bitte sofort Bescheid, ja?"

Grandma nickte und tätschelte seinen Handrücken. „Ich habe mir zwar den Kopf angeschlagen, aber ganz auf den Kopf gefallen ist deine alte Mutter trotzdem nicht."

Dad nickte schwach und brachte ein Lächeln zustande.

Ich atmete tief durch, während ein Gefühl der Erleichterung durch mich hindurch strömte. Solange Grandma ihre Sprüche raushaute, konnte alles nicht so schlimm sein.

Wir blieben noch eine Weile bei ihr, bis die Ärztin uns bat, wieder zu gehen, damit Grandma sich erholen konnte. Wir versprachen, sobald wie möglich wieder zu kommen, doch Grandma verscheuchte uns schließlich selbst und befahl uns zu schlafen. „Eure Augenringe sieht man ja aus hundert Meilen Entfernung", meinte sie.

Sie hatte recht. Nachdem das Adrenalin, das die Sorge um Grandma mit sich gebracht hatte, sich langsam abbaute, spürte ich die bleierne Erschöpfung, die sich über meinen Körper legte. Ein Blick auf mein Handy verriet mir, dass es schon früh morgens war.

Durch Grandmas Unfall war mir keine Zeit geblieben, mir Gedanken über Nathan zu machen. Als ich mir jetzt sein Gesicht vor Augen rief, spürte ich einen schmerzhaften Druck in meiner Brust. Mich überforderte es immer noch, was ich über ihn erfahren hatte. Doch in diesem Moment war ich deutlich zu müde, um mich damit auseinanderzusetzen. Der Plan, meine Gedanken zu sortieren, musste warten, bis ich wieder einen frischeren Kopf hatte. Ich schluckte und drängte mit aller Macht Nathans Gesicht fort.

Als es bereits dämmerte, kamen meine Eltern, Vanessa und ich vollkommen erledigt in Grandmas Blockhaus an und fielen ins Bett.

Kapitel 33

Das Wissen, dass es Grandma soweit gut ging und die Erschöpfung der letzten Nacht, ließen mich tiefer schlafen als gedacht, sodass ich erst am späten Nachmittag wieder aufwachte.

Ich rollte mich herum und stieß gegen den warmen Körper meiner Schwester. Ihre gleichmäßigen Atemzüge verrieten mir, dass sie noch tief und fest schlief. Vorsichtig, um sie nicht zu wecken, schob ich mich aus dem Bett und machte mich in Windeseile im Bad fertig. Dann lief ich nach unten ins Wohnzimmer, wo meine Eltern bereits auf der Couch saßen.

„Hast du schlafen können?" Mom sah mich besorgt an.

Ich nickte. „Und ihr?"

„Eher durchwachsen." Dad rieb sich über die Augen.

„Habt ihr Hunger? Dann mache ich schnell was zu Essen." Ich lief in die Küche und riss den Kühlschrank auf. Wie immer war er prall gefüllt, sodass ich sofort fündig wurde und eine Portion Nudeln für uns kochte.

„Danke, Jessy." Mom drückte mir einen Kuss auf die Stirn. „Und danke, dass du gestern für Grandma da warst. Das hast du wirklich stark gemeistert."

Ich umarmte sie fest und unterdrückte aufsteigende Tränen.

Vanessa stieß kurz darauf zu uns an den Esstisch.

Dad erzählte, dass er vorhin einen Anruf vom Krankenhaus erhalten hatte. Es gab keine Komplikationen und Grandma war auf einem sehr guten Weg der Besserung. Diese Nachricht löste große Erleichterung in uns aus. Dennoch sah ich Dad an, dass es hinter seiner Stirn arbeitete. Unter seinen Augen lagen nach wie vor tiefe Schatten.

Irgendwann schüttelte er den Kopf und lehnte sich in seinem Stuhl zurück. „Das kann so nicht weiter gehen." Er rieb sich über seine Bartstoppeln und schwieg einen Moment. „Ich mache mir solche Sorgen, dass Mom so weit weg wohnt. Und hier in ihrem Blockhaus so abgeschieden von allem. Wenn ich mir vorstelle, dass du nicht gewesen wärst, Jess … und sie nicht gefunden hättest." Er wurde leichenblass.

Mom, die neben ihm saß, drückte seine Hand. „Ich weiß, dass das schwer ist, Rob."

Das restliche Essen verlief schweigend, während jeder seinen Gedanken nachhing. In meinem Inneren arbeitete etwas und eine Idee begann heranzureifen. Eine Idee, die vielleicht die Lösung des Problems darstellen konnte.

***

Als Dad und ich Grandma am Sonntagnachmittag im Krankenhaus besuchten, saß sie aufrecht im Bett. Ihr Gesicht war nicht mehr so blass, wie bei unserem letzten Besuch und ihr Lächeln um einiges breiter.

„Hey, du schaust ja fit aus", begrüßte Dad sie.

„Findest du?" Grandma fuhr sich durch die grauen Locken und lachte.

„Wer hat dir denn das gebracht?" Ich trat an das Nachtkästchen neben ihrem Bett heran und deutete auf den silbernen Laptop.

„Oh, das war John." Ein liebevoller Ausdruck legte sich über ihr Gesicht. „Damit ich auch hier Bildungsfernsehen in der Mediathek anschauen kann."

Ich stieß einen verzückten Laut aus. „Das ist ja lieb."

„Und die Blumen?" Dads Blick fiel auf die Sträuße, die beinahe das ganze Zimmer füllten. Durch das Fenster fielen helle Sonnenstrahlen herein und beleuchteten die bunten Blüten.

„Das ist von Suzie, Shannon, Edgar und Carl", sagte sie und deutete der Reihe nach auf die Pflanzen. Dann zählte sie noch weitere Namen auf und mit jedem Wort begann mein Herz mehr zu hüpfen. Dieser Zusammenhalt in Coldriver war ein Traum. Jeder schien Grandma so sehr zu mögen und sich um sie zu sorgen. Unwillkürlich schob sich ein Lächeln auf meine Lippen.

„Du hast dich hoffentlich nicht übernommen mit den Besuchern?" Auf Dads Stirn erschien eine Falte.

„Keine Sorge, Rob. Ich weiß, was ich mir zumute." Grandma klopfte auf ihre Bettdecke. „So, und jetzt erzählt mal, was habe ich in Coldriver verpasst? Gibt es Neuigkeiten?" Ihre Augen funkelten wissbegierig.

Lachend zog ich einen Stuhl heran und setzte mich an ihr Bett. „Also, lass mich mal überlegen. Gestern haben eine große Horde an Touristen aus London Edgars *Food Bar* gestürmt. Sie haben ihm die Ohren vollgeschwärmt von unseren glitzernden Seen und den wunderschönen Wäldern, die wir hier haben."

Grandma schmunzelte.

„Ach ja und als ich gestern Abend einkaufen war, habe ich gehört, dass die Zwillinge von den Millers das Licht der Welt erblickt haben und wohlauf sind."

„Och, wie putzig. Sind sie in diesem Krankenhaus? Vielleicht sollte ich sie mal besuchen."

„Du solltest im Bett bleiben", mischte sich Dad ein und warf ihr einen mahnenden Blick zu.

Grandma sah mich vielsagend an. „Sag deinem Dad, dass ich schon auf mich aufpasse. Er macht sich zu viele Sorgen." Sie zwinkerte mir zu.

Aus Dads Ecke hörte man ein Schnauben.

„Ich mache mir zurecht Sorgen." Er stützte seine Hände in die Hüften. Ein paar Sekunden vergingen. Dann öffnete er seinen Mund.

„Mom, ich denke, dass es gut wäre, wenn du zu uns nach New York ziehen würdest."

Grandma stieß ein Lachen aus. „Ich und New York? Was soll ich denn in dieser Betonwüste?"

Angespannt sah Dad sie an. „Dann wärst du näher bei uns. Du könntest in unserer Wohnung wohnen. Wir haben zwei Bäder, davon könntest du eins ganz alleine benutzen."

Grandma schüttelte den Kopf. „Das ist lieb gemeint, mein Kind, aber mich kriegen hier keine zehn Pferde weg."

„Bitte überlege es dir." Er zog sich nun ebenfalls einen Stuhl heran und nahm ihre Hand in seine. Sanft sah er sie an. „Mir wäre es viel wohler, wenn ich wüsste, dass wir nach dir schauen können. Stell dir vor, so etwas wie am Mittwoch passiert wieder und diesmal ist keine Jess in der Nähe. Du weißt, dass sie wieder nach New York kommen wird und dann nicht mehr für dich da sein kann. So abgelegen wie dein Haus ist, kann es ewig dauern, bis dich jemand findet." Er presste seine Lippen aufeinander, um ein Zittern zu unterdrücken.

Grandma stieß ein Seufzen aus. Liebevoll strich sie über seinen Handrücken. „Ich weiß deine Sorge zu schätzen, mein Sohn. Aber ich möchte hier nicht weg." Sie sah ihm fest in die Augen. „Das ist mein Zuhause."

Dad blinzelte hektisch. „Aber was ist, wenn dir wieder etwas passiert?"

Grandma zuckte mit den Schultern. „Dann ist es so. Ich will mein Leben hier nicht aufgeben nur aus der Angst, dass mir etwas passieren könnte. Ich bin glücklich hier."

„Das verstehe ich ja, aber ... Du würdest Jess bestimmt sehr vermissen, wenn sie geht, oder?", fragte Dad.

„Natürlich, aber ..."

„Na siehst du. Und Jess wird bald zurück nach New York kommen. Sie ist ein echtes Großstadtmädchen, liebt den Trubel und möchte doch noch studieren." Er drehte sich zu mir um. Als ich die Sorge um Grandma in seinen Augen aufblitzen sah, festigte sich der Gedanke, den ich schon länger in mir trug. Ein Gedanke, der meinen Herzschlag unwillkürlich beschleunigte. Auf gute Weise.

„Dad", fing ich an und holte tief Luft. „Ich hätte vielleicht eine Lösung."

Seine Augenbrauen wanderten nach oben. „Welche Lösung?"

„Ich könnte hier in Coldriver bleiben. Dann wäre Grandma nicht allein und wir müssten uns keine Sorgen machen."

Dads Mund klappte auf, doch es kam kein Ton heraus. Seine Augen wurden groß. Ein paar Sekunden herrschte Stille.

„Jessy, du musst nicht hierbleiben. Du wolltest doch immer zurück nach New York."

Ich schüttelte den Kopf und legte eine Hand auf seinen Arm. „Ich habe es euch noch nicht erzählt, aber ich hege schon seit längerem den Gedanken, hierzubleiben. Ich möchte nicht mehr zurück. Und Grandmas Unfall hat mich nochmal darin bestärkt, es wirklich zu tun."

Dad sah zwischen Grandma und mir hin und her. Ich konnte sehen, wie es hinter seiner Stirn ratterte.

„Ich hätte nie gedacht, dass ich mir ein Leben in Coldriver vorstellen könnte", sagte ich. „Vor ein paar Monaten hätte ich die Möglichkeit, woanders als in New York zu wohnen, nicht einmal in Erwägung gezogen. Aber ich habe mich in Coldriver verliebt. In die Stadt, in die Natur, in die Menschen. Coldriver hat mich aus meinem Loch herausgeholt und ... ich möchte wirklich hierbleiben." Ich schluckte hart und drückte Dads Hand. „Mom, Nessa und du, ihr werdet mir jeden Tag fehlen. Aber ich würde gerne hierbleiben und schauen, wohin mein Leben mich führt. Ich war lange nicht mehr so glücklich wie hier. Und ich kann ein Auge auf Grandma haben." Ich sah zu ihr hinüber, die genauso überrascht wirkte wie Dad.

Wieder vergingen ein paar Sekunden, in denen niemand etwas sagte. Dann räusperte sich Dad. „Bist du dir wirklich sicher? Ich meine …" Er verstummte und schüttelte perplex den Kopf.

„Ich weiß, dass das wahrscheinlich etwas plötzlich kommt. Aber mein Herz hat sich schon vor einiger Zeit entschieden."

Ich betrachtete meinen Vater, der immer noch etwas sprachlos über sein Kinn rieb.

„Es ist keine überstürzte Entscheidung, die ich getroffen habe." Ich sah ihm fest in die Augen. „Das könnt ihr mir glauben."

Dad erwiderte meinen Blick und ich konnte sehen, wie er langsam verarbeitete, was ich ihm gerade eröffnet hatte.

„Na, wenn das wirklich das ist, was du willst …" Er atmete tief durch. Langsam schien er zu begreifen, dass ich meine Worte nicht leichtfertig gewählt hatte, sondern sie wirklich ernst meinte.

Unvermittelt beugte er sich vor und nahm mich in die Arme. „Dann werde ich dich auch vermissen."

Ich spürte, wie sich ein Kloß in meinem Hals bildete. Die Entscheidung hierzubleiben, war mit der Zeit gereift und ich wusste, dass sie meine Seele beflügeln würde. Dennoch bedrückte es mich natürlich auch, meine Familie dann kaum noch zu sehen.

Dad löste sich von mir und sah mir fest in die Augen. „Wenn es dich wirklich glücklich macht …"

„Das tut es." Ich erwiderte seinen Blick.

Er lächelte. „Dann könntest du ein Auge auf Grandma haben."

„Das werde ich auf jeden Fall." Ich umarmte ihn und atmete seinen vertrauten Duft ein.

„Hab ich da vielleicht auch noch ein Wörtchen mitzureden?", erklang Grandmas Stimme.

Dad und ich lösten uns voneinander und sahen in ihre Richtung.

„Grandma …" Ich rutschte näher an ihr Bett heran. „Wäre es für dich in Ordnung, wenn ich noch eine Weile bei dir wohnen bleibe? Ich könnte auch …"

„Es würde mich über alle Maßen freuen", unterbrach sie mich. Ein Lächeln legte sich auf ihre Lippen. „Deine Gesellschaft hat mir in den letzten Wochen mehr als gut getan."

Erleichtert atmete ich auf. Ein kleiner Teil von mir hatte Angst gehabt, sie würde denken, dass ich nur den Aufpasser spielen wollte und sie fortan unter Beobachtung stand. Oder dass ich ihr im Weg war und sie irgendwann ihr Haus wieder für sich haben wollte. Doch ich konnte im warmen Strahlen ihrer Augen ablesen, dass sie meine Gesellschaft schätzte und sich aufrichtig freute, wenn ich blieb.

„Dann sind wir die coolste WG in ganz Coldriver." Grandma griff schmunzelnd nach meiner Hand und drückte sie.

Ich lächelte zurück und spürte, wie sich ein ruhiges Gefühl in mir ausbreitete.

Ein Gefühl des Ankommens.

Da wusste ich, dass ich definitiv die richtige Entscheidung getroffen hatte.

Für einen kurzen Moment schob sich Nathan in meinen Kopf. Doch egal, was zwischen uns vorgefallen war – ich blieb nicht seinetwegen hier. Und ich würde erst recht nicht seinetwegen wieder fortgehen. Ich hatte mich in die Stadt verliebt und wollte hierbleiben. Meinetwegen.

Kapitel 34

Das Rauschen der Dusche drang zu mir, als ich am nächsten Tag auf dem Bett saß und auf meinem Handy herumtippte. Meine Eltern waren einkaufen gefahren, während Vanessa unter die Dusche gehüpft war.

Mehrere entgangene Anrufe leuchteten auf meinem Bildschirm auf.

Alle von Nathan.

Ein pochender Schmerz meldete sich in meiner Brust.

Mehrere Textnachrichten blinkten ebenfalls auf.

Jess, bitte melde dich. Ich muss mit dir reden.

Ich sperrte das Handy und schloss die Augen, während mich die Bilder von der Bonfire Night überschwemmten. Nathans reuevoller Blick. Die Resignation in seinen Augen, als er erkannt hatte, dass ich Bescheid wusste. Dass ich gehört hatte, was er getan hatte. Sein Geständnis.

Noch immer konnte ich nicht fassen, was ich erfahren hatte und noch immer wollte irgendeine Ecke meines Herzens nicht daran glauben. Und doch war es die Wahrheit. Nathan hatte ja selbst zugegeben, dass er wegen Körperverletzung vor Gericht gestanden hatte. Wem hatte er das angetan? Wer hatte seinetwegen leiden müssen?

Das war so ein verdammter Mist. Da vertraute ich mich wieder einem Mann an, öffnete mich und zeigte ihm alles von mir, und dann so etwas. Mein Herz brannte. Alles in mir tat weh und ich wusste nicht, wann ich mich schon jemals so gefühlt hatte. Ich fühlte mich so verraten. Und ärgerte mich über mich selbst, dass ich so dumm gewesen war, mein Herz so schnell wieder zu verschenken. Ich war viel zu leichtfertig gewesen.

Eine Träne rollte über meine Wange. Ich hatte gedacht, das mit Nathan wäre etwas gewesen, was langfristig funktionieren konnte. Er war mir von Anfang an so unter die Haut gegangen, wie noch niemand zuvor.

Als ich an unsere schönen gemeinsamen Momente dachte, an seine sanfte Art, sein Lächeln, brach mein Herz erneut. Ich presste eine Hand gegen meine Brust, doch es linderte den Schmerz kein bisschen. Ich vermisste Nathan. Ich wollte das alles nicht wahrhaben. Ich wollte seine warme Stimme hören, die mir sagte, dass das alles nur ein böser Traum war. Dass alles gut werden würde. Doch das ging nicht.

Ich konnte seine Anrufe nicht annehmen. Wollte keine Ausreden hören. Ich kannte von Josh schon genug Ausflüchte, die jedoch nichts an der Tatsache änderten, dass er ein Mistkerl war und andere verletzte. Ich konnte das nicht nochmal. Ich musste mich selbst schützen, indem ich mich nicht wieder auf so eine Beziehung einließ.

Da klingelte mein Handy erneut.

Ich rechnete fest damit, wieder Nathans Namen zu lesen und wollte den Anruf schon wegdrücken, als ich bemerkte, dass das Klingeln gar nicht der Jimi Hendrix Song war, den ich für ihn eingestellt hatte. Mein Blick fiel auf die unbekannte Nummer.

Rasch wischte ich die Tränen an meinen Wangen fort und kratzte den letzten Rest Beherrschung zusammen, den ich in mir finden konnte.

„Hallo?" Ich drückte mir das Handy ans Ohr und hoffte, dass sich meine Stimme nicht allzu verweint anhörte.

„Spreche ich mit Jess Tilbury?" Eine glockenklare Frauenstimme drang an mein Ohr.

„Ja, das bin ich. Wie kann ich Ihnen helfen?“

„Oh wie schön, dass ich Sie erreiche, Ms. Tilbury. Ich bin Diane Collins. Ich habe Ihren Aushang in Edgars *Food Bar* gelesen und mitbekommen, welches Projekt Sie vor einiger Zeit auf die Beine gestellt haben. Mich haben ganz begeisterte Stimmen erreicht, die sagen, wie liebevoll Sie sich um die älteren Menschen in Coldriver kümmern.“

„Oh, danke.“ Erstaunt lauschte ich ihren Worten. Sie hatte eine freundliche, jugendliche Stimme, sodass ich sie nicht älter als Mitte dreißig schätzte. Dennoch fragte ich: „Benötigen Sie auch meine Hilfe?“

„Das ist wirklich nett, Ms. Tilbury. Ich habe tatsächlich ein kleines Anliegen.“ Mrs. Collins räusperte sich. „Ich bin die Leiterin des Altenheims, das etwas außerhalb von Coldriver liegt. Wir sind aktuell sehr knapp besetzt und würden uns sehr über jeden Zuwachs freuen. Hätten Sie vielleicht Interesse daran, bei uns Probe zu arbeiten und eventuell eine befristete Stelle anzunehmen? Selbstverständlich mit einer entsprechenden Vergütung.“

„Oh.“ Mein Gehirn bemühte sich, das Gesagte in Sekundenschnelle zu verarbeiten. „Ich freue mich riesig über Ihr Angebot, Mrs. Collins. Aber …“

„Sie haben keine medizinische Ausbildung, oder?“, unterbrach sie mich.

„Ja, leider noch nicht.“

„Das ist kein Problem, das dachte ich mir schon. Könnten Sie sich dennoch vorstellen, bei uns reinzuschnuppern? Was ich bisher über Sie gehört habe, würden Sie gut auf den Job passen.“

Verdattert ging ich im Kopf meine Optionen durch. Wie immer, wenn mich etwas spontan erreichte, fühlte ich mich im ersten Moment überrumpelt. Normalerweise benötigte ich meine Zeit, um so etwas zu durchdenken und am besten eine Pro- und Contra Liste aufzustellen. Aber wenn die Zeit hier bei Grandma mich eins gelehrt hatte, dann, dass es gut war, auch mal spontan zu sein. Sich unerschrocken in etwas Neues zu stürzen. Und genau das würde ich machen. Und überhaupt, was gab es da eigentlich noch lange zu überlegen?

„Ja, warum nicht?", erwiderte ich mit kurzer Verzögerung und strahlte. „Ich würde sehr gerne vorbeikommen und mich bei Ihnen vorstellen."

„Wunderbar! Wie wäre es denn gleich mit morgen? Sagen wir, zehn Uhr vormittags in meinem Büro? Oder ist Ihnen das zu kurzfristig?"

„Nein, das passt perfekt. Ich würde mich freuen."

„Wie schön, ich freue mich ebenso."

„Vielen Dank für diese Möglichkeit", sagte ich schnell. In meinem Kopf drehten sich nach wie vor die Gedanken und versuchten zu verarbeiten, was mir die Frau gerade eröffnet hatte.

„Ich habe zu danken. Dann sehen wir uns morgen. Auf Wiederhören!"

Völlig verdattert legte ich auf und ließ das Handy in meinen Schoß sinken.

Hatte ich gerade wirklich ein Jobangebot bekommen? Hier in Coldriver?

Einige Sekunden lang saß ich da und starrte in die Luft, während mein Gehirn versuchte, das Telefonat zu begreifen.

Dieser Job wäre etwas, womit ich endlich wieder Geld verdienen könnte.

Und es wäre ein Schritt in meine Zukunft. Eine Zukunft in Coldriver.

Es war, als hätte Diane Collins geahnt, dass ich mich entschieden hatte, in Coldriver zu bleiben. Konnte es sein, dass sich endlich alles fügte?

Ich presste das Handy gegen meinen Oberkörper.

Durch mein Coldriver-Projekt hatte ich kurzzeitig tatsächlich den Gedanken gehabt, ob ich mich beruflich vielleicht in die soziale Richtung orientieren sollte. Ob das mein Herz weiten würde.

Bei der Vorstellung auf die Aussicht auf diesen Job regte sich ein vorfreudiges Kribbeln in meiner Brust. Ein Kribbeln, das ich bei keiner anderen Überlegung für meine berufliche Zukunft bisher so intensiv gehabt hatte. Auch nicht bei dem Literaturstudium, das ich mittlerweile komplett verworfen hatte.

Und da wusste ich, dass das ein guter Weg sein würde.

Hoffentlich konnte ich Diane Collins morgen überzeugen.

Kapitel 35

Mit pochenden Kopfschmerzen wachte ich am nächsten Morgen auf. Mein Mund fühlte sich trockener als die Sahara an und meine Augen waren tränenverklebt, da ich vor dem Einschlafen wieder an Nathan gedacht hatte. Ich hatte den Emotionen freien Lauf gelassen und mich dem Schmerz in meinem Herzen hingegeben.

Doch jetzt musste ich mich zusammenreißen. Ein neuer Tag stand bevor mit einem wichtigen Termin, den ich nicht versauen wollte.

Ich hievte mich ins Bad und blickte in den Spiegel. Ein blasses, trauriges Abbild meiner Selbst stach mir entgegen und am liebsten wäre ich wieder umgedreht und hätte mich in meinem Bett verkrochen. Energisch schüttelte ich den Kopf. Nein, ich wollte das heute durchziehen. Ich musste das durchziehen. Vielleicht konnte ich am Ende des Tages einen unterschriebenen Arbeitsvertrag in den Händen halten.

Schnell hüpfte ich unter die Dusche, schminkte mich und zog mich an, bevor ich zurück in mein Schlafzimmer eilte. Ich gab Vanessa Bescheid, dass ich einen Termin hatte, aber bald wieder hier sein würde. Bevor sie nachfragen konnte, war ich schon zur Tür hinaus und schlüpfte möglichst lautlos nach draußen auf die Veranda.

„Wie schön, Sie endlich persönlich kennenzulernen." Diane Collins war eine große, schlanke Frau, die mich mit einem einnehmenden Strahlen begrüßte. Ihre braunen Haare fielen in einem hohen Pferdeschwanz auf ihre Schulter und ihr Körper steckte in weißen Arbeitsklamotten. Ihre Stimme am Telefon hatte mich nicht getäuscht, sie sah tatsächlich aus wie Mitte dreißig.

„Freut mich auch." Lächelnd ergriff ich ihre ausgestreckte Hand und schüttelte sie. „Danke, dass ich heute hier sein darf."

„Ich habe zu danken." Um ihre Augen bildeten sich kleine Fältchen, die ihre Züge noch um einiges sympathischer machten. Sie wirkte natürlich und bodenständig. „Wir können uns übrigens gerne beim Vornamen nennen, wenn du möchtest."

„Gerne." Ich nickte. „Ich bin Jess."

„Diane." Sie lachte und deutete ausladend auf einen Stuhl. „Setz dich doch."

Zum Glück hatte ich das Altenheim, das tatsächlich etwas außerhalb von Coldriver lag, schnell gefunden und die richtige Tür zu ihrem Büro entdeckt. Der Raum wirkte durch die weißen Wände und den großen Fenstern, die Sonnenlicht hereinließen, sehr hell und freundlich.

„Danke." Ich ließ mich auf dem Stuhl vor ihrem Schreibtisch nieder.

„Ich finde dein Projekt wirklich großartig", sagte Diane und faltete ihre Hände auf dem Tisch. „Es ist nicht selbstverständlich, dass junge Erwachsene so viel Eigeninitiative zeigen und sich um ältere Menschen kümmern. Das ist wirklich ganz große Klasse. Hast du vorher schon mal etwas in diese Richtung gemacht?"

Ich schüttelte den Kopf. „Nach der Highschool habe ich einen Bachelor in *Political Science* absolviert und bin danach hierher nach Coldriver zu meiner Grandma gezogen. Bisher habe ich noch nicht viel Erfahrung gesammelt, aber durch mein Projekt gemerkt, wie sehr ich diese soziale Arbeit liebe."

Diana nickte nachdenklich. „Weißt du, was ein Altenpfleger macht?"

Für einen kurzen Moment warf sie mich mit dieser Frage aus der Bahn. Verdammt, durch das ganze Chaos der letzten Tage hatte ich mich gar nicht auf mögliche Fragen eines Vorstellungsgesprächs vorbereitet.

Meine Hände wurden schweißnass, während ich fieberhaft nach einer schlüssigen Antwort suchte.

„Also, ich denke, dass eine Pflegekraft sich in allen Bereichen um die Patienten kümmert. Sie hilft ihnen beim Essen, bei den Toilettengängen oder der Körperpflege, veranstaltet Spielenachmittage und unterstützt sie medizinisch." Ich machte eine Pause und bemühte mich, meine Nervosität zu unterdrücken, um einen klaren Kopf zu bewahren. Gott, ich faselte hier Zeug zusammen wie eine Zehnjährige. „Ich denke, dass es auch darum geht, die Menschen emotional zu unterstützen und sicherzustellen, dass es ihnen gut geht und sie sich wohlfühlen."

An Dianes Mimik war nicht abzulesen, ob ich mich gerade in eine Sackgasse verlief oder ob meine Antwort zufriedenstellend war.

Innerlich verkrampfte sich mein ganzer Körper. Wieso hatte ich mich nicht besser vorbereitet? Vielleicht hätte ich den Termin doch verschieben sollen.

Mit aller Macht drängte ich Grandma und Nathan und all den Schmerz zurück und konzentrierte mich ganz auf die Leiterin des Altenheims vor mir, die gerade nach einem Kugelschreiber griff und ihn in ihrer schlanken Hand hin und her drehte. Ich merkte, wie ich anfing zu schwitzen.

„Da hast du schon einige wichtige Punkte genannt", sagte Diane und ein Anflug von Erleichterung durchströmte mich. Sie fixierte mich mit ihren Augen. „Gute Pflegekräfte sollten gern anderen helfen und eine große Portion an Geduld mitbringen. Das sind Qualitäten, die du auf jeden Fall hast, sonst hättest du dieses Projekt nicht gestartet." Sie lächelte und ein Teil meiner Anspannung begann sich zu lösen. „Es ist in unserer Arbeit ganz wichtig, dass wir sensibel, respektvoll und einfühlsam sind und Taktgefühl mitbringen. Aber ich denke, das ist dir durchaus bewusst."

Ich nickte und hielt mich davon ab, nervös meine Hände zu kneten. Irgendwo hatte ich mal gelesen, dass eine offene Körperhaltung und ruhige Hände einen besseren Eindruck machten, als wenn man irgendwo herumzupfte.

Diane bat mich, noch ein bisschen was von mir zu erzählen, bevor es auch schon an der Zeit war, in den praktischen Teil überzugehen. Sie reichte mir Arbeitsklamotten, in die ich hineinschlüpfte, und führte mich einmal durch das ganze Gebäude. Es hing ein besonderer Geruch in der Luft, den ich nicht ganz definieren konnte, aber mochte. Wir begegneten ein paar älteren Menschen, die mich neugierig beäugten. Als ich ihnen ein Lächeln schenkte, erhellten sich ihre Gesichter.

Mein Herz klopfte vor Nervosität, als Diane mit mir bei einigen Patienten vorbeischaute.

Die Zeit verging wie im Flug, sodass bald das Mittagessen angerichtet wurde und ich beim Auftragen half. Schon bald gelang es mir, Dianes scharfe Blicke auszublenden und mich ganz auf meine Arbeit zu konzentrieren. Eine Arbeit, die mein Herz weitete.

„So, liebe Jess." Diane ließ sich auf ihrem Bürostuhl nieder. Früher als erwartet hatte sie mein Probearbeiten beendet und mich wieder in ihr Büro gebeten.

Ob das ein gutes oder schlechtes Zeichen war, würde ich gleich erfahren.

„Wie ging es dir in den letzten Stunden?" Ihre Augen musterten mich wachsam.

„Gut. Es hat mir wirklich Spaß gemacht." Mir war bewusst, wie sehr ich strahlte.

Diane nickte. „Das hat man dir angesehen." Sie griff nach ihrem Kugelschreiber und tippte damit auf ihrem Schreibtisch herum. „Also ich muss sagen, ich bin wirklich überzeugt. Du hast eine freundliche, zugängliche Art und warst sehr feinfühlig und ruhig, auch in unerwarteten Situationen. Das hat mir gut gefallen."

Ich blinzelte und fragte mich, ob ich mich gerade verhört hatte.

Mein Mund klappte auf, doch es kam kein Ton heraus.

Sehr professionell, Jess.

„Um bei uns als Pflegekraft anzufangen, benötigst du erstmal keine formalen Qualifikationen. Es wäre natürlich von Vorteil, aber es ist kein Muss. Wir bieten Erstehilfekurse an und du kannst verschiedene Fortbildungen belegen, um dein Wissen zu erweitern." Diane beugte sich vor. „Deine Stelle wäre zunächst auf vier Monate befristet. Wenn unsere Zusammenarbeit jedoch gut läuft und beide Seiten einverstanden sind, stehen die Chancen gut, den Vertrag zu verlängern. Was sagst du dazu?"

Zwei Herzschläge verstand ich kein Wort. Dann kapierte mein Gehirn endlich, was Diane mir gerade eröffnet hatte.

„Ich … ich könnte den Job bekommen?" Mein Magen machte einen aufgeregten Satz nach oben.

Diane lächelte. „Du wärst perfekt dafür. Was meinst du?"

„Ja! Ja, auf jeden Fall." Ich bemühte mich, meine Freude im Zaum zu halten. „Ich würde mich total freuen, Teil eures Teams zu werden."

„Sehr schön." Zufrieden griff sie nach einem Papier und schob es mir entgegen. „Das wäre dein Arbeitsvertrag. Lies ihn dir gerne in Ruhe durch und wenn alles für dich passt, unterschreib hier."

Kapitel 36

„Wo warst du denn?"

Mit großen Augen begrüßten mich meine Eltern, als ich das Wohnzimmer betrat.

„Vanessa hat irgendwas von einem Termin gesagt?" Mom hob die Augenbrauen.

Ich nickte und ließ mich auf den freien Sessel neben dem prasselnden Kaminfeuer nieder. Meine Eltern saßen nebeneinander auf dem Sofa und warteten gespannt ab.

„Ich hatte ein Vorstellungsgespräch." Der unterschriebene Arbeitsvertrag in meiner Hand knisterte.

„Ein … was?" Vanessa kam zu uns ins Wohnzimmer und blieb erstaunt stehen.

„Ein Vorstellungsgespräch. Im Altenheim von Coldriver. Das war sehr kurzfristig, ich habe erst gestern den Anruf von der Chefin erhalten, die mich eingeladen hat."

Mom tauschte einen verwirrten Blick mit Dad aus.

Ich holte tief Luft und begann zu erzählen. Von meinem Aushang, durch den Diane auf mich aufmerksam geworden war, von ihrem Anruf und von meinem Vorstellungsgespräch.

„Ab Dezember geht es also los?" Mom war ganz blass geworden.

Ich nickte. „Der Vertrag geht erstmal nur bis März. Aber die Wahrscheinlichkeit, ihn zu verlängern, ist sehr hoch."

Kurz herrschte Schweigen und nur das Knistern des Kamins war zu hören. Selbst Vanessa war ungewohnt still. Ein angespannter Klumpen setzte sich in meinem Magen fest.

„Damit hätte ich nicht gerechnet", sagte meine Schwester nach einer Weile. Ihre Stimme klang stark, aber ich nahm eine enttäuschte Schwingung darin wahr. Dann schien Dad ihr noch nichts von meinem Vorhaben erzählt zu haben.

Ich krallte meine Finger nervös in das Kissen auf meinem Sessel. „Ich weiß, dass das sehr plötzlich kommt."

Das Schweigen war drückend. Ich streckte meinen Arm nach vorne und reichte meinen Eltern das Papier. „Das ist mein unterschriebener Arbeitsvertrag."

Angespannt beobachtete ich die Gesichter meiner Eltern, die sich den Vertrag durchlasen.

Nach kurzer Zeit legte Dad den Arbeitsvertrag auf den Wohnzimmertisch. Dann stemmte er sich aus dem Sofa hoch und kam einen Schritt auf mich zu. Ich erhob mich ebenfalls. Er legte seine Arme um mich und zog mich in eine warme Umarmung.

„Ich bin so stolz auf dich." Er strich mir liebevoll über den Rücken. „Du hast deinen eigenen Weg gefunden und das ist etwas ganz Tolles. Man sieht dir an, wie glücklich du hier bist. Und als Pflegekraft zu arbeiten, finde ich wirklich ehrenwert und großartig."

Tränen brannten hinter meinen Lidern, als ich ihn fest an mich drückte.

Mom legte ihre Hand auf meinen unteren Rücken. Den anderen Arm schlang sie um Dad. Wir standen im Kreis und ich fühlte die Liebe, die über mich schwappte.

„Ich muss zugeben, ich hätte nicht gedacht, dass du New York jemals verlässt." Ein wehmütiges Lächeln legte sich auf Moms Lippen. „Aber ich sehe, wie du hier strahlst. Der Ort scheint dir wirklich gut zu tun."

„Das tut er." Ich lächelte.

„Ich bin froh, dass du ein Auge auf Grandma haben kannst", sagte Dad. „Ich habe nicht nachgedacht, als ich gesagt habe, sie soll zu uns nach New York kommen. Sie hat recht, dass sie hier am glücklichsten ist. Außerdem hat sie mir mittlerweile von John erzählt."

Ich legte meinen Arm ebenfalls um ihn. „Das ist doch klar, dass du dich sorgst. Ich werde auf jeden Fall ein Auge auf sie haben und euch immer auf dem Laufenden halten."

Ein warmer Ausdruck trat in Dads Augen. „Das wäre schön. Ich habe mir außerdem vorgenommen, öfter hierher zu fliegen und sie zu besuchen. Und dich natürlich auch."

„Ich werde dich so vermissen, Jessy", sagte Mom traurig.

„Ich werde sie am allermeisten vermissen." Vanessa drängte sich zwischen Mom und Dad und schlang ihre Arme um die beiden. In ihren Augen lag Wehmut, doch ihre Lippen verzogen sich zu einem liebevollen Lächeln. „Ich verstehe, warum du hierbleiben willst", sagte sie. „Auch wenn ich meine allerliebste Schwester und beste Freundin jeden Tag lieber persönlich sehen würde."

Mein Herz zog sich schmerzhaft zusammen.

„Ich weiß." Meine Stimme klang erstickt. Ich würde meine Familie so sehr vermissen. Aber die Entscheidung, hier zu bleiben, war die Richtige. Es war eine Entscheidung, die meine Seele beflügeln würde.

„Danke für eure Unterstützung", flüsterte ich.

Meine Familie schenkte mir ein warmes Lächeln. Dann drängten wir uns dicht zusammen zu einer Gruppenumarmung. Die Liebe und Kraft meiner Familie strömte in meine Brust. Ich schloss die Augen, atmete ihren vertrauten Duft in mich ein und bemühte mich, alles, was ich in diesem Moment empfand, in mich aufzusaugen und zu speichern. Moms warme Hand auf meinem Rücken. Dads Arm um meine Schultern geschlungen. Vanessas Stirn an meiner. Meine Familie.

Kapitel 37

„Grandma, kann ich dich etwas fragen?"

Ich saß auf dem Besucherstuhl an ihrem Krankenhausbett und suchte Grandmas Blick. Sie wirkte mit jedem Tag fitter und ich war froh, dass sie sich so gut erholte. Das medizinische Personal hatte sie eine Weile zur Beobachtung hierbehalten wollen, doch da alles gut aussah, durfte Grandma morgen wieder nach Hause.

Grandma nickte. „Natürlich. Was bedrückt dich denn, Liebes?"

„Ich ..." Rasch räusperte ich mich. Die Sache mit Nathan lag mir immer noch im Magen und ging mir nicht mehr aus dem Kopf. Jetzt, wo es Grandma wieder besser ging, wollte ich sie unbedingt fragen, ob sie über ihn Bescheid wusste.

„Es geht um Nathan", sagte ich.

Grandmas Augen weiteten sich erschrocken. „Ist etwas passiert? Habt ihr euch gestritten?"

Ich richtete meinen Blick zu Boden und spürte, wie sich mein Körper verkrampfte.

„Also, wenn ich zwei Menschen kenne, die so gar nicht zum Streiten neigen, dann sind das du und Nathan. Was ist denn passiert?"

Aufgewühlt schob ich einen meiner Ringe an meinem Finger auf und ab. Ich hob den Blick und sah Grandma an. „Hast du von Nathans Anklage gewusst?"

Kurz breitete sich Stille zwischen uns aus.

Grandma rieb sich über die Stirn. „Ja, ich weiß davon. Hat er es dir gesagt?"

Ich schüttelte den Kopf. „Schön wäre es, wenn er so ehrlich zu mir gewesen wäre. Ich habe es von zwei Frauen während der Bonfire Night mitbekommen, die sich darüber unterhalten haben."

„Ach, Liebes." Grandma stieß ein Seufzen aus. „Hier in Coldriver bleiben solche Dinge wirklich nicht lang geheim. Hast du mit Nathan gesprochen, nachdem du es bei den Frauen mitgehört hast?"

„Nur kurz." Ich drehte meinen Ring hin und her.

„Hat er dir erklärt, warum er vor Gericht musste?"

„Wegen … Körperverletzung." Alleine der Gedanke daran verursachte Schwindel in meinem Kopf.

„Ja, aber weißt du, was und weshalb er es getan hat?"

Verwirrt blickte ich auf.

Grandma nickte, als sie meinen Gesichtsausdruck sah. „Verstehe."

„Ich konnte nicht länger mit ihm sprechen." Meine Kehle schnürte sich zu, sodass es mir schwerfiel weiterzusprechen. „Du weißt doch, wie Josh war. Ich konnte nicht nochmal …"

„Nathan ist nicht wie Josh." Grandma setzte sich etwas weiter auf. Ihr Blick wurde eindringlich. „Nathan ist ein guter Mann. John hat mir erzählt, dass er sich noch nie zuvor geprügelt hat und generell die Sanftheit in Person ist."

Ich schwieg, während die Gedanken in meinem Kopf wirbelten.

„Nathan arbeitet seit zehn Monaten in der Werkstatt. Und er hat sich noch nie etwas zu Schulden kommen lassen." Grandma faltete die Hände vor ihrem Bauch. „Er ist ein reifer, junger Mann, der aus seiner Vergangenheit gelernt hat."

So, wie sie von ihm sprach, schien sie ihm seine Anklage nicht übel zu nehmen.

„Warum hat er mir nichts davon erzählt?" Ich biss mir auf die Unterlippe, um ein Zittern zu unterdrücken.

Grandma sah mich an. „Naja, es ist verständlich, dass er es dir nicht sofort unter die Nase gerieben hat, oder?"

Ich schluckte, während ich ihre Worte nachhallen ließ. Natürlich war das nichts, was man willkürlich jedem erzählte, den man kennenlernte. Wie hätte das auch aussehen sollen? *Hallo, mein Name ist Nathan Woods, ich arbeite in der Autowerkstatt und ach ja, ich stand bis vor kurzem wegen Körperverletzung vor Gericht. Und bei dir so?*

Aber wir waren uns doch so nah gewesen.

„Die einzige Möglichkeit, um herauszufinden, weshalb er es dir nicht gesagt hat, ist, mit ihm zu sprechen", sagte Grandma.

Das Sonnenlicht schien durch das Krankenhausfenster herein und beleuchtete ihr Gesicht. Liebevoll sah sie mich an. „Nachdem, was du mit deinem Exfreund erlebt hast, ist es schwer, das weiß ich. Aber wenn du Antworten willst, dann musst du mit Nathan sprechen."

„Ich weiß", flüsterte ich. „Aber es tut so weh. Ich habe Nathan vertraut und alles, was ich jetzt erfahren habe, hat mein Vertrauen zerstört."

Grandma beugte sich vor und griff nach meiner Hand. Ihre warmen Finger umschlossen meine und hielten sie.

„Du liebst ihn, nicht wahr?"

Ihre Frage, die mehr wie eine Feststellung klang, hing zwischen uns in der Luft.

Am liebsten würde ich den Kopf schütteln. Alles abstreiten und behaupten, dass ich nichts für Nathan empfand. Doch das stimmte nicht. Ich hatte mich in ihn verliebt. Daran änderte auch die Tatsache nichts, was ich über ihn erfahren hatte.

Langsam nickte ich.

„Dann sprich mit ihm." Grandma drückte meine Hand. „Oder wenn er das nächste Mal mit dir sprechen möchte, dann lass es zu, ja? Denn eins kann ich dir sagen: Nathan ist kein schlechter Kerl. Er verdient es, dass er dir alles erklären kann. Warum es zu dieser Anklage kam. Ich würde das nicht sagen, wenn ich nicht davon überzeugt wäre, dass er einer von den Guten ist.“

Ich klammerte mich an Grandmas Blick fest und nahm ihre Worte in mich auf. Worte, die einen Anflug von Hoffnung in mir weckten.

Die Wärme und die Liebe, die ihre Augen versprühten, ließen etwas in mir weich werden.

„Okay“, sagte ich leise und nickte.

Nachdem ich noch eine Weile an ihrem Bett verbracht und mit ihr über Gott und die Welt gesprochen hatte, fuhr ich zurück zu ihr nach Hause. Als ich in die Einfahrt zu ihrem Blockhaus einbog, erblickte ich ein Auto vor der Veranda.

Ein Auto, das mir sehr vertraut war.

Ich runzelte die Stirn. Unwillkürlich beschleunigte sich mein Herzschlag. Bisher hatte Nathan nur über Anrufe und Textnachrichten versucht, mich zu kontaktieren. Persönlich hatten wir uns seit der Bonfire Night nicht mehr gesehen.

Ich parkte den Wagen und stieg aus. Im selben Moment öffnete sich seine Fahrertür und Nathans Kopf erschien im Rahmen. Ein Windstoß zerwühlte seine dunklen Haare und schlagartig breitete sich ein sehnsüchtiges Ziehen in mir aus. Ich wollte es mir nicht eingestehen, aber ich hatte Nathan vermisst. Genauer gesagt die Zeit, die wir gehabt hatten, bevor ich davon erfahren hatte.

Nathan wandte seinen Kopf und sah mich an. Eine Palette an Emotionen lief über sein Gesicht. Freude, Sehnsucht, Reue, Schmerz. Er kam ein paar Schritte auf mich zu, blieb jedoch gute drei Meter von mir entfernt stehen. Sein Körper strahlte eine Unsicherheit aus, die ich gar nicht von ihm gewohnt war.

„Hey.“ Seine Stimme drang leise zu mir durch.

Ich schloss die Fahrertür mit einem Knall und lehnte mich mit verschränkten Armen dagegen. Mein Herz pochte heftig gegen meine Brust.

„Wie geht es Donna?", fragte Nathan vorsichtig. Sorge blitzte in seinen Augen auf und etwas in mir zerschmolz. Schon wieder dachte er erst an andere und sorgte sich um die Menschen, an denen ihm etwas lag.

Ich räusperte mich. „Mit jedem Tag wird sie fitter. Sie scheint den Sturz gut zu überstehen."

Erleichterung huschte über Nathans Gesicht. „Das freut mich zu hören."

„Was machst du hier?" Ich kniff die Augen ein Stück zusammen.

Nathan schluckte. „Ich würde gerne mit dir sprechen."

Seine Worte hingen für einen Augenblick zwischen uns.

Wenn er mit dir sprechen möchte, dann lass es zu, ja? Grandmas Worte hallten durch meinen Kopf.

Ich krallte meine Finger in meine Oberarme und rang kurz mit mir. Dann nickte ich.

Ich konnte sehen, wie eine Welle der Erleichterung durch seinen Körper lief. Dennoch blieb seine Haltung angespannt, als würde er aufpassen wollen, nichts zu tun, womit ich meine Meinung änderte.

„Ich … ich wollte dir gerne sagen, was damals vorgefallen ist. Weshalb ich angeklagt wurde." Nathan vergrub die Hände in seinen Hosentaschen. Zwischen seinen Brauen stand eine steile Falte. „Es würde mir viel bedeuten, wenn du es dir anhörst. Danach kannst du damit machen was du willst. Es wäre mir nur wichtig, dass du Bescheid weißt."

Ein Kloß bildete sich in meinem Hals. Nathan klang so aufrichtig und lieb, wie ich ihn kennengelernt hatte.

„Was ist passiert?" Meine Stimme klang leise.

Nathan spannte seinen Kiefer an. Er blickte an einen Punkt hinter mir und ein gequälter Ausdruck erschien auf seinem Gesicht. „Ich … ich war in Eau Claire in einer Bar."

Eine Pause entstand und er fuhr sich mit den Händen durch sein Haar, bis sie zerwühlt von seinem Kopf abstanden.

„Ich habe einen Mann beobachtet, der eine Frau belästigt hat. Er hatte sie schon eine ganze Weile im Visier und mehrfach bedrängt. Ich bin zu ihm hin und hab gesagt, dass er sie in Ruhe lassen soll." Seine Augen verdunkelten sich. „Es hat mich ... an meine Schwester erinnert. Sie wurde vor ein paar Jahren auf einer Party ebenfalls von einem Typen belästigt. Er hat sie nicht vergewaltigt, aber er hat sie unerlaubt angefasst und sie so bedrängt, dass sie bis heute Angst vor fremden Berührungen hat."

Nathan schluckte und biss sich auf die Unterlippe. Der Schmerz, den er ausstrahlte, hing greifbar zwischen uns in der Luft.

„Irgendwie hat mich die Wut von damals wieder überfallen. Wir wussten damals nicht, wer der Kerl war, der meiner Schwester das angetan hat, und ich konnte ihn daher nie zur Verantwortung ziehen. Aber jetzt, in dieser Situation ... als ich gesehen habe, wie dieser Mann die fremde Frau unerlaubt angefasst hat ... Da dachte ich, ich kann endlich helfen."

Für ein paar Sekunden schwieg Nathan und ich sah, wie er mit sich rang. Die Erinnerungen, die in ihm hochkamen, schienen ihn zu quälen.

„Dem Mann war es völlig egal, dass ich ihn gebeten habe, die Frau in Ruhe zu lassen. Ich bin nicht der Typ, der sofort zuschlägt. Aber irgendwie sind bei mir die Sicherungen durchgebrannt. Ich hatte außerdem schon ein bisschen was getrunken und ..." Er schüttelte den Kopf. „Als er die Frau immer noch nicht in Ruhe gelassen hat, habe ich ihn angegriffen und ziemlich stark verletzt." Er verstummte. Tiefe Reue strömte aus jeder Faser seines Körpers.

In meinem Kopf drehte sich alles.

Nathan rieb sich über das Gesicht und atmete tief durch. „Du musst darauf nichts sagen. Es ist mir nur wichtig, dass du jetzt weißt, was vorgefallen ist. Es tut mir leid, dass ich es dir nicht eher gesagt habe."

Wie versteinert stand ich da und bemühte mich, das Gesagte zu verarbeiten.

„Warum?", brach es aus mir heraus. „Warum hast du es mir nicht früher gesagt?"

Nathan rieb sich über den Nacken. Ein schmerzhafter Ausdruck huschte über sein Gesicht, der mir bis ins Herz fuhr.

„Ich …" Er brach ab und schüttelte den Kopf. Sein ganzer Körper stand unter Anspannung.

Unruhig legte er seine Hände vors Gesicht und atmete tief durch.

„Ich habe mich dafür geschämt", sagte er schließlich leise und ließ seine Hände wieder sinken. „Ich bin nicht so. Ich wollte nicht, dass du ein falsches Bild von mir hast und mich in irgendeine Schublade steckst." Als sein Blick meinen traf, begann sich heftiger Schwindel in mir auszubreiten. Der Schmerz in seinem Gesicht raubte mir beinahe die Luft zum Atmen.

„Und ich wollte nicht, dass du mich so ansiehst, wie du es jetzt tust", flüsterte er.

Für ein paar Sekunden drang nur noch das Rauschen der Bäume zu uns. Ansonsten war alles still.

„Als ich dich näher kennengelernt habe und du mich mit deiner Offenheit so umgehauen hast … da wollte ich es dir wirklich sagen. Das musst du mir glauben. Es war mir wichtig, dass du es von mir erfährst und wir offen zueinander sind. Ich hasse eigentlich nichts mehr, als Sachen zu verschweigen." Nathan atmete tief durch und schüttelte den Kopf. „Aber ich hätte es besser wissen müssen, dass du es schon früher in Coldriver mitbekommst."

Er sah mir fest in die Augen. Diese Augen, die mir in den letzten Wochen so vertraut geworden waren. Die ich zu schätzen gelernt hatte.

„Es tut mir so leid, Jess." Seine raue Stimme hallte durch die Luft.

„Du wolltest also diese Frau beschützen?" Mein Blick verfing sich in seinem.

Nathan nickte.

Aufgewühlt rieb ich über meine Oberarme, während mein Kopf versuchte, das Gesagte zu verarbeiten.

Nathan war in einer Bar gewesen. Er hatte eine Frau gesehen, die von einem Mann belästigt wurde. Diese Situation hatte Erinnerungen an seine Schwester geweckt und dann war er eingeschritten und hatte diesen Mann verletzt.

Mir wurde plötzlich übel. Ich kannte seine Schwester nicht, aber zu wissen, was sie durchmachen hatte müssen, brach mir das Herz. Niemand sollte so etwas durchleben müssen.

Ich biss auf die Innenseite meiner Wange, während sich ein neues Gefühl zwischen das Chaos in meinem Inneren mischte. Nathan hatte der Frau in der Bar wirklich nur helfen wollen. Damit ihr nichts geschah, wie so vielen anderen Frauen, bei denen niemand in der Nähe war, um einzuschreiten. Ich hatte so Angst gehabt, dass Nathan böswillig gewalttätig war und seine kriminelle Seite bisher nur vor mir versteckt gehalten hatte.

In mir begann etwas zu bröckeln. Es fühlte sich an, als würde jemand einen Felsen von meinen Schultern rollen und ich wieder atmen können. Nathan war nicht wie Josh. Nathan war immer noch der liebe, hilfsbereite Mann, den ich kennengelernt hatte.

Diese Erkenntnis zwang mich beinahe in die Knie.

„Ich kann verstehen, wenn du ab jetzt nichts mehr mit mir zu tun haben willst", sagte Nathan und in seiner dunklen

Stimme schwang unendlich viel Reue mit. „Es ist völlig ok, wenn du ... wenn wir Abstand halten sollen."

Das Brennen hinter meinen Augen verstärkte sich, bis sich schließlich eine Träne aus meinem Augenwinkel löste.

„Nathan ..." Ich stieß mich von meinem Wagen ab und trat zwei Schritte auf ihn zu. „Es ist ok."

In seinen Augen flackerte so etwas wie Hoffnung auf.

„Ich finde es gut, dass du dieser Frau geholfen hast. Wer weiß, was sie erlebt hätte, wenn du nicht da gewesen wärst." Allein bei dem Gedanken schüttelte es mich. „Du bist hier nicht der Böse, Nathan. Ich verstehe sowieso nicht, wieso du überhaupt vors Gericht musstest. Gab es keine Zeugen oder so?"

Ein Schatten huschte über Nathans Gesicht. „Der Mann hatte gute Anwälte, die mich dann auch angeklagt haben."

„Läuft die Verhandlung immer noch?"

Er schüttelte den Kopf.

„Musst du ... gab es irgendwelche Konsequenzen?" Angespannt sah ich ihn an. Von meinen Eltern wusste ich, dass man je nach Schwere der Körperverletzung auch ins Gefängnis wandern konnte.

„Nein. Wir ... der Richter hat zum Glück entschieden, dass mich keine Schuld trifft." Nathan schluckte. „Es ist vorbei."

Ich atmete auf. „Okay."

Er nickte.

Für kurze Zeit sagte niemand etwas.

„Bist du deshalb nach Coldriver gekommen?" Fragend sah ich ihn an. „Um von Eau Claire und deiner Vergangenheit wegzukommen?"

Nathan nickte langsam. „Eine Anklage macht sich nicht sonderlich gut im Lebenslauf. Ich bin so froh, dass Grandpa mich bei sich arbeiten lässt. Der Abstand zu Eau Claire tut mir gut und ich habe mich schon lange nicht mehr so wohl gefühlt wie hier in Coldriver." Er griff nach einem Bändchen seines Hoodies und spielte unruhig daran herum. „Jess, ich möchte dir nochmal sagen, wie leid es mir tut, dass ich es dir nicht früher erzählt habe. Eigentlich meide ich Gewalt wie die Pest." Seine graublauen Augen suchten meine und ich fand aufrichtige Ehrlichkeit in ihnen. Ich glaubte ihm, dass er Gewalt genauso wenig leiden konnte wie ich. Dass dies eine Ausnahmesituation gewesen war.

Nach wie vor fühlte ich mich von all den neuen Informationen erschlagen. Ich mochte es gar nicht, wenn mich etwas überrumpelte. Und diese Gerüchte über Nathan hatten mich definitiv überrumpelt. Hätte er es mir in einer ruhigen Minute gestanden und direkt erklärt … Vielleicht hätte sich meine Erschütterung etwas im Zaum gehalten. Aber es so um drei Ecken zu erfahren und ohne eine Erklärung … Das hatte mich kalt erwischt und überfordert.

„Ich möchte dir auch etwas sagen." Ich suchte seinen Blick.

Nathan sah mich an und nickte.

„Es gibt einen Grund, weshalb ich so empfindlich auf diese Nachricht über dich reagiert habe." Ich schluckte und spielte an meinem Ring herum. „Ich habe dir ja schon von Josh erzählt. Dass es einige Probleme in unserer Beziehung gab." Ich bemühte mich die Erinnerungen zurückzuschieben und hielt mich an Nathans warmen Blick fest. „Josh war so impulsiv. Je länger wir zusammen waren, desto mehr hat er mir diese Seite von sich gezeigt. Er hat sich geprügelt und hat in unserer Wohnung oft auf Dinge eingeschlagen, sodass ich irgendwann Angst um mich selbst hatte." Ich schüttelte den Kopf. In meinem Inneren war es ganz kalt geworden. „Jedenfalls habe ich die Reißleine gezogen und bin weg, bevor etwas Schlimmeres hätte passieren können. Seitdem bin ich aber noch vorsichtiger, was Gewalt angeht. Und als ich gehört habe, dass du wegen Körperverletzung angeklagt wurdest, habe ich wirklich gedacht, ich höre nicht richtig. Ich dachte, dass ich so blind war und wieder auf einen gewalttätigen Mann hereingefallen bin. Das hat mich fertig gemacht.“

Nathans Lippen öffneten sich. Der Schock spiegelte sich in seinen Augen wider. „Das tut mir so leid, Jess.“

Ein kühler Windhauch wehte zwischen uns hindurch.

Nathan machte einen Schritt auf mich zu. Seine Brauen waren verengt und ich konnte sehen, wie sehr ihn die Nachricht über meinen Ex beschäftigte.

„Wenn ich das gewusst hätte …“ Er schluckte.

„Ist schon gut.“ Nun näherte ich mich ihm ebenfalls, bis wir so dicht voreinander standen, dass ich meinen Kopf in den Nacken legen musste, um Nathan ins Gesicht zu sehen. „Ich weiß jetzt, dass du nicht wie Josh bist.“

Nathans Augen trafen meine und ich spürte die Wärme in meinem Inneren.

„Du gehst mir nicht mehr aus dem Kopf, Nathan.“ Ich schluckte. „Ich dachte, ich habe dich verloren. Den liebevollen Mann, dem ich mich in den letzten Wochen so anvertraut habe.“

Schmerz flackerte in Nathans Augen auf. „Ich dachte auch, dass ich dich verloren habe.“ Sein Blick glitt quälend langsam über mein Gesicht. „Und ich könnte jederzeit verstehen, wenn du nun gehen willst.“

Grandma hatte recht gehabt, als sie gesagt hatte, dass ich Nathan eine Chance geben sollte, mir alles zu erklären. Sie hatte schon immer ein gutes Gespür für Menschen gehabt. Und Nathan hatte tatsächlich nur Gutes im Sinn gehabt.

Die Liebe zu ihm überrollte mich mit einem Mal wie eine gigantische Welle.

„Ich werde nicht gehen. Ich bin so froh, dass du immer noch *du* bist“, wisperte ich. Ich streckte eine Hand aus und legte sie sanft auf seine Schulter. Die Luft zwischen uns verdichtete sich. Unsere Blicke verhakten sich ineinander und in meinem Brustkorb dehnte sich etwas aus, das ich nicht in Worte fassen konnte.

„Ich bin so froh, wenn du bleibst, Jess." Nathans Stimme rutschte um ein paar Nuancen tiefer. Langsam hob er eine Hand und näherte sich meinem Gesicht. Seine warme Haut streifte meine Wange, als er mir behutsam eine Haarsträhne hinters Ohr schob. „Ich habe mich nämlich in dich verliebt."

Mein Herz setzte einen Takt aus, bevor es im doppelten Tempo weiterschlug. Es dauerte ein paar Sekunden, bis mein Gehirn seine Worte verarbeitet hatten.

Langsam hob ich eine Hand und legte sie an seine Wange. Ich fühlte die rauen Bartstoppeln. „Nathan … Ich habe mich auch in dich verliebt." Unsere Gefühle das erste Mal auszusprechen, ließ mein Herz anschwellen. Es war unglaublich zu wissen, dass er in letzter Zeit dasselbe gefühlt hatte, wie ich.

Nathans Augen wurden weit. Seine Hände wanderten zu meiner Hüfte und ich spürte, wie seine Körperwärme bis unter meine Haut drang.

„Ab jetzt keine Geheimnisse mehr, ok?", flüsterte ich.

Nathan nickte. „Keine Geheimnisse mehr."

Sein Blick war immer noch unsicher und voller Reue, sodass ich schließlich die Lücke zwischen uns schloss und ihn in eine feste Umarmung zog. Er legte seine Arme ebenfalls um mich und drückte mich an sich. Sein Körper schmiegte sich warm gegen meinen und sein herber Duft füllte meine Nase.

„Hast du Lust, in den nächsten Tagen mit mir Essen zu gehen?" Nathan löste sich ein Stück und sah mich an. Seine Hände lagen immer noch warm auf meinem Rücken und hielten mich. „Dann können wir nochmal in Ruhe über alles reden."

Ich betrachtete sein Gesicht. Seine schönen Gesichtszüge. Seine warmen, vertrauten Augen. All das, in das ich mich verliebt hatte.

Dann nickte ich und lächelte leicht. „Sehr gerne."

Kapitel 38

„Heute bin ich mal ganz verwegen und nehme einen anderen Burger." Nachdenklich betrachtete ich die Speisekarte vor mir. „Vielleicht einfach nur den Cheeseburger."

Nathan stützte sein Kinn auf meine Schulter und blickte ebenfalls in die Karte. „Ich nehme den Barbecue Burger."

„Auch eine gute Wahl." Lächelnd legte ich die Karte ab.

Wir gaben bei Edgar unsere Bestellung auf und wippten entspannt zu den Gitarrenklängen aus den Boxen. Heute war das Diner besonders voll und jeder Tisch war besetzt. Es herrschte ausgelassenes Gelächter und lautes Stimmengewirr.

Ich drehte meinen Kopf und sah zu Nathan. Nach unserer Aussprache hatte sich zwischen uns etwas verändert. Wir tasteten uns immer noch langsam heran an den anderen, doch wir knüpften schon fast wieder an den Punkt an, an dem wir vor unserer Funkstille aufgehört hatten.

Während wir auf das Essen warteten, erzählte mir Nathan noch einmal von seinen Gedanken und wie der Prozess vor Gericht genau abgelaufen war. Ich konnte ihm ansehen, dass es ihm nicht leichtfiel, darüber zu sprechen. Doch das, und auch seine ausführliche Erzählung, gaben mir die Bestätigung, dass er tatsächlich einer von den Guten war. Dass ich mich doch nicht in ihm getäuscht hatte und er nicht böswillig jemandem etwas antun hatte wollen.

Mit jedem Wort mehr spürte ich, wie sich unendliches Glück und Erleichterung in mir ausbreiteten. Es tat so gut zu sehen, wie Nathan sich nun öffnete und sich nicht mehr versteckte. Er zeigte mir alles von sich und ich schätzte seine Offenheit.

Ich hatte gestern außerdem noch mit Mom telefoniert und bezüglich Nathans Anklage alles aufgeklärt. Sie war unendlich erleichtert gewesen, als ich erklärt hatte, dass das Gerücht, dass Nathan gewalttätig war, nicht stimmte. Wir waren uns beide einig gewesen, dass Nathan ein lieber Kerl war und ihre Sorgen unbegründet waren.

„Ich wollte dir auch noch etwas erzählen", sagte ich, nachdem unsere Burger gebracht wurden und einen würzigen Duft vor uns verströmten.

„Was denn?" Nathan sah mich neugierig an und biss ein Stück seines Burgers ab.

„Ich habe mich dazu entschieden, in Coldriver bei Grandma zu bleiben. Und ich habe einen Job bekommen."

Nathans Augen wurden groß. Er schluckte seinen Bissen herunter und fragte erstaunt: „Einen Job?"

Im Schnellverfahren berichtete ich ihm, wie ich an den Job im Altenheim in Coldriver gekommen war und wie das Vorstellungsgespräch verlaufen war.

„Der Job startet im Dezember", schloss ich meine Erzählung.

Nathan ließ seinen Burger sinken. „Jess, das klingt ja großartig." Seine Augen weiteten sich vor Begeisterung.

„Ich bin immer noch etwas überwältigt", sagte ich etwas verlegen. „Mit diesem Job kann ich endlich wieder Geld verdienen und einen neuen Schritt Richtung Zukunft gehen."

Ein breites Lächeln erschien auf Nathans Gesicht. Er legte den Burger zurück auf seinen Teller, wischte sich seine Hände an einer Serviette ab und beugte sich dann vor, um mich in den Arm zu nehmen. Ich schmiegte mich an seine warme Brust.

„Ich bin stolz auf dich", murmelte er in meine Haare und drückte mich sanft an sich. Sein vertrauter Duft umgab mich und ich spürte, wie mein Herz vor Rührung anschwoll.

„Ich habe doch gar nichts gemacht. Es war reiner Zufall, dass sie meinen Aushang gesehen hat bzw. dass Mundpropaganda sie erreicht hat."

Nathan schob mich ein Stück von sich und sah mir fest in die Augen. Seine Hände lagen warm auf meinen Schultern. „Natürlich hast du was gemacht. Es war deine Idee, den Aushang zu machen. Du hast dich entschieden, den Menschen zu helfen, und du hast angefangen, dich um sie zu kümmern. Wärst du nicht selbst aktiv geworden, hätte Mrs. Collins niemals auf dich aufmerksam werden können." Er hob eine Hand und strich mir behutsam eine Haarsträhne hinters Ohr. In meinem Hals setzte sich ein Kloß fest und beinahe wären mir bei seinen Worten die Tränen in die Augen gestiegen.

In Nathans Blick lag so viel Zuversicht, Stolz und Wärme, dass ich erneut meine Arme um ihn schlang.

„Ich bin dir so dankbar", flüsterte ich. Ich spürte seine Lippen an meinem Scheitel und einen sanften Kuss, den er mir in die Haare drückte.

„Ich habe auch schon mit meinen Eltern gesprochen und ihnen erklärt, dass ich hierbleibe. Dass ich nicht mehr zurück nach New York will. Weil ich die Stadt hier liebe und meine Arbeit. Und weil ich dich liebe."

„Und dir macht es auch nichts aus … was in meiner Vergangenheit passiert ist?" Ein Hauch Unsicherheit huschte über sein Gesicht.

„Nathan …" Ich legte eine Hand auf seine Schulter. Sofort spannten sich seine Muskeln unter meiner Berührung an. „Du bist der beste Mensch, der mir je begegnet ist. Jeder Mensch macht Fehler. Das Wichtigste ist, was man daraus lernt."

Ganz langsam strich ich mit meinen Fingern über seine Wangenknochen. Sein Blick ruhte auf mir. Die Reue fraß ihn innerlich auf, doch ich hoffte, dass er verstand, dass ich nicht weglaufen würde. Sondern bleiben würde.

Ich legte meine andere Hand an seine Wange und hielt sein Gesicht umfasst. „Ich möchte dich in meinem Leben haben. Du machst mich glücklich."

Ich beugte mich vor und küsste ihn. Noch nie hatte sich etwas so richtig angefühlt, wie in diesem Moment.

Nathan legte seine Stirn auf meine. „Ich bin so froh, dass du bleibst."

Ich stupste meine Nase gegen seine. „Und ich erst."

Ein sanftes Lächeln erschien auf seinem Gesicht. „So ein Glück, dass du dich entschieden hast, zu deiner Grandma zu gehen."

„Das war bestimmt Schicksal." Manchmal entstanden die schönsten Dinge aus Situationen, von denen man es niemals erwartet hätte.

Wir lösten uns voneinander und verspeisten den Rest unseres Burgers. Es tat so gut zu wissen, dass wir uns nun mit allem ausgesprochen hatten. Dass nichts mehr zwischen uns stand. Keine Geheimnisse aus der Vergangenheit. Und dass unsere Zukunft gesichert war.

„Ich gehe kurz auf die Toilette." Nathan wedelte mit seinen verschmierten Händen. „Bin gleich wieder da." Er küsste mich sanft, bevor er sich von seinem Barhocker schob und in den Waschräumen verschwand.

Ich griff nach meiner Limonade und hing meinen Gedanken nach. Ich war mir sicher, dass es Schicksal gewesen war, dass das mit meinem Studium und meiner Beziehung nicht geklappt hatte. Sonst wäre ich niemals zu Grandma gegangen und hätte Nathan niemals getroffen. Vielleicht hatte alles so kommen müssen. Oft wurde erst im Nachhinein klar, welcher positiver Neuanfang aus einem Ende entstehen konnte. Und warum es genau richtig war, dass das Leben eine andere Richtung eingeschlagen hatte.

„Gibt es hier auch Bier?"

Eine polternde Stimme riss mich aus meinen Gedanken.

Ich zuckte zusammen und blickte über meine Schulter. Ein junger Mann kam breitbeinig auf die Bar zu. Er ließ seinen Blick durch den Raum schweifen, bis er an mir hängen blieb. Ein freudiges Grinsen erschien auf seinem Gesicht. Mit schweren Schritten lief er auf mich zu und rutschte auf Nathans Hocker. Ein bitterer Geruch gemischt mit Zigarettenrauch erfüllte die Luft.

„Hey." Der Kerl stützte seinen Ellenbogen auf den Tresen und musterte mich mit funkelnden Augen. Seine dunkelblonden Haare waren streng nach hinten frisiert und glänzten vor Gel.

„Hi", grüßte ich verhalten zurück. „Es tut mir leid, aber dieser Platz ist schon belegt."

„Ach ja?" Er drehte suchend den Kopf. „Ich sehe aber gar niemanden." Mit einem Grinsen sah er zurück zu mir. „Ich bin Roger. Und du?"

„Jess … ica." Ich presste die Lippen aufeinander.

„Jessica. Ein schöner Name für eine wunderschöne Frau." Ungeniert ließ er seinen Blick von oben über meine Brust nach unten zu meinen Beinen wandern. Ich schluckte und spürte, wie sich plötzlich alles in mir verkrampfte.

„Könntest du dir bitte einen anderen Platz suchen?", startete ich einen neuen Versuch und bemühte mich um einen höflichen Ton.

„Der hier gefällt mir aber ganz gut." Ein Lächeln erschien auf seinem Gesicht, das wohl flirty aussehen sollte, mir aber alle Nackenhaare zu Berge stehen ließ.

Ich rutschte unbehaglich auf meinem Stuhl herum. Dieser Typ strahlte etwas unglaublich Unangenehmes aus.

„Darf ich dir einen Drink ausgeben?" Roger legte den Kopf schief.

„Danke, ich hab noch." Ich deutete auf meine Limonade.

„Ach, da ist ja fast nichts mehr drin." Er ließ seinen Blick über die Bar schweifen. „Gibt es hier denn keine Kellner?"

Das Diner war heute so voll, dass Edgar und Alex gerade sicher in der Küche alle Hände voll zu tun hatten.

Unbehaglich schob ich mir meine Hände unter die Oberschenkel. Hoffentlich verschwand dieser Kerl bald. Ich konnte mit solchen schmierigen Männern überhaupt nicht umgehen.

„Naja, bis dahin können wir uns sicher die Zeit anders vertreiben." Er wandte sich zu mir und setzte wieder dieses anzügliche Grinsen auf, das mir einen eiskalten Schauer über den Rücken bescherte.

„Ich bin hier nur auf der Durchreise mit meinem Motorrad." Roger deutete über seine Schulter. „Und du? Wohnst du in diesem Kaff?"

Ich nickte stumm.

„Verrückt." Der Kerl begann zu lachen. „Ich kann dich gerne mal mit meinem Motorrad mitnehmen, damit du mal was anderes siehst als das hier." Ein herablassender Tonfall hatte sich in seine Stimme geschlichen.

Was für ein Idiot.

„Ich würde dich jetzt wirklich bitten zu gehen", sagte ich erneut. Doch meine Worte prallten vollkommen an Roger ab.

„Möchtest du mit mir zusammen wohin gehen? Ich bin zwar auf der Durchreise, aber ein paar Stündchen hätte ich sicher noch." Er zwinkerte mir anzüglich zu.

Mir wurde augenblicklich schlecht.

„Du bist ein bisschen schüchtern, oder?" Roger beugte sich vor und legte eine Hand auf meine Schulter.

Sofort sprang ich von meinem Barhocker und schob seine Hand von mir.

„Fass mich nicht an", zischte ich.

Er hob lachend die Hände. „Sei doch nicht gleich so empfindlich."

Nun rutschte er ebenfalls von dem Hocker. Jetzt im Stehen
fiel mir auf, wie riesig dieser Kerl war. Und wie breit.

Mein Puls beschleunigte sich.

Er kam einen Schritt auf mich zu und wollte mich erneut
anfassen, als ich ihm auswich.

„Ich habe nein gesagt." Mein Körper zitterte vor Wut.

„Ach, komm schon." Roger ließ sich nicht beirren. „Ich
habe eine Schwäche für dunkelhaarige Mädels wie dich."

Hilflos sah ich um mich herum, doch durch die Lautstärke
hier im Diner schien keiner unser Gespräch mitzubekommen.

Roger streckte seine Hand aus und berührte meine Haare,
als mich plötzlich ein Luftzug streifte.

„Sie hat nein gesagt."

Mir kamen beinahe die Tränen vor Erleichterung, als ich
Nathans vertraute Stimme hörte.

Rogers Blick flackerte hinter mich. Sofort verschwand sein
schmieriges Lächeln. „Was mischst du dich denn da ein?"

Nathan schob sich an mir vorbei. Schweigend baute er sich
vor Roger auf.

„Kennst du den Kerl?", fragte Nathan an mich gewandt.

„Nein. Das ist Roger." Warum ich den letzten Satz hinterher schob, als würde das irgendetwas erklären, wusste ich
selbst nicht.

Nathan trat einen Schritt näher an ihn heran. „Ich glaube,
du gehst jetzt besser, Richard."

„Roger", verbesserte der Kerl und stemmte seine Hände
in die Hüften. „Und ich glaube, du hast mir gar nichts zu sagen."

„Du hast meine Freundin belästigt", sagte Nathan scharf.
„Also, ich sage es nicht nochmal. Hau ab."

Der Typ schnalzte mit der Zunge. Er blickte an Nathan vorbei zu mir und warf mir einen vernichtenden Blick zu. „Sag doch gleich, dass du einen Freund hast."

Ach, mein Nein akzeptierte er nicht, aber die Tatsache, dass ich einen Freund hatte, schon?

Roger blickte zurück zu Nathan. In seinen Augen funkelte es provokant. „Das hier ist ein öffentliches Diner. Ich glaube nicht, dass du mich einfach rauswerfen kannst."

„Du glaubst gar nicht, was ich alles kann, Ronald." Nathan reckte den Kopf.

Rogers Kiefermuskeln begannen zu mahlen. Dann stieß er Nathan gegen die Brust, sodass dieser einen Schritt zurücktaumelte.

„Also, Kleiner, bist du dir immer noch sicher, dass du mich rauswerfen willst?" Roger verschränkte provokant die Arme.

Nathan erwiderte seinen Blick. Ich sah, wie sich seine rechte Hand zur Faust ballte.

„Eine hübsche Freundin hast du, das muss ich dir lassen. Ein süßer Hintern ist das."

Nathans linke Hand ballte sich nun ebenfalls zur Faust und ich sah, wie sich jeder Muskel in seinem Körper anspannte.

Nein, nein, nein.

Nathan, mach jetzt keinen Scheiß.

Nathan bewegte sich ein Stück auf Roger zu.

Mein Herz pochte so laut, dass es in meinen Ohren dröhnte. Anspannung setzte sich in jeden Winkel meines Körpers ab.

Einige schreckliche Sekunden vergingen, in denen ich nicht wusste, was als nächstes passierte.

Dann hob Nathan seine Stimme. „Sprich nicht so über meine Freundin."

Roger brach in schallendes Gelächter aus. „Süß, wie du sie verteidigst."

Nathan mahlte mit den Zähnen. „Ich sage es ein letztes Mal, Robert. Hau ab.“

Seine Hände waren immer noch zu Fäusten geballt und ich befürchtete das Schlimmste.

„Nathan“, wisperte ich, doch er hörte mich nicht.

Hoffentlich ließ er sich nicht provozieren.

O mein Gott …

Roger blickte herablassend zu Nathan herunter. Einige Sekunden sagte niemand ein Wort.

Es fühlte sich an wie die Ruhe vor dem Sturm.

Dann spuckte Roger Nathan vor die Füße und wandte sich um. Mit lauten Schritten stapfte er aus dem Diner, bis die Tür mit einem Knall hinter ihm zufiel. Nur noch ein Rest seines Zigarettenrauchs hing in der Luft.

Nathan lockerte seine Fäuste und drehte sich zu mir um. In seinen Augen lag tiefe Sorge. „Geht es dir gut, Jess?“

Ich nickte und unterdrückte aufsteigende Tränen. Ich krallte mich an ihn und vergrub mein Gesicht an seiner Brust. Erleichterung brach wie eine Welle über mir zusammen.

„Danke“, wisperte ich. Nathan schloss mich fest in seine Arme. Durch seine Nähe beruhigte sich mein aufgewühlter Puls nach ein paar Minuten.

Wir hielten uns solange fest, bis sich unsere Anspannung etwas löste.

Ich atmete tief durch und blickte Nathan in die Augen. Ich war so froh, dass er sich von diesem Idioten nicht provozieren hatte lassen. Ich hatte so Angst gehabt, dass er …

Nathan legte seine Hände auf meine Wange. „Ich hätte es nicht wieder getan“, flüsterte er.

Erleichterung durchflutete mich. Er hatte genau gewusst, welche Sorgen ich mir gemacht hatte. Doch er hatte mir geholfen, ohne sich provozieren zu lassen und Gewalt anzuwenden.

„Es tut mir leid, dass dich dieser Typ angefasst hat." In Nathans Stimme schwang unterdrückte Wut mit.

Ich biss meine Backenzähne aufeinander. „Ich finde es unfassbar, dass er mein Nein als Frau nicht respektiert hat, aber dich als anderen Mann schon."

Nathans Blick verdunkelte sich. „Hoffentlich wagt der Kerl es nie wieder hier aufzutauchen."

„Er meinte, er sei nur auf der Durchreise." Ich legte meine Arme um Nathan. „Nochmal danke."

Nathan nickte und umarmte mich fest.

Tiefe Liebe zu diesem Mann durchflutete mich. Ich war so froh, dass er hier war und der beste Mensch, den ich kannte.

Er war immer noch mein Nathan, in den ich mich verliebt hatte.

Ich konnte es kaum erwarten, meine Zukunft mit ihm zu verbringen.

Epilog

2 Wochen später

„Schaut euch diesen Truthahn an." John warf Grandma ein stolzes Lächeln zu. „Das hast du großartig gemacht, meine Schöne."

„Besser hätte ich den auch nicht hinbekommen", stimmte Edgar zu und stopfte sich eine Serviette in den Ausschnitt seines Pullovers.

Die festlich gedeckte Tafel war dieses Jahr noch um einiges voller als die letzten Jahre an Thanksgiving. Seit Grandma wieder fit war und sich von ihrer Gehirnerschütterung erholt hatte, war sie nicht mehr zu bremsen, als würde sie alles nachholen wollen, was sie während ihrer Bettlägerigkeit verpasst hatte. Am liebsten hätte sie dieses Thanksgiving ganz Coldriver zu sich nach Hause eingeladen.

Überall wurde gemurmelt, und alle „ah"-ten und „oh"-ten, als Grandma den knusprigen Truthahn in unserer Mitte abstellte. Ein herrlicher Duft erfüllte den Raum. Grandma übertrumpfte sich jedes Mal wieder mit ihrem Festessen und kümmerte sich hingebungsvoll um die Gewürze und die Füllungen des Truthahns. Ich hatte ihr gestern beim Kartoffel schälen geholfen, doch das war das Einzige, was sie mir erlaubt hatte, zu tun.

Mit einem Lächeln sah ich zu Nathan, der neben mir saß und sich gerade mit Vanessa unterhielt.

„Ich glaube, Donna könnte bald mal für die *Food Bar* kochen, was meinst du?" Carl grinste Edgar an.

Dieser stieß nur ein Grummeln aus. „Ist mein Essen wohl nicht mehr gut genug für dich?"

„Du musst zugeben, dass Donna dir wirklich Konkurrenz macht." Carl beugte sich vor und gab seinem Mann einen Kuss auf die Wange. „Aber deine Burger kann natürlich nichts und niemand übertreffen."

Ein verlegener Ausdruck huschte über Edgars Gesicht. „Gut zu wissen."

„Hat jeder etwas zu trinken?" Grandma ließ ihren Blick über die Bier- und Weingläser neben unseren Tellern schweifen und nickte zufrieden, als sie sah, dass jeder versorgt war.

Dann setzte sie sich und wir reichten uns die Hände. Jeder von uns sprach ein paar Sätze aus, für die er dankbar war. Mom und Dad betonten vor allem, wie dankbar sie waren, dass Grandma wieder gesund war und wir alle beisammensitzen konnten. Vanessa bedankte sich wie jedes Jahr für ihre Familie und ihre eigene Fitness, die es ihr ermöglichte, ein Footballspiel nach dem anderen anzutreten.

„Ich bedanke mich dafür, dass meine Liebsten gesund sind und ich John an meiner Seite habe." Grandma legte ihre Hand auf seine und lächelte ihn an.

Auf Johns Gesicht erschien ebenfalls ein zärtliches Lächeln. Er sah Grandma so voller Liebe an, dass ich beinahe einen verzückten Laut ausgestoßen hätte.

„Dafür bin ich auch sehr dankbar", sagte er und drückte ihre Hand. Entweder ich bildete es mir nur ein, oder ich sah wirklich ein feuchtes Schimmern in seinen Augen.

Edgar und Carl sprachen ebenfalls einen Dank aus, insbesondere dafür, dass die *Food Bar* aktuell richtig gut lief. Carls Motel dagegen eher weniger, aber er blickte zuversichtlich in die Zukunft, da er einige Renovierungen geplant hatte.

„Apropos Arbeit", sagte John und räusperte sich. „Im vergangenen Jahr hatten Nathan und ich ziemlich mit unserer Werkstatt zu kämpfen. Wie ihr wisst, musste ich Ende letzten Jahres aufgrund von Geldknappheit alle Mitarbeitenden entlassen. Zum Glück ist Nathan im Januar zu mir gestoßen, doch zu zweit ist es wirklich schwierig, die ganze Arbeit zu stemmen." Für einen kurzen Moment huschte ein Schatten über sein bärtiges Gesicht.

„Aber wir haben jetzt eine Lösung gefunden." Nathans Arm streifte meinen, als er sich vorbeugte. Sofort schoss ein Kribbeln durch meine Haut, an der Stelle, an der wir uns berührt hatten.

„Welche denn?" Mom sah interessiert zwischen den beiden hin und her.

„Wir können mit ein paar Autowerkstätten in der Gegend fusionieren. Eigentlich war ich immer dagegen, da ich Johns Werkstatt selbstständig erhalten wollte. Aber ich habe eingesehen, dass das nicht länger möglich ist und ich Nathan als meinen Nachfolger keinen unendlichen Berg an Arbeit und Schulden hinterlassen wollte. Deshalb haben wir uns dazu entschlossen uns zusammenzutun. Die Zukunft von Johns Werkstatt ist also gesichert."

Ein Jubeln erklang an unserem Tisch und alle beglückwünschten die beiden.

„Was heißt Nachfolger? Planst du etwa in Rente zu gehen?", fragte Dad.

John nickte. „Ab kommendem Jahr werde ich mich zur Ruhe setzen und Nathan die volle Verantwortung übergeben." Mit einem stolzen Lächeln betrachtete er seinen Enkel.

Mich überrollte selbst eine Welle aus Stolz, als ich nach Nathans Hand griff und sie drückte. Er sah lächelnd zu mir herunter. Mir wurde nach wie vor schwindelig, wenn sich unsere Augen trafen und ich konnte mein Glück kaum fassen, jemanden wie ihn gefunden zu haben.

„Dann habe ich endlich mehr Zeit für meine Donna." John sah zu Grandma hinüber, deren Gesicht vor Freude strahlte.

„Ich habe schon eine Liste gemacht, mit den Dingen, die wir gemeinsam unternehmen können", sagte sie.

Nathan neben mir stieß ein leises Lachen aus. Kurz darauf spürte ich seinen warmen Atem an meinem Ohr.

„Jetzt weiß ich, woher du deine Liebe für Planungen hast", raunte er.

Ich hob grinsend die Schultern, als mich eine Gänsehaut durchlief. Er küsste mich sanft an der Stelle unterhalb meines Ohrläppchens und zog sich wieder zurück.

Ich würde immer ein Planungsmensch bleiben. Das war tief in mir verankert und nichts Schlimmes. Aber ich hatte gelernt, auch mal spontan zu sein und vor Neuem nicht zurückzuschrecken. Denn ich wollte jeden Moment auskosten und mich nicht aus Angst vor der Ungewissheit verkriechen.

„Und wofür bist du dankbar?" Grandma sah zu mir hinüber.

Für einen Augenblick schwieg ich und sammelte meine Gedanken. Vieles brannte mir auf meiner Zunge. In letzter Zeit war mir wieder bewusst geworden, wie schnell sich das Leben von einem Tag auf den anderen ändern konnte. Wie schnell man einen geliebten Menschen verlieren konnte.

„Ich bin dankbar, dass ich hier bei Grandma bleiben darf." Mit einem Lächeln sah ich sie an. „Ich bin dankbar, dass es dir wieder gut geht und dass du mich noch nicht rausgeschmissen hast."

Sie lachte und gab mir einen spielerischen Klaps auf den Arm. „So weit kommt's noch."

„Außerdem bin ich dankbar, dass ihr, Mom und Dad, so geduldig mit mir wart und mir die Zeit gegeben habt, mich zu sammeln und mir alleine über meine Zukunft Gedanken zu machen. Ihr habt mich nie gedrängt und mir so viel Vertrauen geschenkt, dass ich euch gar nicht genug dafür danken kann."

Ein weicher Ausdruck trat in die Augen meiner Eltern, als sie mich über den Tisch hinweg ansahen.

„Und zu guter Letzt bin ich dankbar, dass ich endlich meine Leidenschaft gefunden habe. Die Arbeit als Pflegerin. Ich weiß nicht, was die Zukunft alles für mich bereithält, aber das ist mir in diesem Augenblick egal. So wie es kommt, wird es kommen. Wie sagt man so schön: Leben ist das, was passiert, während man Pläne schmiedet."

Grandma lächelte. Sie strich mir über den Arm und ihre Wärme drang durch meinen Pullover.

„Ich bin stolz auf dich, Liebes."

Ich schluckte, um den Kloß in meinem Hals zu unterdrücken.

Nicht heulen, nicht heulen.

„Dann würde ich sagen, lassen wir uns das Essen schmecken. Greift zu."

Als hätte jeder nur auf Grandmas Worte gewartet, brach ein Tumult aus Händen aus, die sich beim Herumreichen der Schüsseln in die Quere kamen. Der würzige Duft des Truthahns stieg mir in die Nase, als ich mir ein Stück auf meinen Teller lud. Unter fröhlichem Geplauder aßen wir unser Essen und stießen mit unseren Gläsern auf ein „Happy Thanksgiving" an.

„Hast du kurz einen Moment?"

Nathan berührte mich am Arm.

Während sich nach dem Essen alle im Wohnzimmer versammelt hatten und Stimmengewirr die Luft erfüllte, sah Nathan mich fragend an.

„Klar."

„Ich möchte dir etwas zeigen." Er griff nach meiner Hand und zog mich nach draußen in den Flur. „Zieh dich warm an."

„Wo gehen wir denn hin?"

„Nicht weit."

Die Stimmen klangen nur noch gedämpft zu uns, als ich in meine Stiefel schlüpfte, mir meinen warmen Mantel, Mütze und Schal überzog und wir zur Haustür hinaustraten. Sofort empfing uns eisige Luft, die nach Holzfeuer roch. Vor ein paar Tagen waren die ersten Schneeflocken gefallen. Wo vor einigen Stunden noch Autospuren zu sehen gewesen waren, hatte sich mittlerweile neuer, dicker Schnee auf den Boden gelegt. Er knirschte unter unseren Füßen, als wir die Veranda verließen und in Richtung des Waldes stapften.

Alles war weiß. Die Bäume bogen sich unter dem Gewicht des Schnees und ab und zu rieselte etwas zu Boden.

„Wo bringst du mich hin?" Ich hakte mich bei Nathan unter, der zielstrebig in den Wald hineinmarschierte.

Mit einem geheimnisvollen Lächeln sah er zu mir herunter. Er strich mir mit seinem behandschuhten Zeigefinger über die Lippen.

„Das werde ich dann schon sehen, ich weiß." Ich seufzte und drückte mich enger an ihn. „Aber wenn wir noch weiter hier in den Wald reinlaufen, versinke ich bis zum Knie im Schnee."

„Wir sind gleich da." Feine Atemwölkchen tauchten vor unseren Gesichtern auf.

„So, jetzt musst du die Augen zu machen." Nathan löste sich von mir und stellte sich hinter mich. Mit einem Ruck zog er meine Wollmütze herunter. Sofort wurde mein Sichtfeld schwarz.

„Hey." Ich wollte meine Hand heben, als Nathan sie sanft, aber bestimmt festhielt.

„Ich führe dich." Seine Stimme drang dumpf durch meine Mütze hindurch.

„Wehe, du bringst mich um."

„Du liest zu viele Thriller. Außerdem müsste eher *ich* mich fürchten, da du sicher bessere Mordmethoden kennst als ich." Ich hörte sein leises Lachen.

Schmunzelnd setzte ich einen Fuß vor den anderen, während er mich an den Schultern führte. Der Schnee knirschte leise unter unseren Schritten.

„So, hier sind wir." Abrupt hielt Nathan mich an, sodass ich kurz strauchelte.

„Darf ich schauen?" Ich griff nach meiner Mütze und schob sie nach oben. Schnell blinzelte ich, bis sich mein Sichtfeld schärfte.

Mein Mund klappte auf.

„Ist das …" Ich schloss die Augen, nur um sie gleich darauf wieder aufzureißen. „Das ist doch nicht etwa …"

„Doch. Das ist es." Nathan nahm mich lächelnd bei der Hand und zog mich auf das Baumhaus zu, das oben in den Wipfeln thronte.

Mein Herz schlug einige Takte schneller.

Das konnte er doch nicht wirklich …

„Hast du das gebaut?" Sprachlos sah ich ihn an.

Nathans Wangen und seine Nasenspitze waren von der Kälte leicht gerötet. Ein Lächeln lag auf seinen Lippen, die ich in dieser Sekunde einfach nur küssen wollte.

Er nickte leicht.

„Nein." Ich brachte meinen Kiefer gar nicht mehr zu. „Wann hast du das gemacht?"

Mit meinen Händen umfasste ich sein Gesicht und zog ihn zu mir herunter, um ihn zu küssen. Seine Lippen waren so vertraut, so weich und so warm.

„Hast du das in den letzten Wochen gebaut, wenn du meintest, du hättest keine Zeit wegen eurer Werkstatt? Und hat Grandma mich deshalb so oft zum *Shoppen*", ich malte Anführungsstriche in die Luft, „nach Coldriver geschleppt, damit du hier deine Ruhe hast?"

Nathan grinste. „Gut kombiniert, Sherlock."

„O Mann." Ich warf die Hände in die Luft. „Mir hätte gleich auffallen müssen, dass da was faul ist."

Mit pochendem Herzen blickte ich an dem wuchtigen Baum vor mir nach oben. Eine Strickleiter baumelte nach unten. Ich konnte mir kaum ausmalen, was für eine Arbeit Nathan in dieses Baumhaus gesteckt haben musste. Mit wachsender Bewunderung betrachtete ich die dunklen Holzscheite, die er zu einem kleinen, süßen Häuschen zusammengebastelt hatte.

„Es sieht einfach genauso aus wie das aus meiner Kindheit." Meine Stimme war ein einziger Hauch. Ich konnte meinen Blick nicht davon lösen.

„Donna hat mir alte Fotos gegeben. An denen hab ich mich orientiert." Nathan legte einen Arm um meine Schulter und sah ebenfalls hinauf.

„Nathan …" Ein Kloß schwoll in meinem Hals an. „Ich weiß gar nicht, was ich sagen soll."

Der warme Druck auf meiner Schulter verstärkte sich, als er mich näher an sich heranzog. Er drückte einen Kuss auf meine Stirn.

„Du musst gar nichts sagen."

Ich löste meinen Blick vom Baumhaus und sah zu ihm. Seine graublauen Augen trafen auf meine. Dichte, schwarze Wimpern umrandeten sie. Er war so wunderschön.

„Warum hast du das gemacht?", flüsterte ich.

„Ist das nicht offensichtlich?" Nathan nahm den Arm von meiner Schulter und umfasste stattdessen meine Hüfte. „Du bist so eine liebevolle, starke Frau mit einem riesigen Herzen. Ich wollte dir etwas geben, das dich glücklich macht. Denn du verdienst alles Glück der Welt. Und wenn du glücklich bist, bin ich glücklich."

Seine Hände gruben sich in meine Taille. Ich spürte seinen warmen Atem auf meinem Gesicht. Dann küsste er mich. So zärtlich und voller Gefühl, dass mein Herz überquoll. Die Emotionen, die mich überfluteten, waren so intensiv, dass ich kaum atmete. Da war nur noch Nathan, sein Geruch, seine Wärme, seine Lippen auf mir und seine Nähe. Mein

Herz war voll von Nathan. Mein Kopf war voll von Nathan. Und ich wollte ihn nie wieder loslassen.

Als wir uns voneinander lösten, bemerkte ich, dass meine Wangen feucht geworden waren. Ich blinzelte und blickte an dem Baumhaus nach oben. „Das ist das Schönste, was jemals jemand für mich getan hat."

Nathan berührte mich mit seinem Daumen an der Wange. Der weiche Stoff seines Strickhandschuhs glitt über meine Haut.

„Danke, Nathan", flüsterte ich.

Seine Handschuhe und sein Atem wärmten mein Gesicht. Ich bekam nicht genug von seiner Nähe. Das würde ich vermutlich nie.

„Kann ich mich ins Baumhaus setzen?"

Er lächelte. „Trotz des Schnees?"

„Trotz des Schnees." Ich löste mich von ihm und griff nach der Strickleiter. Nach etwas Schütteln waren die Griffe weitestgehend frei von Schnee und Eiszapfen. Ich stützte meinen Fuß auf der unteren Sprosse der Leiter auf und zog mich hoch. Ein leichtes Gefühl ergriff mich. Mit einem Lächeln auf den Lippen kletterte ich weiter nach oben.

Meine Knie landeten auf dem harten Holz und sofort sickerte die Nässe durch meine Hose. Ich ignorierte die feuchte Kälte und rutschte auf meinen Hintern. Nathan kletterte nach mir nach oben und setzte sich neben mich. Wir ließen unsere Beine nach unten baumeln.

Von hier oben hatte man eine ganz andere Sicht auf den Wald. Rund um uns herum gab es nichts als Bäume, getaucht in glitzerndes Weiß. Ich konnte es kaum erwarten im Sommer hierher zu kommen und das Grün der Blätter zu sehen.

Ich lehnte meinen Kopf gegen Nathans Schulter und ließ den Anblick von hier oben auf mich wirken. Er legte eine Hand um meine Taille.

„Das ist schön", murmelte ich. „Aber wenn es so weiter schneit, dann wird meine Familie nach dem verlängerten Wochenende nicht mehr nach Hause fliegen können."

Ich schlang meine Arme um seinen Oberkörper und sah ihn an. „Ich freue mich schon so auf den ersten Dezember, wenn meine Arbeit endlich losgeht." Ich hielt kurz inne. „Weißt du was ich mir überlegt habe?"

„Hm?"

„Ich möchte mich im Frühjahr für ein Studium für Soziale Arbeit bewerben. Ich muss nur noch recherchieren, ob es ein geeignetes College in der Nähe gibt."

„Das hört sich nach einem wunderbaren Plan an." Die feinen Fältchen um seine Mundwinkel gruben sich ein, als er lächelte. „Ich bin so froh, dass du deine Leidenschaft gefunden hast."

„Du hattest wirklich recht." Ich blickte in seine warmen Augen. „Als du gesagt hast, dass sich alles fügen wird."

Aus einem Ende war ein Neuanfang entstanden. Ein Neuanfang, der mich glücklicher machte, als ich es je für möglich gehalten hatte.

In meinem Magen flatterte es, als Nathan eine Hand an meinen Hinterkopf wandern ließ und mich zu sich zog. Sein Atem streifte meine Lippen und dieser Moment kurz vor einem Kuss, brachte meinen Brustkorb immer noch wie verrückt zum Kribbeln. Alle meine Nervenenden waren ausgerichtet nach Nathan. Er schloss die Augen und kurz darauf berührten sich unsere Lippen. Hitze flutete durch meine Adern. Sein vertrauter Geschmack erfüllte mich und mir entwich unbewusst ein Seufzen. Ich ließ meine Hände über seine dicke Jacke wandern, die seinen starken Körper umhüllte.

„Ich bin so froh, dass ich endlich eine Zukunft vor Augen habe." Schwer atmend lehnte ich meine Stirn gegen seine. „Bis vor kurzem war alles schwarz und leer, wenn ich weiter, als ein paar Wochen gedacht habe. Bei diesem Gedanken hat mich immer diese Unruhe erfasst. Ich kann es kaum in Worte packen. Und jetzt weiß ich endlich, wie meine Zukunft aussehen könnte. Mich hält in New York nichts mehr. Ich liebe diese familiäre Atmosphäre in Coldriver, die herzlichen Gespräche, die warmen Persönlichkeiten der Einwohner und diese Ruhe und das entschleunigte Leben. Ich möchte das nicht mehr missen. Und ich möchte *dich* nicht mehr missen." Ich tippte ihm gegen die Brust.

Er lächelte. „Soll ich dir was sagen?"

Abwartend sah ich ihn an.

„Ich habe mich schon in dich verliebt, als du mit deinem Wassermelonen Schlafanzug und der Bratpfanne vor mir aufgetaucht bist."

Ein Lachen entschlüpfte mir. Peinlich berührt vergrub ich mein Gesicht in seiner Halsbeuge. „Erinnere mich bloß nicht daran."

„Ich fand es sehr süß."

„Tut mir leid, dass ich dir mit einer Pfanne gedroht habe." Ich küsste seine raue, bartstoppelige Wange.

Nathan grinste.

Als sich unsere Augen trafen, flossen so viele Gefühle durch mich hindurch, dass es beinahe zu viel war. Mit einem warmen Gefühl in meiner Brust schmiegte ich mich an Nathan und blickte nach vorne in den verschneiten Wald.

Eine Sache wurde mir immer stärker bewusst.

Ich hatte in Nathan und in Coldriver ein Zuhause gefunden.

Danksagung

Die Liebe zum Lesen und Schreiben begleitet mich schon mein ganzes Leben. Seit ich denken kann, träume ich davon, eines Tages mein eigenes Buch in den Händen zu halten. Dass mein Traum jetzt tatsächlich in Erfüllung geht, macht mich immer noch sprachlos und unglaublich glücklich. Ich möchte mich gerne bei einigen wundervollen Menschen bedanken, die dazu beigetragen haben, dass sich mein Traum erfüllen konnte.

Mein allererster und größter Dank geht an den dp Verlag und besonders an Francesca Hintz. Danke, Francesca, dass du meiner Geschichte eine Chance gegeben und daran geglaubt hast. Es ist so schön mit dir zusammenzuarbeiten und ich hätte mir für mein Debüt kein besseres Zuhause vorstellen können! Außerdem möchte ich meiner Lektorin Claudia Wuttke für die tolle Zusammenarbeit danken.

Ein ganz großes Dankeschön geht außerdem an meine Familie. Papa – danke, dass du immer ein offenes Ohr für mich hast und dich über meinen Verlagsvertrag fast noch mehr gefreut hast als ich. Deine Unterstützung bedeutet mir so viel. Mama – danke, dass du damals in der 2. Klasse meine erste selbstgeschriebene Geschichte mühsam mit dem Computer abgetippt hast, damit ich sie zusammenbinden konnte, um das Gefühl von einem „echten Buch" zu haben. Das war der Grundstein für meine Liebe zum Schreiben. Danke auch an meine Schwester, ohne die mein Leben nur halb so lustig wäre. Ich bin unglaublich dankbar, dass es dich gibt und du mich immer zum Lachen bringst. Ihr seid die beste Familie, die man sich wünschen kann, und ich liebe euch unendlich.

Mein Dank gilt auch dir, Scarli. Danke, dass du von Anfang an überzeugt warst, dass du eines Tages mein Buch in den Händen halten wirst. Ich bin so dankbar, dass du schon die allererste Fassung von „New Beginnings in Coldriver" gelesen hast und dass du mir Bilder schickst, die dich an Coldriver erinnern. Du weißt gar nicht, wie viel mir deine Freundschaft und Unterstützung bedeutet. Ich habe selten so einen selbstlosen und liebevollen Menschen kennengelernt wie dich.

Ein ganz besonderer Dank geht an jeden aus der wundervollen Bookstagram Community. Danke, dass ihr euch mit mir auf mein Debüt gefreut habt und mich so unterstützt. Es macht mich jeden Tag glücklich, mich mit euch auszutauschen, und ich bin unglaublich dankbar für jede liebe Nachricht.

Und zu guter Letzt möchte ich DIR danken, liebe*r Leser*in. Danke, dass du dir aus all den Büchern, die es gibt, „New Beginnings in Coldriver" herausgegriffen und gelesen hast. Es bedeutet mir unendlich viel. Ich hoffe, du hast dich in Coldriver genauso wohlgefühlt wie ich.

Ich danke euch allen von Herzen!

Bonuskapitel

3 Monate später

Nathan

„Ich fasse es nicht." Jess riss die Augen auf. Mit einer Hand hielt sie meinen Unterarm umklammert, als könnte sie damit ihre Aufregung bändigen.

Wir saßen in Donnas Wohnzimmer und wärmten uns mit einem Heißgetränk auf, nachdem wir gemeinsam mit Mandy und Alex auf dem zugefrorenen See vor Donnas Haus Schlittschuhlaufen gewesen waren.

„Danke nochmal für die heiße Schokolade und die Einladung, Donna." Ich lächelte Jess' Grandma an und umfasste meine Tasse mit beiden Händen.

„Sehr gerne, Nathan." Sie sah mich warm an und ließ sich uns gegenüber in den Sessel sinken.

Jess, Mandy, Alex und ich saßen nebeneinander auf dem Sofa und kuschelten uns unter die flauschige Decke, die Donna liebevoll über unseren Füßen ausgebreitet hatte.

„Kannst du es glauben?" Jess sah zu mir auf. Ihre grünen Augen waren geweitet und ihre Wangen vor Aufregung leicht gerötet. Es überwältigte mich jeden Tag, wie wunderschön sie war.

Ich schmunzelte. „Eigentlich schon, ja. Wurde ja jetzt endlich auch mal Zeit." Vorsichtig pustete ich über meinen Kakao und nahm einen Schluck. Ich sah zu Mandy und Alex hinüber, die sich gerade aneinander kuschelten.

„Für uns ist das auch alles noch ziemlich neu", sagte Alex und strich Mandy sanft eine Haarsträhne hinter das Ohr. „Nicht wahr, Candy?"

Jess stieß einen quiekenden Laut aus. „Ihr zwei werdet ja immer süßer. Ich bekomme gleich Karies." Sie stupste mir gegen den Bauch. „Hast du das gehört? Er nennt sie Candy."

Mandy lachte. „Dieser Spitzname ist noch aus alten Kindertagen. Eigentlich ist der Name total paradox, weil ich überhaupt kein süßer Zahn bin. Ich esse lieber salzige Snacks."

Alex sah sie empört an. „Aber Candy reimt sich so schön auf Mandy, das hat mir schon immer gefallen."

„Ich finde es auch gut", meinte Jess vergnügt. Sie sah zu mir auf. „Du hast mir noch nie so einen süßen Spitznamen gegeben."

Ich erwiderte ihren Blick. „Wie soll ich dich denn nennen? Peanutbutter?"

Jess rollte mit den Augen. „Der Name soll süß sein, nicht dämlich. Nur weil ich Peanutbutter-M&Ms wie ein Mähdrescher esse, ist das noch lange kein guter Spitzname."

Ich grinste und beugte mich vor, um sie zu küssen. „Ein Versuch war es wert."

„Ich liebe dich trotzdem", murmelte sie an meinen Lippen.

Alex tauschte einen amüsierten Blick mit Mandy aus. „Und die beiden nennen uns süß."

Sie grinste und nippte an ihrem Heißgetränk. „Ich weiß. Am süßesten sind doch sie selbst."

Ich schlang meine Arme fester um Jess und drückte sie an mich. Ihr vertrauter Duft stieg in meine Nase und ein wohliges Gefühl breitete sich in mir aus.

Das Feuer knisterte im Kamin und gab einen gemütlichen Schein ab. Elvis hatte sich davor auf einer Decke zusammengerollt und schnurrte leise vor sich hin. Sein schwarzes Fell glänzte und sein kleiner Körper hob und senkte sich unter seinen Atemzügen. Es herrschte eine behagliche Stille hier in Donnas Wohnzimmer. Es war schön, in dieser Runde zusammenzusitzen, nachdem wir uns draußen an der frischen Luft sportlich betätigt hatten. Mein Körper fühlte sich angenehm erschöpft an und ich genoss die Wärme, die sich langsam ihren Weg in meine durchgefrorenen Glieder bahnte.

„Hach, das ist so toll." Verzückt drückte Jess meinen Arm. „Schau, wusste ich es doch, dass es nicht mehr lange dauert. Ich hoffe, du kaufst heute noch die M&Ms."

Ich schmunzelte und drückte ihr einen Kuss auf den Scheitel. „Ich hab verloren, ich weiß. Ich werde meinen Wetteinsatz gleich begleichen."

Alex' Augen funkelten neugierig. „Hattet ihr eine Wette am Laufen?"

Jess sah ihn zerknirscht an. „Ich hoffe, ihr seid uns nicht böse. Aber ja, wir haben Wetten abgeschlossen, wann endlich etwas zwischen euch läuft."

„Jess hat gewettet, dass bis zum Valentinstag etwas passiert", sagte ich. „Ich hätte euch noch bis Ostern gegeben, da ihr bisher ja immer um einander herumgeschlichen seid."

„Und da ich gewonnen habe, muss er mir jetzt Peanutbutter-M&Ms kaufen. Guter Wetteinsatz, oder?" Jess grinste vergnügt.

„Ich weiß nicht, ob ich lachen oder weinen soll", sagte Mandy. „Wie habt ihr beide so viel früher kapiert, dass das zwischen Alex und mir funktionieren könnte?"

Alex strich gedankenverloren über ihren Arm. „Da hattet ihr echt einen besseren Riecher als wir. Aber wir sind euch überhaupt nicht böse wegen der Wette. Ihr wisst ja, dass ich wetten liebe."

„So ein Glück." Jess wischte sich eine imaginäre Schweißperle von der Stirn. „Trotzdem sorry nochmal, falls das unangebracht war."

„Alles gut", sagte Mandy lächelnd. In ihren Augen lag ein Glanz, der deutlich machte, wie sehr sie es genoss, dass zwischen Alex und ihr endlich mehr als nur Freundschaft war. Dass er ihr auch endlich seine Gefühle offenbart hatte. In den letzten Wochen war es beinahe unerträglich gewesen zu beobachten, wie sehnsüchtig Mandy ihren besten Freund angesehen hatte. Wie zärtlich und gleichzeitig voller Schmerz. Sie hatte ihm nie ihre Gefühle gestehen wollen aus Angst, ihre enge Freundschaft, die seit Kindertagen bestand, kaputt zu machen. Doch letztes Wochenende am Valentinstag hatte sich wohl alles geändert. Mandy hatte Jess sofort per Chatnachricht geupdatet und Jess hatte völlig aus dem Häuschen mit Großbuchstaben geantwortet. Ich hatte über ihre Schulter in ihr Handy geblickt und nur ein Meer aus Emojis mit Herzchenaugen und Sätzen wie „O MEIN GOTT", „ICH WUSSTE ES" und „DU MUSST MIR ALLES ERZÄHLEN" gesehen.

Jess wackelte mit den Augenbrauen. „Also, wie ist das am Wochenende abgelaufen? Wer hat wen zuerst geküsst? Wo war es?"

„Du bist so neugierig, Peanutbutter." Ich stupste ihr sanft gegen die Wange. „Lass ihnen doch ein bisschen Privatsphäre."

„Das würde ich, wenn du aufhörst mich Peanutbutter zu nennen."

„Ich dachte, du wolltest einen süßen Spitznamen."

Jess lachte und gab mir einen Klaps auf den Arm.

Mandy schmunzelte bei unserem Geplänkel. „Alex hat mich zuerst geküsst", erzählte sie und warf ihm einen Blick zu. „Sehr unerwartet für mich. Es war bei der Valentinstagsfeier, die wir gemeinsam für die Food Bar organisiert haben."

Alex sah sie ebenfalls an. Die Zärtlichkeit in seinem Blick ließ Jess neben mir leise aufseufzen.

„Danke, dass du mutiger warst als ich." Mandy rutschte ein Stück dichter an ihn heran. „Ich hatte so Angst, dass du nicht dasselbe empfindest wie ich und ich unsere Freundschaft zerstören würde."

Er hob eine Hand und strich ihr sanft über die Wange. „Ich habe schon viel länger Gefühle für dich, als du denkst."

„Ich glaube, es war Schicksal, dass Edgar euch beauftragt hat, gemeinsam diese Feier am Valentinstag zu organisieren", sagte Jess. „Man kann sich der Liebe und der Magie, die an diesem Tag in der Luft hängen, einfach nicht entziehen."

Mandy schmunzelte. „Und das, obwohl ich den Valentinstag bisher eigentlich gar nicht mochte. Für mich war das immer ein unsinniger, vom Kommerz beschlagnahmter Tag. Aber Alex hat mich eines Besseren belehrt."

Alex streichelte über ihre Haare. „Ich hoffe, dass meine romantische Ader sich jetzt ein bisschen auf dich überträgt."

„Ich freue mich so für euch", sagte Donna, die uns bis jetzt schweigend zugehört hatte. Auf ihrem Gesicht lag ein seliges Lächeln. „Es ist so schön, dass Coldriver es schafft, so viele Menschen zueinander zu bringen."

Ich nickte. Das war wirklich etwas Besonderes.

„Ihr Lieben, möchtet ihr eine warme Zimtschnecke? Ich habe welche gebacken, als ihr Schlittschuhlaufen wart."

„O ja, sehr gerne." Jess schälte sich aus meiner Umarmung. „Kann ich dir helfen?"

Donna wedelte mit der Hand. „Bleib ruhig sitzen. Ich bringe euch die Zimtschnecken gleich."

„Danke, Donna, das ist lieb", sagte Mandy.

Jess' Grandma stemmte sich aus ihrem Sessel hoch, bevor sie in die Küche lief.

Ich blickte zu Jess. Ein warmes Gefühl durchfloss mich. Ihre dunklen Haare waren leicht zerzaust von dem kalten Wind, der draußen über den See gefegt hatte.

Mein Gott, wie kann ein Mensch nur so schön sein? Von innen wie von außen?

Sie bemerkte meinen Blick und hob den Kopf. Ein kleines Lächeln legte sich auf ihre Lippen. Es war für mich nach wie vor unbegreiflich, dass ich derjenige war, dem sie dieses Lächeln schenkte. Und ich würde alles dafür tun, damit sie es nie wieder verlor.

Die Gefühle, die ihre Nähe in mir auslöste, überwältigten mich noch immer. Ich war noch nie so glücklich gewesen wie jetzt. Es fühlte sich endlich an, als würde sich alles in meinem Leben fügen. Ich fühlte mich hier in Coldriver so wohl wie noch an keinem anderen Ort auf der Welt. Die Arbeit in der Autowerkstatt erfüllte mich und dass ich Jess hier kennengelernt hatte … dafür war ich so dankbar. Wie konnte es sein, dass ich die Liebe meines Lebens hier in diesem winzigen Örtchen gefunden hatte?

„Woran denkst du?" Jess lächelte. Ihre Augen huschten über mein Gesicht, als wollte sie ergründen, wohin meine Gedanken gewandert waren.

Langsam hob ich eine Hand und strich eine Haarsträhne hinter ihr Ohr. Ihre Haare waren weich und dufteten nach ihrem fruchtigen Shampoo.

„Daran, wie sehr ich dich liebe", murmelte ich.

Jess' Wangen röteten sich leicht. Schon bei unserer allerersten Begegnung war ich ihr vollkommen verfallen. Ich sah noch genau vor mir, wie sie mit ihren vom Schlaf zerwühlten Haaren, ihrem verbissenen Gesichtsausdruck und der Pfanne über dem Kopf vor mir aufgetaucht war. In diesem Augenblick war es um mich geschehen gewesen und ich hatte gewusst, dass ich sie näher kennenlernen wollte.

Wenn sie gewusst hätte, dass ihr Blick weitaus weniger bedrohlich aussah, als sie selbst angenommen hatte … Beinahe hätte ich damals über ihre liebenswerte Mimik gelacht, doch dann hätte sie mir wahrscheinlich wirklich eins mit der Pfanne übergebraten.

„Ich liebe dich auch, Nathan." Sie stützte ihre Hände an meiner Brust ab und küsste mich sanft.

Ich konnte nicht fassen, dass sie meine Gefühle im Laufe der Zeit erwidert und wir zueinander gefunden hatten. Sie inspirierte mich jeden Tag mit ihrer selbstlosen, offenen und hilfsbereiten Art. Mit Jess an meiner Seite wusste ich, dass alles gut werden würde. Denn sie war mein größtes Glück.